Trilogia da planície

1

Kent Haruf

Canto da planície

ROMANCE

Tradução de Alexandre Barbosa de Souza

Copyright © 1999 by Kent Haruf

TÍTULO ORIGINAL
Plainsong

TRADUÇÃO
Alexandre Barbosa de Souza

PROJETO GRÁFICO
Rádio Londres

REVISÃO
Shirley Lima
Marcela Lima
Carolina Rodrigues

ILUSTRAÇÃO DE CAPA
Bianca Bagnarelli

Dados Internacionais de Catalogação na Publicação (CIP)
(Câmara Brasileira do Livro, SP, Brasil)

Haruf, Kent, 1943-2014
    Canto da planície: romance / Kent Haruf;
tradução de Alexandre Barbosa de Souza.
Rio de Janeiro: Rádio Londres, 2018.

    Título original: Plainsong.
    ISBN 978-85-67861-26-5

    1. Romance norte-americano I. Título.

18-17329   CDD-813

Índices para catálogo sistemático:
1. Romances : Literatura norte-americana 813

Todos os direitos desta edição reservados à
Editora Rádio Londres Ltda.
Rua Senador Dantas, 20 — Salas 1601/1602
20031-203 — Rio de Janeiro — RJ
www.radiolondreseditores.com

Para Cathy
E em memória de Louis e Eleanor Haruf

O autor deseja agradecer o apoio e o encorajamento generoso de:

Mark Haruf, Verne Haruf, Edith e Bryan Russell, Sorel Haruf, Whitney Haruf, Chaney Haruf, Rodney e Gloria Jones, Richard Peterson, Laura Hendrie, John Walker, Jon Tribble, Ken Keith, Peter Matson, Gary Fisketjon, Dr. Tom Parks, Dr. Douglas Gates, Greg Schwipps, Alissa Cayton, Sue Howell, Karen Greenberg, Southern Illinois University, Illinois Arts Council, e, particularmente, Cathy Haruf.

Plainsong – a música vocal uníssona praticada nos primórdios da igreja cristã; qualquer melodia ou ária simples e sem enfeite.

Guthrie.

Aqui estava Tom Guthrie, em Holt, de pé diante da janela da cozinha, nos fundos da sua casa, fumando um cigarro e olhando para o lado de fora, na direção do terreno atrás da propriedade, onde o sol, naquele momento, estava começando a aparecer. Quando o sol alcançou o topo do moinho de vento, o homem ficou um tempo observando a luz, que se tornava cada vez mais vermelha nas pás de aço e na cauda, acima da plataforma de madeira. Algum tempo depois, ele apagou o cigarro, subiu para o segundo andar, passou pela porta atrás da qual ela estava deitada na cama, no escuro no quarto de hóspedes, dormindo ou talvez não, e percorreu o corredor até o quarto envidraçado em cima da cozinha, onde ficavam os dois garotos.

Era uma antiga varanda coberta e transformada em quarto, com janelas sem cortina dos três lados, um ambiente aberto e arejado e com piso em madeira. Eles ainda estavam dormindo, juntos na mesma cama, no outro lado do quarto, embaixo das janelas que davam para o norte, aconchegados um ao outro, embora tivesse acabado de começar o outono e ainda não fizesse frio. Eles dormiam na mesma cama já havia um mês e, naquele momento, o mais velho estava com uma mão espalmada em cima da cabeça do irmão, como se quisesse expulsar alguma coisa que ameaçava os dois. Eles tinham nove e dez anos, respectivamente, cabelos castanho-escuros, rostos lisos e faces ainda puras, ternas como as das meninas.

De repente, do lado de fora da casa, levantou-se um vento proveniente do oeste que fez girar as pás do moinho de vento, elas começaram a se mexer com um zumbido vermelho, então o vento amainou, e as pás desaceleraram até parar.

Vamos, garotos, está na hora de acordar, disse Guthrie.

De roupão, parado ao pé da cama, ele ficou olhando para os rostos deles. Um homem alto, com cabelos pretos que já estavam rareando, usando óculos. O mais velho recolheu a mão, e ambos se entocaram ainda mais debaixo da coberta. Um dos dois suspirou serenamente.

Ike.

O que foi?

Vamos.

Já vamos.

Você também, Bobby.

Ele deu uma olhada pela janela. O sol estava mais alto, a luz começava a deslizar ao longo da escadinha do moinho de vento, iluminando-a, pintando os degraus de ouro rosa.

Quando olhou de novo para a cama, entendeu, pela expressão nos rostos dos garotos, que eles já estavam acordados. Guthrie foi andando pelo corredor, passou na frente da porta fechada, entrou no banheiro, fez a barba, lavou o rosto e voltou para o quarto da frente da casa com as janelas altas que davam para a Railroad Street; pegou do guarda-roupa uma camisa e uma calça, deixou-as em cima da cama, tirou o roupão e se vestiu. Quando voltou para o corredor, escutou os dois conversando no quarto deles, suas vozes finas e claras, já discutindo sobre algo, primeiro falava um e depois o outro, alternando-se, vozes sérias de garotos de manhã cedo, quando os adultos não os escutam. Ele desceu para o andar de baixo.

Dez minutos depois, quando os garotos entraram na cozinha, ele estava de pé diante do fogão preparando ovos em uma frigideira preta de ferro-gusa. Virou-se e olhou para eles. Eles sentaram à mesa de madeira, ao lado da janela.

Garotos, hoje vocês não ouviram o trem?
Ouvimos, respondeu Ike.
Então vocês deveriam ter acordado.
Bem, disse Bobby, estávamos cansados.
Porque vocês foram dormir tarde.
A gente dormiu cedo.
Vocês foram para a cama, mas não dormiram. Ouvi vocês conversando e fazendo bagunça.
Os dois fitaram o pai com seus olhos azuis idênticos. Embora houvesse um ano de diferença entre eles, podiam ser gêmeos. Ambos tinham vestido calças jeans e camisas de flanela, e os cabelos escuros despenteados caíam idênticos em suas testas lisas. Eles sentaram e ficaram esperando pelo café da manhã e pareciam ainda meio sonolentos.
Guthrie trouxe dois pratos grossos e fumegantes de ovos mexidos e torradas com manteiga e os pôs diante dos filhos, que passaram geleia nas torradas e logo começaram a comer, automaticamente, mastigando debruçados sobre seus pratos. Ele também trouxe dois copos de leite.
Ficou ali, de pé, observando-os. Preciso ir mais cedo para a escola hoje, avisou. Vou sair daqui a um minuto.
Você não vai tomar café da manhã com a gente?, perguntou Ike. Ele parou momentaneamente de mastigar e ficou olhando para o pai.
Hoje não posso. Ele atravessou novamente a cozinha, pôs a frigideira na pia e jogou um pouco de água.
Por que você tem que ir tão cedo hoje?
Tenho que falar com Lloyd Crowder sobre um aluno.
Quem?
Um garoto do curso de História Americana.
O que foi que ele fez?, perguntou Bobby. Copiou o trabalho de alguém?
Ainda não. Mas, se ele continuar assim, não tenho dúvida de que logo, logo, vai fazer isso.

Ike encontrou alguma coisa em seus ovos mexidos e a colocou na beira do prato. Levantou de novo os olhos. Mas, papai...

O quê?

A mamãe não vai descer hoje?

Não sei, respondeu Guthrie. Não sei o que ela vai fazer. Vocês não devem se preocupar com isso. Tentem não se preocupar. Não tem nada a ver com vocês dois.

Ele olhou bem de perto para eles. Tinham parado de comer e estavam olhando pela janela, na direção do estábulo e do curral onde os dois cavalos estavam.

É melhor vocês também se apressarem, advertiu. Até vocês terminarem com os jornais, vão se atrasar para a escola.

Ele subiu novamente. No quarto, tirou uma blusa da gaveta da cômoda e a vestiu, atravessou o corredor e parou diante da porta fechada. Tentou ouvir alguma coisa, mas não vinha nenhum som lá de dentro. Quando entrou no quarto quase escuro, teve a impressão de que alguém estava mandando ficar em silêncio, como no átrio de uma igreja vazia após o funeral de uma mulher que morrera cedo demais, uma súbita impressão de ar parado e de calma fora do normal. As cortinas das duas janelas estavam completamente abaixadas. Ficou ali parado, observando-a. Ella. Estava deitada na cama de olhos fechados. Na penumbra, ele conseguia apenas vislumbrar seu rosto pálido como giz, os cabelos bastos e negligenciados, caindo sobre o pescoço magro, escondendo-a quase por completo. Olhando para ela, não saberia dizer se dormia ou não, mas achava que não. Achava que ela só estava esperando para saber o que ele tinha ido buscar ali, ansiosa pela hora de ouvi-lo sair.

Você está precisando de alguma coisa?, perguntou ele.

Ela nem se deu o trabalho de abrir os olhos. Ele ficou esperando. Olhou ao redor. Ela não havia trocado os crisântemos do vaso sobre a cômoda e havia um mau cheiro subindo da água parada. Ele se surpreendeu que ela não estivesse sentindo. Só Deus sabia no que ela estava pensando.

Nos vemos à noite, despediu-se.

Então esperou. Nada aconteceu.

Tudo bem, disse ele. Voltou para o corredor, fechou a porta e desceu.

Assim que saiu, ela se virou na cama e ficou olhando para a porta. Tinha um olhar intenso, os olhos arregalados, enormes. Após um momento, virou-se de novo na cama para observar os dois feixes de luz que brilhavam nas laterais das cortinas. Pequenos grãos de poeira pairavam no ar pouco iluminado como minúsculas criaturas subaquáticas; porém, depois de um instante, a mulher tornou a fechar os olhos. Dobrou o braço cobrindo o rosto e deitou imóvel, como se dormisse.

No andar de baixo, atravessando a casa, Guthrie ouviu os dois garotos conversando na cozinha, suas vozes nítidas, agudas, novamente animadas. Parou por um instante para escutar. Era alguma coisa que tinha a ver com a escola. Um deles dizia isso e aquilo, e o irmão respondia que não era verdade, ele sabia o que era e tal, coisas do playground de cascalho nos fundos da escola. Ele saiu pela varanda e foi até a caminhonete. Uma caminhonete Dodge cuja pintura vermelha estava desbotada e com um amassado fundo no para-lama esquerdo traseiro. O céu estava limpo naquele luminoso começo de dia, o ar fresco e cortante. Guthrie sentiu uma breve sensação de bem-estar e otimismo. Pegou um cigarro do bolso, acendeu-o e ficou parado um momento olhando o choupo prateado. Então, entrou na caminhonete, deu a partida e, uma vez que saiu do caminho da entrada da garagem, pegou a Railroad Street e seguiu mais cinco ou seis quarteirões até chegar à Main Street. Atrás dele, a caminhonete levantava uma nuvem de poeira, e as partículas suspensas brilhavam como grânulos de ouro ao sol.

Victoria Roubideaux.

Ainda nem estava acordada quando sentiu aquilo crescendo no seu peito e subindo pela garganta. Então levantou-se rapidamente da cama, com a calcinha branca e a camiseta enorme que usava para dormir, correu para o banheiro, agachou-se sobre o ladrilho, afastando os cabelos soltos da boca e do rosto com uma mão, segurando-se na borda da privada com a outra, sacudida pelos espasmos causados pela ânsia de vômito. Seu corpo se contorcia, descontrolado. Depois, um fio de saliva começou a pender de seus lábios, esticado, e em seguida se soltou. Ela se sentia fraca e vazia. A garganta queimava, o peito doía. Seu rosto moreno estava anormalmente pálido, amarelado e encovado abaixo das maçãs salientes. Seus olhos escuros pareciam ainda maiores e mais escuros que de costume e, sobre a testa, havia uma película de suor fina e grudenta. Ela ficou ajoelhada, esperando que a ânsia e a náusea passassem.

Uma mulher apareceu na porta. Apertou imediatamente o interruptor, enchendo o quarto com uma luz amarelada e fria. O que foi, Victoria? O que você tem?

Nada, mamãe.

Alguma coisa você tem. Você acha que eu não estava ouvindo?

Volte para a cama, mamãe.

Não minta para mim. Você bebeu, não foi?

Não.

Não minta para mim.
Não estou mentindo.
O que foi então?
A garota se levantou do chão. Elas se olharam. A mulher era magra, na casa dos cinquenta anos, tinha um rosto ossudo, sem viço, parecia cansada, embora tivesse acabado de acordar, vestia um roupão azul de cetim cheio de manchas que segurava sobre os seios caídos. O cabelo era pintado, mas não recentemente; era marrom-avermelhado, uma cor nada natural, com raízes brancas visíveis nas têmporas e na testa.

A garota foi até a pia, molhou uma toalha de mão e passou no rosto. A água escorreu pela frente da camiseta fina.

A mulher ficou olhando para ela, tirou um cigarro do bolso do roupão e um isqueiro, em seguida acendeu um cigarro e ficou ali parada na porta, fumando. Coçou um tornozelo nu com os dedos do outro pé.

Mãe, você precisa fumar aqui agora?
Eu estou aqui agora, não estou? Esta é minha casa.
Por favor, mamãe.

Depois, o mal-estar voltou. Ela se deu conta de que estava subindo outra vez. Voltou a se ajoelhar junto da privada, engulhando, os ombros e o peito estremecendo em espasmos secos. Em um gesto automático, prendeu o cabelo escuro com uma das mãos, como antes.

A mulher ficou parada junto dela, fumando e observando-a. Por fim, a garota se sentiu melhor. Levantou-se e voltou para a pia.

Sabe o que eu estou achando, mocinha?, disse a mulher.
A garota passou a toalha molhada no rosto outra vez.
Acho que você está grávida. Que está com um bebê na barriga e é por isso que você está vomitando.
A garota afastou a toalha e olhou para a mãe pelo espelho.
Não é isso?
Mamãe.

É isso, não é?
Mãe, para com isso.
Quem diria, sua putinha.
Eu não sou uma puta. Não me chame assim.
Como você quer que eu te chame? É o nome para quem faz o que você fez. Eu avisei a você. E agora olha o que aconteceu. Olha só o que você fez. Eu avisei, não avisei?
Você me falou um monte de coisas.
Não banque a engraçadinha comigo.
Os olhos da garota se encheram de lágrimas. Me ajuda, mãe. Eu preciso da sua ajuda.
Agora é tarde demais para isso, disse a mulher. Você se meteu nessa situação, agora se vire. Seu pai também pedia para eu segurar a cabeça dele. Todo dia, quando chegava em casa, ele passava mal e sentia pena de si mesmo. Eu é que não vou segurar sua cabeça também.
Mamãe, por favor.
E eu quero que você vá embora desta casa. Exatamente como ele finalmente fez. Você não é a esperta? Você não sabe tudo? Eu é que não vou querer você aqui desse jeito.
Você não está falando sério.
Você vai ver se eu não estou falando sério. Experimenta para ver, mocinha.

No quarto dos fundos, ela se vestiu para a escola, saia curta, camiseta branca e uma jaqueta jeans, a mesma roupa do dia anterior, e pôs uma bolsinha vermelha brilhante com uma alça comprida no ombro. Saiu de casa em jejum.
Então caminhou até a escola como se estivesse sonhando, passando pelo caminho de entrada até o asfalto da Main Street, atravessando os trilhos da ferrovia e depois a calçada larga e deserta, diante das vitrines das lojas, observando a própria imagem refletida, sua forma de caminhar e de se mover, e como

ainda não via nenhuma diferença. Nada que fosse possível notar em sua aparência. Ela prosseguiu com sua saia e sua jaqueta e a bolsinha vermelha no ombro balançando na altura da cintura.

Ike e Bobby.

Montaram nas bicicletas, no caminho da entrada da casa e saíram para o cascalho da Railroad Street, dirigindo-se para o leste, em direção à cidade. O ar ainda estava fresco, cheirava a estrume de cavalo, árvores, ervas secas e poeira, e mais alguma coisa que eles não saberiam definir. Acima deles, duas pegas balançavam crocitando em um galho de álamo. Depois, um dos pássaros voou para as árvores que ficavam atrás da casa da senhora Frank, e o outro crocitou quatro vezes, ríspida e rapidamente, antes de também levantar voo.

Eles pedalaram ao longo da estrada de terra, passando pela central elétrica abandonada, cujas janelas altas estavam cobertas por tábuas de madeira, depois viraram na Main Street, atravessaram os trilhos de trem e chegaram à plataforma de paralelepípedos da estação. Era um edifício de tijolos vermelhos com um único andar e um telhado verde. No lado de dentro, havia uma sala de espera na penumbra, com cheiro de poeira e de ambiente fechado, e três ou quatro bancos altos de madeira como bancos de igreja, com os encostos altos, de frente para a linha do trem, uma bilheteria com um único guichê atrás de uma grade negra. No lado de fora, sobre os paralelepípedos perto do muro, tinha uma velha carroça verde de leiteiro com rodas de ferro. A carroça não era mais usada. Mas Ralph Black, o chefe da estação, achava que combinava com a plataforma e a deixara ali. Ele não tinha muito o que fazer. Os trens só paravam em Holt por cinco minutos, chegando e logo partindo, apenas o tempo suficiente para permitir que dois ou três passageiros embarcassem ou desembarcassem e para que o funcionário do vagão de bagagens deixasse o *Denver News* na plataforma ao lado da ferrovia. Os jornais estavam ali agora, amarrados numa única pilha. Os de baixo haviam rasgado em contato com os ásperos paralelepípedos.

Os dois garotos apoiaram as bicicletas na carroça de leite e, com um canivete, Ike cortou o barbante. Então eles se ajoelharam e contaram os jornais, formando duas pilhas, e começaram a enrolar um a um e a prendê-los com elásticos.

Quando estavam quase terminando, Ralph Black saiu da bilheteria e ficou parado ao lado dos garotos, deixando-os no escuro com sua sombra comprida pairando sobre eles, enquanto os observava trabalhar. Ele era um homem velho esguio, mas com uma barriga grande, e mordiscava um charuto.

Crianças, por que vocês se atrasaram hoje?, perguntou ele. O jornal já chegou faz quase uma hora.

Não somos crianças, retrucou Bobby.

Ralph deu uma risada. Talvez não sejam mesmo, concordou. Mas, de todo jeito, vocês se atrasaram.

Eles ficaram calados.

Não é verdade?, perguntou Ralph. Vocês não estão atrasados?

O que você tem a ver com isso?, respondeu Ike.

Como é?

Eu falei... continuou enrolando os jornais, ajoelhado sobre os paralelepípedos ao lado do irmão sem terminar a frase.

Tudo bem, disse Ralph Black. Nunca mais falem uma coisa dessa. Alguém poderia dar umas palmadas no traseiro de vocês. Vocês querem que esse alguém seja eu? Juro por Deus que é o que eu faria.

Ele os olhou de cima para baixo. Os garotos se recusaram a abrir a boca, fizeram de conta que ele nem estava lá, então ele olhou para os trilhos e cuspiu tabaco marrom acima das cabeças deles, na direção dos trilhos.

E parem de encostar as bicicletas na carroça. Eu já avisei, disse ele. Da próxima vez, vou telefonar para o pai de vocês.

Os garotos terminaram de enrolar os jornais e se levantaram para guardá-los nas sacolas de lona das bicicletas. Ralph Black ficou observando-os, satisfeito, então cuspiu de novo no trilho mais próximo e voltou para o escritório. Quando a porta se fechou, Bobby disse: ele nunca tinha falado que não podia.

Ele é apenas um velho cagão, disse Ike. Ele nunca avisou coisa nenhuma. Vamos.

Eles se separaram, e cada um partiu para seu trajeto com metade dos jornais. Juntos, eles cobriam a cidade inteira. Bobby se ocupava da parte mais antiga e rica de Holt, a zona sul, onde as avenidas largas e planas eram margeadas por olmos e alfarrobeiras e almezes e pinheiros, onde cada casa confortável de dois andares tinha seu próprio gramado na frente e, nos fundos, uma garagem que dava para um caminho de cascalho; Ike, por sua vez, percorria ambos os lados dos três quarteirões da Main Street, pelas lojas e os apartamentos escuros em cima das lojas, e também pela zona norte da cidade, do outro lado da ferrovia, onde as casas eram menores e, entre elas, havia, com frequência, terrenos livres, onde as casas eram pintadas de azul ou de amarelo ou verde-claro e, nos fundos, podiam ter galinheiros de arame e, aqui e ali, cachorros acorrentados e também carcaças de carros que enferrujavam no mato, embaixo dos galhos pendentes das amoreiras.

A entrega do *Denver News* levou cerca de uma hora. Então eles se encontraram na esquina da Main com a Railroad e voltaram para casa, pedalando por caminhos de terra irregulares. Passaram pelos lilases que margeavam o quintal da casa da senhora Frank, as flores perfumadas agora havia muito tempo mortas e secas, e as folhas em forma de coração cobertas pela poeira do trânsito; ultrapassaram o pasto estreito, a casa da árvore no choupo prateado na esquina, viraram no caminho da entrada e deixaram as bicicletas.

No banheiro do andar de cima, umedeceram os cabelos para penteá-los, formaram uma onda e a arrumaram com as mãos em concha, de modo que ficassem com topetes altos e firmes sobre a testa. A água escorria pelas faces e por trás das orelhas. Eles se enxugaram, saíram para o corredor e ficaram parados, hesitantes, diante da porta, até que Ike girou a maçaneta e, juntos, entraram no quarto silencioso, à meia-luz.

    Ela estava deitada na cama de hóspedes com o braço ainda dobrado sobre o rosto, como uma pessoa em sofrimento profundo. Uma mulher magra, como que presa em um pensamento ou uma atitude inelutável, imóvel, como se não estivesse nem mesmo respirando. Depois de entrarem, ficaram ali parados. Havia aquelas finas linhas de luz nas bordas das cortinas abaixadas e, por todo o quarto, eles sentiram o cheiro das flores mortas no vaso sobre a cômoda alta.

    Sim?, disse ela. Não tirou o braço do rosto nem se mexeu. Sua voz saiu quase como um suspiro.

    Mamãe?

    Sim?

    Você está bem?

    Venham aqui, disse ela.

    Eles se aproximaram da cama. Ela tirou o braço de cima do rosto e ficou olhando para eles, primeiro para um garoto, depois para o outro. Na penumbra, os cabelos molhados deles pareciam muito escuros, e seus olhos azuis, quase negros. Eles ficaram parados ao lado da cama, observando-a.

    Você está se sentindo melhor?, perguntou Ike.

    Acha que vai conseguir se levantar?, indagou Bobby.

    Seus olhos estavam brilhantes, como se ela estivesse com febre. Vocês já estão prontos para a escola?, perguntou ela.

Estamos.

Que horas são?

Eles olharam para o relógio da cômoda. Oito e quinze, respondeu Ike.

É melhor vocês irem logo. Vão chegar atrasados. Ela sorriu ligeiramente e estendeu a mão para eles. Mas antes vocês me dão um beijo?

Eles se inclinaram para a frente e a beijaram no rosto, um de cada vez, beijos tímidos e breves de garotinhos. Sua face estava fresca e tinha o cheiro dela. A mulher segurou as mãos deles e as apertou por um instante contra suas faces frescas enquanto olhava para eles e seus cabelos molhados e escuros. Eles mal conseguiram suportar olhar nos olhos dela. Ficaram ali, esperando, um pouco constrangidos, debruçados sobre a cama. Por fim, ela soltou as mãos deles e eles se levantaram. É melhor vocês irem, disse ela.

Tchau, mãe, disse Ike.

Espero que você melhore logo, disse Bobby.

Saíram do quarto e fecharam a porta. Fora de casa, outra vez ao sol brilhante, atravessaram novamente o caminho de entrada e a Railroad Street, foram caminhando por uma trilha cheia de mato, além dos trilhos e pelo velho parque, na direção da escola. Quando chegaram ao pátio da escola, eles se separaram, juntaram-se aos respectivos colegas e ficaram conversando com os outros garotos de suas séries até que o primeiro sinal tocou, chamando-os cada um para sua sala de aula.

Guthrie.

No escritório da escola, Judy, a secretária, estava de pé, junto a uma escrivaninha falando ao telefone e anotando alguma coisa em um bloco de papel cor-de-rosa. A saia curta era justa nos quadris, e ela usava uma meia-calça e sapatos de salto-agulha. Guthrie de pé, atrás do balcão de atendimento, observava a mulher. Depois de um tempo, ela levantou o olhar na direção dele e revirou os olhos, por causa do que estava escutando.

Já entendi, disse ela ao telefone. Não, pode deixar, vou avisá-lo. Sim, estou entendendo.

Ela desligou o telefone bruscamente.

Quem era?, perguntou Guthrie.

Uma mãe. Ela anotou mais alguma coisa em seu bloco.

O que ela queria?

Era sobre a peça de ontem à noite.

O que tem a peça?

Você não assistiu?

Não.

Você precisa ver. É muito boa.

E qual foi o problema então?, perguntou Guthrie.

Oh, tem uma hora em que a Lindy Rayburn entra em cena com uma camisola preta e canta um número solo. E essa senhora ligou porque não acha certo uma garota de dezessete anos fazer esse tipo de coisa em público. Muito menos em uma escola pública.

Talvez eu deva mesmo assistir, disse Guthrie.

Oh, ela estava com tudo coberto. Não dava para ver nada de mais.

O que essa mulher queria que você fizesse?

Nada. Ela queria conversar com o senhor Crowder. Mas ele não está disponível.

Onde ele está? Eu vim cedo para encontrar com ele.

Oh, ele está aqui. Mas não está aqui. Ela apontou para o banheiro com a cabeça.

Vou esperar na sala dele, informou Guthrie.

Tudo bem, concordou ela.

Ele entrou no escritório e sentou-se diante da mesa do diretor. Havia fotografias da esposa de Lloyd Crowder e dos três filhos em porta-retratos com molduras de latão sobre a mesa e, na parede atrás da mesa, uma fotografia dele agachado diante de um abeto de Douglas, segurando a cabeça de um veado com chifres imponentes. Na parede adjacente, havia arquivos de metal. Mais acima, um grande calendário do distrito escolar. Guthrie ficou sentado olhando para a fotografia do veado. Os olhos do animal estavam entreabertos, como se estivesse apenas com sono.

Dez minutos depois, Lloyd Crowder entrou no seu escritório e se sentou pesadamente na poltrona giratória atrás da mesa. Era um homem grande e corado, com cachos de cabelo loiro cuidadosamente esticados ao longo da careca. Então, Tom, disse ele. O que você queria falar comigo?

Você que disse que queria conversar comigo.

Verdade. Eu disse mesmo. Ele começou a consultar uma lista de nomes em uma folha de papel sobre a mesa. Sob a luz da lâmpada, sua cabeça calva brilhava como água. Como estão os garotos?, perguntou.

Eles estão bem.

E Ella?

Bem.

O diretor ergueu a folha de papel. Aqui, achei. Russell

Beckman. Pelo que estou vendo aqui, você o reprovou nesse primeiro trimestre.

Isso mesmo.

Por quê?

Guthrie olhou para o diretor. Porque, respondeu ele, ele não fez o trabalho que devia ter feito.

Não foi isso que eu quis dizer. Quero dizer: por que o reprovou?

Guthrie olhou para ele.

Diabos!, exclamou Lloyd Crowder. Todo mundo sabe que o senhor Beckman não é um aluno normal. E, a menos que um raio caia na cabeça dele, nunca será. Mas ele precisa passar em História Americana para se formar. É o que o Estado manda.

Sim.

Além do mais, ele já é velho. Ele não tem nada a ver com os alunos do terceiro ano. Ele devia ter se formado no ano passado. Não sei por que não se formou ainda.

Quanto a isso, não faço ideia.

Sim, bem, disse o diretor.

Os dois homens se analisaram mutuamente.

Talvez ele devesse tentar estudar em casa, sugeriu Guthrie.

Pelo amor de Deus, Tom. É aí que está o problema. Estou cansado desse tipo de pensamento.

O diretor se inclinou para a frente, apoiando-se pesadamente nos músculos dos antebraços.

Veja bem. Não acho que é pedir muito. Só estou dizendo que é para pegar leve com ele. Pense no que isso significa. Nós não o queremos aqui no ano que vem. Não seria bom para ninguém. Você o quer de novo aqui no ano que vem?

Eu não o quero mais aqui nem neste ano.

Ninguém quer Beckman este ano. Nenhum professor gosta dele. Mas ele está aqui. Você está me entendendo? Ora, diabos, dê uma dura nele se quiser. Deixe o garoto apavorado. Mas tente não reprová-lo.

Guthrie ficou olhando para as fotografias emolduradas na escrivaninha. Foi o Wright quem envolveu você nessa história?

O Wright?, perguntou o diretor. Como assim? Porque ele joga tão bem basquete que poderia conseguir uma bolsa para a universidade?

Guthrie assentiu.

Ora, diabos, ele nem é tão bom assim. Temos outros que sabem enfiar a bola na cesta melhor do que ele. O treinador Wright nunca me pediu nada. Só estou falando isso para você porque é preciso pensar na escola inteira. Pense nisso.

Guthrie se levantou.

Outra coisa, Tom...

Guthrie esperou.

Não preciso que ninguém me diga como me comportar. Ainda sou capaz de pensar com a minha cabeça. Tente se lembrar disso.

Então é melhor você mandar que ele faça o trabalho que eu pedi, disse Guthrie.

Ele saiu do escritório. Sua sala de aula ficava no final do edifício, e ele foi caminhando pelo largo corredor ladeado pelos armários de estudantes com folhas coloridas coladas às portas de metal, sobre as quais estavam escritos nomes e slogans, e acima dos armários, pregadas na parede, havia faixas com extravagantes frases celebrando os atletas da escola. Àquela hora da manhã, o piso de lajotas ainda estava brilhante.

Ele entrou na sala de aula, sentou-se à sua mesa, pegou o caderno do professor azul e ficou lendo as anotações que havia feito para aquele dia. Então tirou da gaveta uma cópia da prova e voltou para o corredor, levando-o consigo.

Quando entrou na sala dos professores, Maggie Jones estava usando a copiadora. Ela se virou e olhou para ele, que se sentou à mesa no centro da sala e acendeu um cigarro. Ela ficou junto ao balcão, observando-o.

Achei que você tinha parado, disse ela.

Eu parei.
Então, como voltou a fumar? Você estava indo tão bem...
Ele deu de ombros. As coisas mudam.
O que aconteceu?, perguntou ela. Você não parece nada bem. Está com um aspecto terrível.
Obrigado. Você já terminou aí?
É sério, insistiu ela. Parece que você não dormiu direito.

Ele puxou um cinzeiro para perto de si, bateu a cinza e ficou olhando para ela, que continuou a se ocupar da copiadora. Ele ficou observando enquanto ela trabalhava, sua mão e seu braço girando rapidamente a manivela da máquina, seus quadris se movendo ao mesmo tempo, e sua saia subindo e balançando. Uma mulher alta, de aparência saudável, cabelo castanho, com uma saia preta e uma blusa branca e uma quantidade considerável de joias de prata. Então, ela parou de girar a manivela da copiadora e inseriu um novo original.

O que você faz aqui tão cedo?
O Crowder queria falar comigo.
Sobre o quê?
Russel Beckman.
Aquele merdinha! O que ele aprontou desta vez?
Nada. Mas ele vai ter que fazer algo se quiser se livrar de História Americana.

Boa sorte, desejou ela. Então deu mais uma girada na manivela e olhou para a folha. É só isso que está te deixando preocupado?
Não estou preocupado.
Claro que está. Ela olhou bem para o rosto dele, e ele retribuiu sem nenhuma expressão e sentou com seu cigarro. Algum problema em casa?, perguntou ela.

Ele não respondeu, mas deu de ombros novamente e tragou.

Depois, a porta se abriu, entrou um cara baixinho e musculoso de camisa branca de manga curta. Irving Curtis, que ensinava Economia Empresarial. Bom dia a todos, disse.

Ele se aproximou de Maggie Jones e pôs o braço em volta da cintura dela. A cabeça dele ficava na altura dos olhos dela. Ele se espichou na ponta dos pés, e sussurrou alguma coisa no ouvido dela. Então apertou-a com força, puxando-a para junto de si. Ela afastou a mão dele.

Não seja idiota, disse. Ainda é muito cedo.

Estou apenas brincando.

E eu estou apenas avisando você.

Oh, agora essa. Ele se sentou à mesa na frente de Guthrie, acendeu um cigarro com um isqueiro prateado e estalou os dedos para fechá-lo. Então, ficou brincando com ele na mesa. Novidades?, perguntou.

Nenhuma, respondeu Guthrie.

Qual é o problema de vocês dois?, disse Irving Curtis. Pelo amor de Deus. Já estamos na metade da semana. Eu chego aqui de bom humor e agora vejam só o que vocês fizeram comigo. Estou deprimido e ainda não são nem oito da manhã.

Você pode meter uma bala na cabeça, sugeriu Guthrie.

Oh, disse Curtis. Ele deu uma risada. Agora melhorou. Essa foi engraçada.

Eles ficaram ali sentados, fumando. Maggie Jones parou a copiadora e juntou seus papéis. Agora é sua vez, disse ela a Guthrie, e saiu da sala.

Até mais tarde, disse Irving Curtis.

Guthrie se levantou e pôs a folha original da prova no compartimento da copiadora, fechou a máquina e girou a manivela uma vez, então girou de novo para ver como havia ficado a prova.

Sem brincadeira, disse Curtis. Como eu queria levar essa mulher para um quarto escuro.

Deixa ela em paz, disse Guthrie.

Não, sério, pense nisso.

Guthrie girou a manivela, colocando as provas ainda úmidas na bandeja da copiadora. Havia um cheiro forte de álcool.

Eu já lhe contei o que o Gary Rawlson disse sobre ela.
Já contou, disse Guthrie.
E você acredita?
Não. Nem o Rawlson acredita quando não está bêbado. Em plena luz do dia.

Victoria Roubideaux.

Ao meio-dia, ela deixou para trás o alvoroço e a multidão da escola e caminhou na direção da rodovia. Então, subiu um quarteirão na direção norte, até chegar ao posto Gas and Go. Na bolsa, tinha três dólares e alguns trocados e achava que conseguiria comer alguma coisa agora sem vomitar. Ou pelo menos achava que deveria tentar.

Ao se aproximar da loja do posto, passou por dois garotos do último ano apoiados nas bombas de gasolina, abastecendo um velho Ford Mustang azul. Eles a observaram atravessar o asfalto com a minissaia. Por um instante, ela olhou para eles. Ei, um deles chamou. Vicky. Oi, tudo bem? A garota desviou o olhar, e ele falou alguma coisa que ela não conseguiu ouvir, mas que fez o outro garoto dar uma risada. Ela seguiu em frente.

Quando entrou na loja, havia um grupo de garotos da escola na fila do balcão conversando e esperando para pagar pelos sanduíches de carne fria que haviam tirado da geladeira e também pelos sacos de salgadinhos e pelos copos de refrigerante. Ela se dirigiu aos fundos da loja, dando uma olhada nos rótulos das latas e embalagens chamativas nas prateleiras. Naquele momento, nada lhe apetecia. Pegou uma lata de salsichas vienenses, examinou-a, leu o rótulo e a pôs de volta no lugar, pensando em como deviam ser escorregadias e adocicadas, em como, quando você as tirava da lata, elas deviam pingar e deslizar. Ela foi até o setor das pipocas. Pelo menos eram salgadas. Ela encheu um saco de pipocas e escolheu uma lata de refrigerante da geladeira. Levou tudo para a frente da loja e colocou o saco e a lata no balcão, ao lado do caixa.

Alice, uma mulher magra com a expressão dura e um sinal preto no rosto, registrou os produtos. Um dólar e doze centavos, disse ela. Sua voz soou áspera. Ela ficou observando a garota pegar a bolsa pela alça e abri-la.

Você está um pouco abatida hoje. Está tudo bem, querida?

Só estou cansada, respondeu a garota, e pôs o dinheiro sobre o balcão.

Ah, os jovens! Vocês precisam ir para a cama mais cedo. Ela recolheu o dinheiro e guardou nos compartimentos da gaveta do caixa. E eu quero dizer, para a própria cama.

É o que eu faço, disse a garota.

Sei, disse Alice. Eu sei bem como é.

A garota se aproximou da vitrine da loja ao lado da porta de vidro, parou diante do exibidor de revistas e leu sobre três garotas da sua idade que haviam arrumado problemas na Califórnia, enquanto comia sua pipoca, uma de cada vez, e bebericava seu refrigerante. Na hora do almoço, outros garotos entraram, compraram bebidas e saíram, falando alto uns com os outros, e, à certa altura, dois garotos do segundo ano começaram a se empurrar no corredor das latas de óleo e carne de porco com feijão, até que Alice falou: ei, garotos, vocês vão derrubar tudo.

Um estudante do último ano entrou para pagar a gasolina. Era um garoto loiro e alto, com óculos escuros pousados na cabeça. Ela o conhecia da aula de Biologia do primeiro ano. Na saída, ele parou na porta, inclinou-se para ela, mantendo a porta aberta com a cintura.

Roubideaux, chamou ele.

Ela olhou para ele.

Quer carona?

Não.
Só até a escola.
Não, obrigada.
Por que não?
Não estou a fim.
Dane-se então! Você teve sua chance.

Ele saiu, e a porta foi se fechando lentamente atrás dele. Ela olhou pela vitrine por cima do revisteiro até que ele entrou em seu carro vermelho, acelerou e pegou a estrada, fazendo um som guinchado quando trocou de marcha. Antes de terminar o intervalo do almoço, ela já estava de volta à escola.

Naquele dia, depois das aulas, saiu do prédio com os outros alunos, desceu a escada no lado de fora em meio ao barulho habitual de todas as tardes e a euforia da liberdade reconquistada. Estava novamente sozinha, pegou o sentido contrário ao caminho que tinha feito de manhã para ir à escola. Virou para o norte na Main Street, passou pelas casas quadradas e por baixo das pernas altíssimas da antiga torre da caixa dágua, depois por algumas lojas esparsas e ao longo dos três quarteirões do centro da cidade, onde se concentravam os estabelecimentos por trás de suas fachadas postiças, a começar pelo banco com os vidros cor de fumê e o correio com uma bandeira.

Chegou ao Holt Café, na esquina da Second com a Main, e entrou no salão comprido e retangular. A uma das mesas, dois velhos de boné estavam sentados conversando e bebendo café em canecas grossas, e havia uma mulher jovem com vestido estampado bebendo chá em um dos reservados junto à parede. A garota foi diretamente para a cozinha, tirou a jaqueta, pendurou-a no armário junto com a bolsa e, então, vestiu um avental comprido por cima da camiseta e da minissaia. O cozinheiro, parado diante da grelha, olhou para ela, era um sujeito baixinho e pesado, com os olhos fundos no rosto rubicundo.

Seu avental estava manchado na altura da grande barriga e também das coxas, onde ele costumava limpar as mãos.

Vou precisar logo de algumas panelas, disse ele. Lave essas aí o mais rápido que puder.

Ela começou imediatamente a esvaziar as duas pias industriais cinzentas, tirando a pilha de panelas e frigideiras sujas e colocando-as sobre o balcão.

E o cesto da fritadeira. Eu pus aí para você também. Precisa lavá-lo.

Vou lhe dar daqui a um minuto, disse ela.

Ela abriu a torneira para encher a pia e jogou o sabão em pó da caixa que estava aberta. O vapor começou a subir do redemoinho de bolhas.

Não vi a Janine, disse a garota.

Oh, ela está aqui, em algum lugar. Provavelmente no telefone. Ou no escritório.

A garota ficou ali junto da pia, trabalhando com a água quente cheia de sabão, usando luvas de borracha. Começou esfregando as panelas deixadas ali do almoço. Ela vinha todos os dias úteis depois da escola e lavava as panelas que o cozinheiro da manhã usava e também os pratos, copos, talheres e bandejas usados desde o meio-dia. O velho com o rosto enrugado que lavava a louça do café da manhã ia embora às nove. Havia sempre altas pilhas esperando por ela nas pias e nos balcões. Ela trabalhava a tarde inteira, até às sete, hora do jantar, e, àquela altura, quando já estava tudo limpo, ela pegava um prato de comida e ia para o salão, sentava na ponta do balcão, conversando com Janine ou alguma das outras garçonetes, e depois ia para casa.

Naquele instante, Janine entrou na cozinha de avental marrom e blusa branca, esquadrinhou tudo por ali, aproximou-se da garota e passou o braço em sua cintura.

Querida! Como vai minha garota?

Tudo bem.

A mulher baixinha e robusta se afastou para olhá-la. Pois você não parece nada bem. Qual é o problema?

Nada.

Ela chegou bem perto. Estamos naquele período do mês?

Não.

Bem, você não está doente, está?

A garota balançou a cabeça.

De qualquer forma, pegue leve. Quando precisar, fique um pouco sentada e descanse. O Rodney pode esperar. Ela olhou para o cozinheiro. Ele está pegando no seu pé? Pelo amor de Deus, Rodney! Você fica pegando no pé da menina?

Do que você está falando?, perguntou o cozinheiro.

Não, disse a garota. Ele não fez nada. Não é nada.

É bom mesmo. Você se comporte, disse Janine ao sujeito. Então, virou-se para a garota. Eu dou-lhe um pé na bunda. Ela beliscou o quadril da garota. E ele sabe disso muito bem, ameaçou ela.

Como é?, disse ele. E onde você vai arranjar outro cozinheiro neste fim de mundo?

No mesmo lugar que eu arranjei você, retrucou a mulher, rindo com gosto. Beliscou de novo a garota. Olhe só para a cara dele, disse. Naquele dia, eu falei bem claro para ele.

Ike e Bobby.

Quando pegaram o caminho de entrada, notaram que a caminhonete do pai não estava estacionada ali na frente. Não que eles esperassem que ele já estivesse lá, mas às vezes ele chegava cedo. Atravessaram a varanda e entraram na casa. Na sala de jantar, pararam perto da mesa e viraram a cabeça para o teto, à escuta.

Ela ainda está deitada, disse Bobby.
Ela pode ter descido e depois voltado, argumentou Ike.
Ela pode também nem ter descido.
Cuidado, ela vai te ouvir, disse Ike.
Ela não pode me ouvir. Lá de cima, não dá para ouvir nada. Ela está dormindo.
Você não sabe se ela não consegue. Ela pode estar acordada.
Então por que ela não desce?, perguntou Bobby.
Talvez ela já tenha descido. Talvez ela tenha subido de novo. Ela precisa comer de vez em quando.

Juntos, olharam para o teto, como se pudessem atravessá-lo com os olhos e ver na escuridão do quarto de hóspedes, onde as cortinas continuavam fechadas dia e noite, deixando do lado de fora a luz e o mundo inteiro; como se continuassem a vê-la, imóvel na cama, na mesma posição em que a tinham visto antes, sozinha e absorta em seus pensamentos tristes.

Ela devia comer com a gente, disse Bobby. Se ela quiser comer, pode comer com a gente da próxima vez que descer.

Eles foram para a cozinha e serviram dois copos de leite, tiraram do armário biscoitos com glacê comprados no mercadinho e ficaram junto à bancada comendo, próximos um do outro, sem falar, mastigando em silêncio, com um único pensamento na cabeça, até que terminaram, então beberam o resto do leite, deixaram os copos na pia e saíram novamente.

Atravessaram o caminho de entrada em direção ao estábulo dos cavalos, abriram a porteira e passaram. Na frente do estábulo, os dois cavalos, Elko e Easter, um alazão e uma égua baia escura, cochilavam de pé ao sol quente. Quando os animais ouviram os garotos entrarem no curral, ergueram a cabeça e ficaram observando-os com atenção. Vamos, gritou Ike. Entrem logo no estábulo. Os cavalos começaram a andar de lado, afastando-se. Os garotos se separaram para guiá-los. Aqui, disse Ike. Não, assim não. Ele correu para a frente.

Os cavalos dispararam em um trote acelerado, balançando a cabeça, e escaparam dos garotos, passando com as pernas rígidas ao longo da cerca além do estábulo e, a passos largos, atravessaram o curral até a cerca dos fundos, depois giraram outra vez e ficaram observando os garotos com grande interesse. Os garotos, então, pararam nos fundos do estábulo.

Deixa que eu pego eles, disse Ike.

Você não quer deixar que eu pegue desta vez?

Não, eu pego.

Bobby ficou esperando do outro lado, onde as duas metades da porta estavam escancaradas. Ike fez os cavalos recuarem, eles tinham voltado a trotar com as cabeças erguidas, observando o garotinho parado com as pernas abertas na frente deles na poeira do curral. Então ele começou a agitar os braços e a gritar. Eia, eia! No espaço aberto do curral, ele parecia muito pequeno. Mas, de repente, os dois cavalos mudaram de direção e, abruptamente, cruzaram, um atrás do outro, a entrada do estábulo e se enfiaram imediatamente em suas baias. Os garotos foram atrás.

No lado de dentro, estava fresco e escuro, havia cheiro de feno e estrume. Os cavalos batiam os cascos dentro das baias, resfolegando dentro das caixas de cereal vazias penduradas nos cantos dos cochos. Os garotos despejaram aveia nos cochos e depois escovaram e selaram os cavalos enquanto eles comiam. Então encilharam os arreios, montaram e saíram cavalgando ao longo da ferrovia, afastando-se da cidade na direção oeste.

Victoria Roubideaux.

Quando a garota saiu do café, a noite ainda não estava fria. Mas estava ficando cortante e carregada por uma sensação outonal de solidão. Havia alguma coisa indefinível pairando no ar.

Ela se afastou do centro, atravessou os trilhos e continuou no caminho de casa, enquanto ia escurecendo. Nas esquinas, os grandes globos já estavam ligados, estremecendo, projetando poças de luz azulada nas calçadas e nas ruas, e as varandas das casas já estavam iluminadas por luminárias penduradas acima das portas fechadas. Victoria virou numa ruazinha desolada, passou pelas casas baixas e chegou à dela. A casa tinha um aspecto escuro e silencioso. Ela tentou abrir a porta, mas estava trancada. Mãe?, chamou. Bateu uma vez. Mamãe?

Ela ficou na ponta dos pés e espiou pela janelinha da porta. Havia uma luz fraca acesa nos fundos. Uma única lâmpada nua brilhava no pequeno corredor entre os dois quartos.

Mamãe? Deixe-me entrar. Você está me ouvindo?

Agarrou a maçaneta, puxou e girou, e bateu na janela, fazendo tremer o pequeno retângulo de vidro, mas a porta continuou trancada. E, no lado de dentro, a luz fraca do corredor se apagou.

Mamãe. Não faça isso. Por favor.

Ela se segurou na porta.

O que você está fazendo? Desculpa, mãe. Por favor. Você está me ouvindo?

Começou a sacudir a porta. Apoiou a cabeça nela. A madeira estava fria, dura, e ela se sentia cansada agora, de repente exausta. Uma espécie de pânico estava tomando conta dela.

Mamãe, não faça isso.

Olhou à sua volta. Casas e árvores sem folhas. Deixou-se cair no chão da varanda, no frio, deslizando contra as tábuas gélidas da frente da casa. Tinha a sensação de que iria desmaiar, de ir à deriva e vaguear em uma espécie de vertigem de tristeza e incredulidade. Soluçou um pouco. Começou a olhar fixamente para as árvores silenciosas, para a rua escura e as casas do outro lado, onde as pessoas se moviam em cômodos iluminados por trás das janelas, como era normal, e levantava a vista para o movimento das árvores a cada vez que eram sacudidas por um sopro de vento. Ficou ali sentada, com o olhar fixo, sem se mexer.

Mais tarde, conseguiu reagir.

Tudo bem, mãe, disse. Não se preocupe. Estou indo embora.

Lentamente, na rua, um carro passou. Os passageiros olharam para ela, um homem e uma mulher com a cabeça virada em sua direção.

Ela se levantou do chão da varanda e fechou bem a jaqueta sobre seu corpo esguio, seu peito de menina, e deixou a casa em direção à cidade.

Agora estava tudo escuro e fazia frio. As ruas estavam praticamente vazias. Um cachorro veio latindo para ela dos fundos de uma casa, e ela estendeu a mão para o animal, que recuou sem parar de latir, com a boca que se abria e fechava, como uma dobradiça de molas. Vem cá, disse ela. O cão se aproximou desconfiado e cheirou a mão dela, mas, assim que ela voltou a se mexer, ele começou a latir novamente. As luzes da frente de uma casa se acenderam. Um homem apareceu na porta e gritou: Droga, venha, volte já para cá!, e o cachorro se virou e foi trotando na direção da casa, depois parou e latiu outra vez antes de entrar.

Ela voltou a caminhar. Atravessou de novo os trilhos. O semáforo da Second Street passava do vermelho para o verde, para o amarelo, indiferente à hora, piscando sobre o asfalto negro quase deserto. Ela passou pelas lojas escuras e olhou pela vitrine do café, as mesas estavam organizadas em duas fileiras regulares e precisas, e a luz da Pepsi na parede dos fundos brilhava sobre as pilhas alinhadas de copos lavados já dispostos no balcão. Subiu a Main Street até a estrada principal, atravessou-a, passou pelo posto Gas and Go — as bombas de gasolina vazias e as luzes fortes em cima, no lado de dentro a funcionária lendo uma revista no balcão — virou na esquina e chegou à casa de madeira a três quarteirões da escola, onde morava Maggie Jones.

Bateu à porta e ficou ali parada, esperando com o olhar ausente. Parecia não pensar em nada. Após algum tempo, a luz amarelada da varanda se acendeu sobre sua cabeça.

Quando Maggie Jones abriu a porta, estava com um roupão de banho, o sono tinha desgrenhado seu cabelo preto. Seu rosto parecia mais insignificante do que durante o dia, menos interessante sem a maquiagem, um tanto inchado. O roupão não estava amarrado nem abotoado, mas aberto na frente, quando a mulher abriu a porta, revelando uma camisola amarela.

Victoria? É você?

Senhora Jones. Posso falar com a senhora?, perguntou a garota.

Sim, querida, claro. O que foi?

Ela entrou na casa. Passaram pela sala, e Maggie pegou um cobertor do sofá e enrolou sobre os ombros da garota. Então ficaram por uma hora à mesa da cozinha no silêncio da noite, conversando e bebendo chá quente, enquanto à sua volta os vizinhos dormiam, respiravam e sonhavam em suas camas.

Victoria sentou-se à mesa, aquecendo as mãos na xícara de chá. Aos poucos, começou a contar sobre o namorado. Sobre as noites no banco de trás do carro dele estacionado numa estrada de terra, alguns quilômetros ao norte da cidade, que terminava em uma antiga fazenda abandonada, onde havia um velho estábulo cinzento e um moinho de vento sem uso. Ali, poucas árvores baixas sobressaíam contra o céu escuro, e o vento da noite entrava pelas janelas abertas do carro com cheiro de sálvia e relva do verão. E então sobre o amor. Ela falou dele muito brevemente. O cheiro dele, de perto, sua loção de barba, o toque das mãos e a urgência daquilo que faziam, então a breve conversa que tinham às vezes depois de tudo. E depois, sempre, a carona para casa.

Sim, disse Maggie. Mas quem é ele?

Um garoto.

Claro, querida. Mas quem exatamente?

Não quero dizer, recuou a garota. Ele não vai querer mesmo. Ele não vai assumir. Não é esse tipo de pessoa.

Como assim?

Ele não é do tipo que quer ser pai.

Mas pelo menos ele deveria assumir alguma responsabilidade, disse Maggie.

Ele é de outra cidade, desconversou a garota. Acho que a senhora não o conhece. É mais velho. Já terminou a escola.

Como você o conheceu?

A garota olhou à volta, a cozinha limpa e organizada. Pratos secando no escorredor da bancada e um conjunto de potes brancos esmaltados, enfileirados, embaixo dos armários reluzentes. Puxou o cobertor para os ombros.

A gente se conheceu numa festa no verão passado, disse ela. Eu estava sentada perto da porta, e ele veio e me tirou para dançar. Ele era bonito. Quando ele chegou, eu falei: mas eu nem te conheço. Ele respondeu: e precisa me conhecer? Bem, quem é você?, perguntei. Que importância isso tem?, retrucou ele. Tanto faz. Eu sou só um cara que está te convidando para a pista, para dançar comigo. Ele falava desse jeito às vezes. Então eu concordei. Vamos ver se você sabe dançar, quem quer que você seja, já que não quer me dizer seu nome, falei. Então levantei, e ele pegou na minha mão e me levou para a pista de dança. Ele era ainda mais alto do que parecia. Foi aí que começou a história. Dessa forma.

Porque ele dançava bem, disse Maggie.

Sim. Mas a senhora não entendeu, ponderou a garota. Ele era gentil. Ele era gentil comigo. Ele me dizia coisas.

Ah, é?

É. Ele me dizia coisas.

Por exemplo?

Certa vez, ele falou que meus olhos eram bonitos. Ele disse que meus olhos são como diamantes negros que brilham em uma noite estrelada.

É verdade, querida.

Mas ninguém nunca tinha me dito uma coisa assim.

Não, disse Maggie. Eles nunca falam coisas assim. Ela olhou para a outra sala, através da porta entreaberta. Ergueu a xícara de chá, tomou um gole e deixou-a sobre a mesa. Continue, pediu ela. Você quer me contar o resto?

Depois desse dia, comecei a me encontrar com ele no parque, continuou a garota. Ele me buscava lá, na frente dos silos de cereal. Eu entrava no carro dele, íamos para o Shattuck's na rodovia e pegávamos alguma coisa para comer, um hambúrguer ou algo do tipo, e daí íamos passear de carro pelos campos, uma hora passeando, com as janelas abertas e conversando, e ele dizia coisas engraçadas, e escutávamos a rádio de Denver, e o tempo inteiro curtíamos o ar da noite. E depois, à certa altura, a gente ia de carro até aquele lugar da casa de fazenda abandonada e estacionava. Ele dizia que era nossa.

Mas ele nunca foi buscar você em casa?

Não.

Você não queria que ele fosse?
A garota balançou a cabeça. Não com minha mãe em casa. Eu falei para ele não ir.
Entendi, disse Maggie. Continue.
Não há muito mais para dizer, prosseguiu a garota. Depois que começaram as aulas, no final de agosto, saímos mais algumas vezes. Mas algo aconteceu. Não sei o quê. Ele não me falou nada. Simplesmente parou de me buscar. Um dia ele não veio mais.
E você não sabe o porquê?
Não.
Você sabe onde ele está agora?
Não tenho certeza, respondeu a garota. Ele falava que queria ir para Denver. Ele conhecia alguém lá.
Maggie Jones ficou algum tempo só olhando para ela. A garota parecia cansada e deprimida, com aquele cobertor sobre os ombros, como se fosse a sobrevivente de um acidente de trem ou de uma enchente, tristes ruínas de um furacão que se afastara depois de devastar tudo o que encontrara à sua passagem. Maggie se levantou, recolheu as xícaras e jogou o resto de chá na pia da cozinha. Ela ficou em pé, junto à bancada, olhando para a garota.
Mas, querida, disse um pouco mais enfaticamente. Pelo amor de Deus. Você não sabe como essas coisas funcionam?
Como assim?
Bem, vocês não usaram nenhuma proteção?
Usamos, disse a garota. Ele usava. Mas algumas vezes a camisinha estourou. Pelo menos, ele disse que estourou. Eu não verifiquei. Depois, quando voltei para casa, lavei com água quente e sal. Mas não adiantou nada.
Como assim água e sal?
Eu esguichei água e sal lá dentro.
E não ardia?
Ardia, sim.

Entendi. E agora você vai querer ter?

A garota, atônita, lançou um olhar rápido para ela.

Por que você não é obrigada, encorajou Maggie. Eu vou com você e te ajudo a falar com um médico. Se você quiser.

A garota desviou o olhar da mesa e se virou para a janela. No vidro, dava para ver o reflexo da sala. Do outro lado, estavam as casas escuras dos vizinhos.

Eu quero ter, disse ela, ainda olhando para a janela, com um tom baixo mas firme.

Você tem certeza?

Tenho, respondeu a garota. Ela se virou. Naquele momento, seus olhos pareceram grandes e escuros, determinados.

Mas se você mudar de ideia...

Eu sei.

Tudo bem, disse Maggie. É melhor colocarmos você na cama.

A garota se levantou da mesa da cozinha. Obrigada, senhora Jones, disse. Queria agradecer por ser tão boa comigo. Eu já não sabia mais o que fazer.

Maggie Jones a abraçou. Oh, querida, disse ela. Sinto muito. Tempos difíceis te esperam. Você não sabe quanto.

Elas ficaram abraçadas na cozinha.

Após algum tempo, Maggie disse: Mas você sabe que meu pai também mora aqui. Não sei se ele vai entender essa história. Ele é um senhor de idade. Mas você é bem-vinda. Só teremos que ver como vai ser.

Saíram da cozinha. Maggie pegou uma camisola de flanela comprida para a garota e arrumou sua cama no sofá da sala. Ela se deitou.

Boa noite, senhora Jones.

Boa noite, querida.

A garota se encolheu debaixo do cobertor. Maggie voltou para o próprio quarto e, após algum tempo, a garota caiu no sono.

Depois, no meio da noite, ela acordou quando ouviu alguém tossindo no quarto ao lado. Ela olhou ao redor, naquela escuridão estranha. A sala desconhecida, os objetos que havia ali. Em algum lugar, um relógio tiquetaqueava. Ela sentou no sofá. Mas agora não conseguia ouvir mais nada. Após algum tempo, voltou a se deitar. Estava quase dormindo de novo quando o ouviu se levantar e entrar no banheiro. Ouviu-o urinar e dar a descarga da privada. Em seguida, ele saiu e parou na porta, olhando para ela. Um velho de cabelo branco, usando um pijama de listras grande demais. Ele pigarreou. Coçou as costas esqueléticas, mexendo no pijama. Ficou olhando para ela. Então foi se arrastando pelo corredor até a cama. Demorou até a garota pegar novamente no sono.

Ike e Bobby.

Aos sábados, eles passavam para receber o dinheiro dos jornais. Acordavam cedo, entregavam os jornais, voltavam para casa, iam até o estábulo para alimentar os cavalos e depois os gatos que miavam furiosamente e o cachorro, e em seguida voltavam para casa, lavavam-se na pia da cozinha, tomavam café da manhã com o pai e então saíam de novo. Eles iam receber juntos. Era melhor assim. Levavam um talão de recibos destacáveis com as datas, dos meses e das semanas, e uma algibeira de lona para o dinheiro.

Eles começavam pela Main Street, passando primeiro no comércio, antes de encher e ficar lotado para as compras de sábado, antes que os moradores da cidade fossem ao centro e os camponeses e os fazendeiros chegassem dos campos para comprar as coisas da semana e bater papo. Começaram pela madeireira Nexey, ao lado da ferrovia, e receberam o dinheiro do próprio Don Nexey, que era simpático com eles e tinha uma careca que reluzia como mármore esculpido sob a luz fraca das luminárias de lata do balcão da frente. Em seguida, foram à barbearia do Schmidt ao lado e pararam as bicicletas na fachada de tijolos, embaixo do sinal vermelho e branco.

Quando entraram na barbearia, Harvey Schmidt estava cortando o cabelo de um homem sentado na cadeira com um pano de listras finas preso ao pescoço. Nas dobras do pano, havia cachos negros como retalhos de costura. Sentados, junto à parede, havia outro homem e um menino lendo revistas enquanto esperavam sua vez. Ambos olharam quando os dois garotos chegaram. Os irmãos fecharam a porta e ficaram parados ali.

O que vocês querem?, perguntou Harvey Schmidt. Ele repetia a mesma frase todo sábado.

O dinheiro dos jornais, respondeu Ike.

O dinheiro dos jornais, repetiu ele. Eu acho que não vou pagar nada. Há apenas más notícias. Vocês não acham?

Eles não responderam. O garoto sentado os observava por trás da revista. Era um pouco mais velho do que eles.

Pague a eles, Harvey, disse o homem na cadeira. Você pode parar um minuto.

Estou avaliando, disse Harvey, se vou pagar ou não. Com o pente, afastou os cabelos das orelhas do homem, aparou as pontas com a tesoura, e depois os penteou de volta rente à cabeça. Ele olhou para os garotos. Quem corta o cabelo de vocês?

O quê?

Eu perguntei quem corta o cabelo de vocês.

A mamãe.

Eu achei que a mãe de vocês tinha ido embora. Ouvi dizer que ela se mudou para uma casinha na Chicago Street.

Os garotos não responderam. Não ficaram surpresos que ele soubesse. Mas não queriam que ele ficasse falando sobre isso na barbearia, na Main Street, sábado de manhã.

Não é verdade o que me disseram?, perguntou ele.

Eles olharam primeiro para ele e então rapidamente para o garoto que estava esperando sentado. Ele ainda estava observando. Ficaram calados e olharam para o chão, para os cachos de cabelo do homem embaixo da alta cadeira de couro.

Deixe os garotos em paz, Harvey.

Eu não estou perturbando. Só fiz uma pergunta.

Deixe-os em paz.

Não, disse Harvey outra vez aos garotos. Pense nisso. Eu fico com os jornais e vocês ganham um corte de cabelo. É assim que funciona. Ele apontou a tesoura para eles. Vocês me dão uma coisa, e eu dou outra em troca. Isso se chama comércio.

São dois dólares e cinquenta, disse Ike.

O barbeiro olhou fixamente para ele por um instante e então voltou para o cabelo do homem. Os garotos ficaram parados na porta, observando-o. Quando ele terminou com a tesoura, dobrou uma toalha de papel no colarinho do homem, por cima do pano listrado, atrás da cabeça, e passou bastante espuma na nuca dele, então pegou a navalha, passou-a na linha de limite do cabelo, obtendo um corte batido perfeito; a cada gesto, limpava a lâmina da espuma e os fios no dorso da mão; depois, quando terminou, tirou a toalha de papel, limpou nela a navalha, jogou o papel sujo e limpou a mão, em seguida limpou o pescoço e a cabeça inteira do sujeito com uma toalha de pano. Passou uma loção perfumada cor-de-rosa na palma da mão, esfregou uma mão na outra e massageou-lhe o topo da cabeça, depois com um pente fino fez uma risca acurada de lado, formando uma onda firme de cabelos entre seus dedos e a testa alta do homem. O cliente se olhou no espelho, afastou o pano e abaixou com a mão o topete vistoso.

Estou tentando deixar você mais sexy, disse Harvey.

Eu não preciso, gabou-se o homem. Já sou sexy o bastante.

Ele se levantou da cadeira, o barbeiro soltou o pano e o sacudiu sobre o piso ladrilhado, fazendo-o estalar. O homem pagou e deixou uma gorjeta no balcão de mármore, embaixo do espelho. Pague logo aos garotos, Harvey, disse ele. Eles estão esperando.

Acho que é melhor eu pagar mesmo. Do contrário, eles vão ficar parados aí o dia inteiro. Da caixa registradora, ele tirou três notas de um dólar e as estendeu aos meninos. Tá bom?, perguntou.

Ike se aproximou, pegou o dinheiro, deu o troco a Harvey Schmidt e lhe entregou uma folha do caderno de conta.
Você conferiu o troco?, perguntou o barbeiro.
Conferi.
Como se diz agora?
O quê?
O que você diz quando uma pessoa paga a conta?
Obrigado, agradeceu Ike.
Eles saíram. Na calçada, os dois garotos olharam de volta para a barbearia, através da larga vitrine. Atrás das letras douradas em arco, o homem com o cabelo recém-cortado vestia o paletó, e o garoto que esperava subia na cadeira.
Filho da puta, xingou Bobby. Babaca. Mas isso não fez com que ele se sentisse melhor. Ike não disse nada.
Montaram nas bicicletas, pedalaram meio quarteirão mais ao sul até Duckwall's, entraram e foram para os fundos da loja, a seção de roupa íntima para garotas, com os sutiãs dobrados, sem especular sobre eles desta vez; passaram por pentes, grampos, espelhos, pratos de plástico e, depois, por travesseiros, cortinas, chuveirinhos de banheira e bateram à porta do gerente. Ele os deixou entrar e pagou rapidamente, indiferente, sem criar problemas. Então, eles saíram de volta e atravessaram a Second e receberam na Schulte's, a loja de departamentos na esquina, e prosseguiram até a padaria, parando diante dos bolos de casamento em sua vitrine imensa.
Você quer entrar aqui primeiro ou vamos antes lá em cima?, perguntou Ike.
Lá em cima, respondeu Bobby. Eu quero resolver com ela logo.
Estacionaram as bicicletas, abriram a porta dos fundos do edifício e então entraram num local estreito e escuro. Atrás da porta, havia caixas de correio pretas chumbadas e um par de sapatos masculinos de cor marrom no chão.

Eles passaram e, quando chegaram ao topo da escada, viraram e pegaram um corredor comprido e escuro que levava a uma saída de emergência que dava na viela. Atrás de uma das portas, havia um cachorro latindo. Pararam na última porta, no capacho ainda estava o *Denver News* entregues pela manhã. Ike pegou o jornal, bateu, e os dois ficaram parados diante da porta, cabisbaixos, olhando as tábuas do chão, à escuta. Ele bateu de novo. Ouviram os passos, ela estava vindo.

Quem é?, a voz dela soou como se tivesse ficado dias sem falar. Ela estava tossindo.

Viemos receber o pagamento dos jornais.

Quem é?

Os garotos do jornal.

Ela abriu a porta e os encarou.

Entrem, garotos.

Deu dois e cinquenta, senhora Stearns.

Venham até aqui.

Ela recuou, arrastando os pés, e eles entraram no apartamento. A sala estava muito quente. O calor era sufocante, e o local estava entupido de toda variedade de coisas. Caixas de papelão. Papéis. Amontoados de roupas. Pilhas de jornais amarelados. Vasos de flores. Um ventilador. Um ventilador de chão. Um chapeleiro. Uma coleção de catálogos da Sears. Uma tábua de passar roupa aberta junto da parede com sacolas de compras pousadas em cima. No meio da sala, havia uma televisão dentro de uma estrutura de madeira com outra televisão portátil em cima, como se fosse uma cabeça. Em frente à televisão, havia uma poltrona estofada com toalhas de mão estendidas sobre os braços gastos e, encostado na janela, um velho sofá de três lugares.

Não mexam em nada, disse ela. Sentem-se aqui.

Eles se sentaram juntos no sofá, observando-a claudicar pela sala com duas bengalas de metal. Entre as caixas e as pilhas tortas, havia um caminho, e ela seguiu por ele até a poltrona estofada, então se abaixou com dificuldade, segurando as bengalas prateadas entre os joelhos.

Era uma velha e usava um vestido leve e florido coberto por um avental comprido. As costas estavam curvadas, e ela usava aparelho auditivo, os cabelos amarelados estavam puxados para trás em um coque, seus braços à mostra eram cheios de manchas e sardas e, acima dos cotovelos, havia dobras de pele flácida. No dorso de uma das mãos, um hematoma arroxeado com os contornos irregulares, semelhante a uma marca de nascença. Quando ela se sentou, pegou um cigarro que já estava aceso, tragou e soltou a fumaça para o teto, em espirais cinzentas. Observava os dois garotos por trás dos óculos. Sua boca era de um vermelho-vivo.

Bem, disse ela. Estou esperando.

Eles olharam para a mulher.

Comecem a falar, disse ela.

São dois e cinquenta, senhora Stearns, repetiu Ike. Pelo jornal.

Isso não é uma conversa. São só negócios. O que vocês têm? Como está o tempo?

Eles se viraram e olharam através da cortina translúcida da janela, atrás deles; a cortina tinha um cheiro forte de poeira. A vista era da viela dos fundos. Está fazendo sol, disse Bobby.

Não está ventando hoje, completou Ike.

Porém, as folhas estão caindo.

Isso não tem nada a ver com o tempo, disse Ike.

Bobby virou a cabeça para olhar para o irmão. Tem um pouco, sim.

Mas não é a mesma coisa.

Não importa, interrompeu a senhora Stearns. Ela estendeu o braço enrugado por cima do braço largo da poltrona e bateu a cinza. O que vocês estão aprendendo na escola? Vocês estudam, não é?

Sim.
Muito bem.
Eles ficaram calados.
Você, disse ela. O mais velho. Qual é o seu nome?
Ike.
Em que ano você está?
Quinto.
Quem é a sua professora?
A senhorita Keene.
Um mulherão alto? Com o queixo saliente?
Acho que sim, respondeu Ike.
Ela é uma boa professora?
Ela deixa a gente fazer as tarefas de classe sem pressa. Ela faz a gente trabalhar em grupo e escrever. Aí ela copia nossos trabalhos e mostra para as outras classes da escola.
Então ela é uma boa professora, concluiu a senhora Stearns.
Mas uma vez ela mandou uma menina calar a boca.
É mesmo? Por quê?
Ela não queria se sentar perto de uma pessoa.
Perto de quem ela não queria se sentar?
Do Richard Peterson. Ela não gostava do cheiro dele.
Bom, disse a senhora Stearns. A família tem uma queijaria. Não é?
Ele fede a estábulo.
Vocês também federiam se tivessem uma queijaria e se fossem trabalhar nela, disse a senhora Stearns.
A gente tem cavalos, disse Ike.
Iva Stearns analisou-o por um instante. Ela parecia estar refletindo sobre o comentário dele. Então tragou e apagou o cigarro. Virou-se para Bobby. E você?, perguntou. Quem é a sua professora?
A senhorita Carpenter, respondeu Bobby.
Quem?
Senhorita Carpenter.

Essa eu não conheço.
Ela tem cabelo comprido e...
E o que mais?, indagou a senhora Stearns.
Ela sempre veste suéter.
É mesmo?
Quase sempre, corrigiu.
O que você sabe sobre suéter?
Não sei, disse Bobby. Eu gosto, acho.
Hum, resmungou. Você é muito novo para ficar pensando em mulheres de suéter. Ela deu uma espécie de risadinha. Era um som estranho, desajeitado e hesitante, como se ela não soubesse rir. Então, de repente, ela começou a tossir. Tossir ela sabia. A cabeça foi jogada para trás, e o rosto ficou lívido, enquanto o peito afundado estremecia por baixo do avental e do vestido. Os garotos ficaram olhando de esguelha, fascinados e apavorados. Ela, então, cobriu a boca com a mão, fechou os olhos e tossiu. Minúsculas lágrimas escorreram de seus olhos. Mas, por fim, acalmou-se, tirou os óculos e um lenço de papel do bolso do avental, enxugou os olhos e assoou o nariz. Voltou a pôr os óculos e olhou para os dois irmãos sentados no sofá que a estavam observando. Garotos, nunca fumem, advertiu. A voz agora era um sussurro rascante.
Mas a senhora fuma, disse Bobby.
Como é?
Você fuma.
Por que você acha que eu estou falando isso para vocês? Vocês querem acabar como eu? Uma velha sozinha e abandonada, que mora numa casa que nem é dela? Numa sobreloja que dá para um beco sujo?
Não.
Então não fumem, insistiu ela.
Os garotos olharam bem para a mulher e depois para a sala. Mas a senhora não tem família?, perguntou Ike. Alguém para morar com a senhora?

Não, respondeu ela. Não tenho mais.
O que aconteceu com eles?
Fale mais alto, não estou ouvindo.
O que aconteceu com a família da senhora?, perguntou Ike.
Foram todos embora, disse ela. Ou então morreram.
Eles ficaram olhando fixamente para ela, esperando que falasse algo mais. Não faziam ideia do que ela deveria fazer, como poderia corrigir o rumo que sua vida havia tomado. Mas a mulher não falou mais nada sobre aquilo. Em vez disso, parecia agora olhar para além deles, em direção à janela que dava para o beco. Atrás das lentes, seus olhos tinham o azul muito claro de um papel finíssimo, e a parte branca também parecia azulada, com minúsculas veias vermelhas. A sala parecia muito silenciosa. O batom intenso lhe borrara o queixo quando ela cobrira a boca com a mão para tentar conter a tosse. Eles ficaram ali olhando para ela e esperando. Mas ela não falou mais nada.
Por fim, disse Bobby, nossa mãe foi embora de casa.
Os olhos da velha se moveram lentamente daquilo que estavam vendo. O que foi que você disse?
Faz algumas semanas já que ela foi embora, continuou Bobby. Ele falou em voz baixa. Ela não mora mais com a gente.
Não?
Não.
E onde ela mora agora?
Cala a boca, Bobby, disse Ike. Ninguém tem nada a ver com isso.
Tudo bem, disse a senhora Stearns. Não vou contar para ninguém. Aliás, para quem eu contaria?
Ela analisou longamente a expressão de Bobby e a do irmão. Eles estavam ali sentados no sofá, esperando que ela voltasse a falar.
Finalmente, ela disse: Sinto muito. Sinto muito saber isso da sua mãe. E eu aqui falando só de mim. Vocês devem estar se sentindo sozinhos.

Eles não sabiam o que dizer quanto a isso.

Bem, então, disse ela. Vocês podem vir me visitar quando quiserem. Está bom?

Eles olharam para ela indecisos, sentados no sofá, naquela sala silenciosa e com aquele ar cheirando a pó e fumaça de cigarro.

Vocês vão vir?, perguntou ela novamente.

Os dois garotos assentiram.

Muito bem, disse ela. Passe meu porta-moedas para eu pagar. Está ali na outra sala, em cima da mesa. Um de vocês pode ir até lá e trazer para mim? Vocês fariam isso por mim, por favor? Depois não vou mais perturbar vocês. E podem ir embora se quiserem.

Victoria Roubideaux.

Victoria tinha certeza. Dentro de si, tinha certeza.
Mas Maggie Jones disse: Acontece. Por motivos mais diferentes, por razões que você nem consegue prever ou imaginar ou saber. Pode ser qualquer outra coisa. Nem sempre dá para saber o que está acontecendo. É melhor confirmar.
Dentro de si, ela estava certa disso. Em primeiro lugar, porque ela nunca atrasava, até os últimos meses ela sempre havia sido pontual como um relógio. Em segundo lugar, já fazia algum tempo que se sentia diferente: não só por causa do enjoo matinal que ela tinha quando ainda morava com a mãe, enjoo que sentia antes mesmo de acordar, que piorava quando a mãe entrava fumando no banheiro, olhando para ela; às vezes tinha também uma sensação estranha que não sabia descrever ou explicar a ninguém. E havia ainda outras coisas, às vezes se sentia cansada e com vontade de chorar, e ela não conseguia se segurar, apesar de não ter razão nenhuma para isso. Seus seios pareciam sensíveis demais, reparava nisso certas noites, na cama, sem falar dos mamilos, tão escuros e inchados.
Mas Maggie Jones dizia: É melhor você ter certeza.
E então, uma noite, Maggie Jones levara para casa o teste de farmácia. Elas estavam na cozinha. Maggie Jones disse: Pelo menos, faça o teste. Então vamos saber.
Você acha que eu devo fazer?

Sim, acho que você deve.
Como se faz?, perguntou a garota.
Aqui diz que você segura a ponta absorvente no fluxo da urina. Deixe a ponta ali até você terminar. Depois espera cinco minutos e, se as duas linhas ficarem vermelhas nesse visor, quer dizer que você está. Aqui. Toma.
Agora?, perguntou a garota.
Por que não?
Mas, senhora Jones, eu não sei. Acho estranho. Ter certeza assim, de uma forma tão definitiva, com a senhora aí sabendo o que estou fazendo.
Querida, disse Maggie Jones. Você precisa acordar. Agora está na hora de você acordar.
Então ela pegou a caixinha achatada do teste, com a imagem de uma mulher jovem de cabelos cor de mel, uma expressão de exaltação religiosa no rosto e, no fundo, um jardim ensolarado, repleto do que poderiam ser rosas, embora fosse impossível ter certeza, levou ao banheiro, trancou a porta, abriu a caixinha e fez o que dizia a instrução, segurando embaixo de si, enquanto afastava as pernas, respingando um pouco nos dedos, embora, naquele momento, ela não conseguisse se preocupar com isso, depois deixou o teste em cima da pia e ficou esperando enquanto pensava: e se eu estiver de verdade? Mas talvez eu não esteja. Como me sentirei depois dessas semanas achando que eu estava, poderia ser ainda pior perdê-lo, depois de ter fantasiado sobre ele e de fazer planos sobre o futuro. E, se, pelo contrário, eu estiver? Ela se deu conta de que já tinha passado tempo suficiente, mais até que os cinco minutos necessários, então olhou no visor e as duas linhas estavam coloridas, o que significava que ela estava. Ela levantou e olhou o rosto no espelho. Eu sabia que estava mesmo, disse ela consigo, eu tinha certeza, então por que deveria fazer diferença, não dá para ver no meu rosto, não, não mudou nada, nem nos meus olhos.

Ela abriu a porta, levou o teste para a cozinha e mostrou a Maggie Jones, que olhou o visor. Bem, querida, disse ela. Agora sabemos. Você está bem?

Acho que sim, respondeu a garota.

Bom. Vou marcar uma consulta para você.

Precisa ser agora?

É melhor que seja logo. É melhor ser prudente. Já devia ter ido antes. Você já tem algum médico?

Não.

Quando foi a última vez que você foi a um médico? Por qualquer motivo.

Não sei, disse a garota. Seis ou sete anos atrás. Eu fiquei doente.

Quem era o médico?

Era um velhinho. Não lembro o nome dele.

Não seria o doutor Martin?

Mas, senhora Jones, disse a garota. Não pode ser uma médica?

Aqui, não. Em Holt, não temos.

Talvez tenha em outra cidade.

Querida, disse Maggie Jones. Victoria. Escute. Por enquanto, você está aqui. É aqui que você mora.

Ike e Bobby.

Meia-noite. Ele voltou do banheiro para o quarto envidraçado, onde o irmão dormia tranquilo na cama de solteiro, junto à face norte. Apesar das janelas nas três paredes, o quarto estava escuro. Era uma noite sem luar. Ele olhou para oeste e então ficou parado, olhando lá para fora. Na casa abandonada a oeste, havia uma luz acesa. Ele conseguia vê-la, além do muro dos fundos da casa do vizinho idoso. Era indistinta, como se filtrasse através da neblina, ou de um nevoeiro, mas havia uma luz. Uma luz fixa, oscilante e fraca. Depois, ele também conseguiu avistar alguém na sala.
Ele cutucou Bobby.
O que foi?, Bobby se virou. Para com isso.
Olha lá.
Para de me cutucar.
Na casa velha, disse Ike.
O que tem lá?
Bobby se ajoelhou de pijamas na cama e olhou pela janela. Lá no fim da Railroad Street, a luz balançava e dançava no quadrado da janela da casa velha.
O que é que tem?
Tem alguém lá.
Esse alguém, quem quer que fosse, passou pela janela de novo, na contraluz da penumbra.
Ike se virou e começou a se vestir.

O que você vai fazer?
Eu vou até lá. Vestiu a calça por cima do pijama e se abaixou para calçar as meias.
Você não pode esperar?, disse Bobby. Ele deslizou para fora da cama e se vestiu rapidamente.

Ficaram segurando os sapatos na mão até o fim do corredor e pararam no patamar da escada, de onde podiam ver o quarto do pai, às escuras; através da porta aberta, podiam ouvi-lo roncar, uma espécie de guizo, um sopro, uma pausa, depois novamente aquela espécie de guizo. Desceram as escadas, um de cada vez, sem fazer barulho, e foram até a varanda, sentando-se nos degraus para calçar os sapatos. Estava fresco lá fora, quase frio. O céu estava limpo e cheio de estrelas, estrelas claras e puras. A brisa noturna desarrumava as folhas do topo dos álamos e as levava para longe.

Atravessando o caminho de entrada, eles se afastaram da casa, pegando a Railroad Street, e, sob a luz arroxeada do poste que zumbia, seguiram pela beira da estrada de terra, afastando-se dos focos de luz, rumo a uma escuridão cada vez maior. A casa do velho ao lado estava em silêncio, às escuras, como as casas cinzentas dos sonhos. Eles seguiram pela beira da estrada. Então, avistaram-no. Estacionado fora da estrada, a uns trinta metros mato adentro, havia um carro escuro.

Eles pararam abruptamente. Ike fez um sinal com a cabeça, e eles foram se esgueirando para dentro da vala, caminhando em silêncio naquele mato seco. Quando chegaram à altura do carro, pararam de novo. Observaram com atenção o brilho discreto das estrelas no capô arredondado e no porta-malas, nas calotas prateadas. Não conseguiam ouvir nada, até mesmo o vento havia parado. Saíram da vala e se aproximaram ainda mais do carro, agora se sentindo expostos a quem passasse na estrada, mas, quando passaram perto da janela, viram que não havia ninguém dentro, apenas latas de cerveja vazias no chão e uma jaqueta no banco de trás. Seguiram adiante. Contornaram as alfarrobeiras do quintal da frente e pararam, depois continuaram, adentrando o mato alto e os girassóis mortos, e seguiram em frente, alcançando a lateral da casa. Deslizando pelas tábuas frias até a janela lateral, de onde a luz oscilante derramava sobre o quintal, bruxuleando ainda mais fraca, em uma espécie de eco luminoso sobre a terra e o mato seco.

Então, eles ouviram vozes que vinham do lado de dentro. A janela não tinha vidros, pois haviam sido quebrados por pedradas ao longo dos anos. Mas ainda havia uma cortina de crochê amarelada sobre o vazio da janela e, através dessa cortina diáfana, quando eles ergueram a cabeça, puderam ver uma garota loira deitada no chão, sobre um colchão velho. Havia duas velas enfiadas em garrafas de cerveja no chão e, naquela luz cintilante, eles viram que a garota era uma das alunas do último ano da escola que costumavam ver na Main Street, e que ela estava completamente nua. Um cobertor militar estava aberto sobre o colchão, onde estava deitada a garota, com os joelhos levantados, e eles conseguiram ver os pelos úmidos reluzentes entre as pernas dela, os seios macios esparramados, os quadris e os braços finos, a pele dela era cor de creme, com um toque rosado, e eles olharam para ela com surpresa e com uma emoção parecida com êxtase, uma espécie de medo religioso. Deitado ao lado dela, havia um garoto ruivo grande e musculoso, tão nu quanto ela, só com uma camiseta cinza com as mangas cortadas. Ele também era do último ano. Também já o tinham visto antes. Ele estava dizendo: Não é isso. Porque vai ser só desta vez.

Por quê?, disse a garota.

Eu já expliquei. Porque hoje ele veio junto com a gente. Porque eu disse que, se ele viesse, ia poder.

Mas eu não quero.

Então faça isso por mim.

Você não me ama, disse a garota.

Eu já falei que amo.

Ama nada. Se você me amasse, não ia me obrigar a fazer isso.

Eu não estou obrigando ninguém, disse ele. Só estou pedindo um favor.

Mas eu não quero.

Tudo bem, Sharlene. Foda-se! Você não é obrigada.

O garoto do último ano se levantou do colchão. Os dois irmãos ficaram assistindo de fora da casa. Ele parou sob a luz de velas com sua camiseta sem mangas, as pernas nuas, musculoso, alto. O negócio dele era grande. Os pelos dele também eram ruivos, só que mais claros, meio alaranjados; a glande era arroxeada. Ele se inclinou para pegar a calça jeans, vestiu-a, puxou-a para cima e afivelou o cinto.

Russ, disse a garota que estava olhando para ele ainda deitada no colchão.

O que foi?

Você está maluco?

Eu já disse para ele que podia, falou o rapaz. Agora não sei o que vou dizer para ele.

Tudo bem, concordou ela. Por você, eu vou fazer. Eu não quero, mas vou fazer.

Ele olhou para ela. Eu sei, disse ele. Então eu vou lá avisar.

Mas você vai ter que agradecer por isso, merda.

Eu vou.

Quero dizer, depois você vai ter que mostrar seu agradecimento também, disse a garota.

Ele saiu pela porta aberta e, do escuro de fora da casa, os dois garotos ficaram observando a garota, que tinha ficado sozinha. Ela se virou de lado na direção deles, tirou um cigarro de um maço vermelho e acendeu na chama da vela, com os seios livres balançando, cônicos, seu quadril estreito e suas ancas lisas de garota, brilhando à luz tremulante das velas, depois se deitou e começou a fumar novamente, soprando a fumaça para o alto e jogando as cinzas no chão. Ela levantou o outro braço, observou o dorso da mão, que depois passou pelo cabelo loiro, afastando-o da testa. Então apareceu outro garoto, que ficou parado na porta olhando para ela. Ele entrou. Era um garoto grande também, do último ano.

A garota nem olhou para o sujeito. Não estou fazendo isso por você, avisou ela. Então não fique imaginando coisas.

Eu sei, disse ele.

Ah, você sabe?

Posso deitar aí?

Bem, eu é que não vou me levantar, disse ela.

Ele sentou no cobertor e olhou para ela. No momento seguinte, ele estendeu a mão e, com a ponta dos dedos, tocou um mamilo escuro dela.

O que você está fazendo?, perguntou a garota.

Ele falou que podia.

Pode porra nenhuma. Mas eu prometi. Então vamos logo com isso.

Sim, assentiu o garoto.

Tira a roupa, disse ela. Droga!

O garoto tirou os sapatos, desafivelou o cinto e abaixou a calça e a cueca; do lado de fora da casa, os dois irmãos ficaram olhando para ele, e viram que ele também tinha pelos. O dele era maior, parecia inchado, bem reto para cima, e sem falar nada, ele foi para cima dela, enfiou-se entre as pernas dela, enquanto a garota levantava os joelhos com as pernas afastadas, acomodando-se ao peso dele. De repente, ele começou a se mexer em cima dela. Os dois irmãos viram a bunda branca dele subindo e descendo cada vez mais rápido, cada vez mais intensamente e, pouco depois, ele berrou alguma coisa incontrolável e incompreensível, como se sentisse dor, gritando palavrões no ouvido dela, estremeceu, se contorceu e então parou, e o tempo inteiro ela ficou ali sem dizer nada, deitada e parada, olhando para o teto com os braços ao lado do corpo, como se estivesse em outro lugar e ele não tivesse nada a ver com ela.

Sai, disse ela.

O garoto levantou a cabeça, olhou para a garota, afastou-se do corpo dela e ficou deitado de costas sobre o cobertor. Depois de um instante, ele disse: Ei.

Ela pegou o cigarro da tampa de um pote de vidro, onde o havia deixado quando ele entrara, e tragou, mas o cigarro tinha apagado. Ela se aproximou da chama da vela e o acendeu de novo.

Ei, disse ele outra vez. Sharlene?

O que foi?

Você é boa.

Bem, você não é.

Ele apoiou o cotovelo no colchão para olhar para ela. Por quê?

Ela não olhou para ele. Estava deitada de costas de novo, fumando, e olhava bem para cima, no ponto em que a vela oscilava no teto encardido. Por que você não sai logo daqui?

O que foi que eu fiz de tão ruim?, perguntou ele.

Vai sair ou não vai? A garota estava quase gritando.

Ele se levantou e se vestiu, olhando para ela o tempo todo. Então saiu do aposento.

O primeiro garoto voltou, todo vestido. Estava com uma jaqueta da escola.

A garota olhou para ele, deitada no colchão.

Foi tudo bem?, perguntou ele.

Não seja ridículo. Você pode pelo menos vir até aqui e me beijar?

Ele se agachou e a beijou na boca, acariciou seus seios e pôs a mão nos pelos entre as pernas dela.

Para, disse ela. Acabou. Vamos embora daqui. Já está me dando nojo ficar aqui dentro.

Do outro lado da janela, os dois irmãos ficaram olhando o garoto da escola ir embora. Depois, observaram a garota enfiar os pés na calcinha, fechar o sutiã com os cotovelos para fora e as mãos que mexiam atrás das costas e vestir a calça jeans e uma camisa pela cabeça, e por fim inclinar-se para apagar com um sopro as duas velas acesas. Instantaneamente, tudo ficou escuro, e eles só ouviram os passos dela sobre as tábuas de pinho do assoalho. Eles foram se arrastando até a frente da casa, esconderam-se no escuro rente às tábuas frias e, sem dizer nada, ficaram olhando para a garota e os dois garotos saírem e, uma vez atravessado o terreno invadido pelo mato, os três passaram por baixo das árvores e entraram no carro para depois partir no escuro pela Railroad Street, com as luzes vermelhas das lanternas que sumiam na poeira da estrada à medida que o carro avançava na direção da Main Street e do centro da cidade.

Que filho da puta, disse Ike.

E o outro também, comentou Bobby. Você não acha?

Eles se enfiaram entre a ambrósia e os girassóis secos e tomaram o rumo de casa.

Os McPheron.

Eles já tinham levado o gado para o curral, as vacas leiteiras e as novilhas de dois anos esperavam naquela tarde clara e fria do final de outono. As vacas se agitavam e mugiam, e a poeira subia no ar frio, pairando acima do curral e do brete como uma nuvem marrom de mosquitos, que boiavam em enxame acima do chão frio. Os dois velhos irmãos McPheron estavam na outra extremidade do curral, vigiando o gado. Usavam jeans, botas, jaquetas de tecido grosso e bonés com orelheiras de flanela. Na ponta do nariz de Harold, estremecia uma gota, depois pingou, enquanto os olhos de Raymond estavam marejados e vermelhos por causa da poeira levantada pelas vacas e pelo frio. Agora estavam quase prontos. Só estavam esperando Tom Guthrie chegar para, então, terminarem aquele trabalho antes do fim do outono. Ficaram no curral, desviaram o olhar do gado e começaram a observar o céu.

Parece que acabou, comentou Raymond. Acho que não vai nevar mais.

Está frio demais para nevar, disse Harold. Seco demais.

Talvez hoje à noite neve um pouco, completou Raymond. Já aconteceu.

Não vai nevar, não, insistiu Harold. Olha como está o céu para lá.

É isso mesmo que estou olhando, disse Raymond.

Voltaram a se ocupar dos animais. Então, sem dizer mais nada, saíram do curral e se dirigiram ao estábulo, onde entraram de ré com a caminhonete pela enorme porta de correr e começaram a carregar a caçamba com pistolas de vacina, a Ivermectina, ampolas de remédio e aguilhões para gado. Junto com o restante do equipamento, carregaram também o aquecedor, amarraram com fio metálico a chaminé negra comprida nas laterais e voltaram para o curral, para o brete, a fim de conter os animais. Em seguida, pousaram as ferramentas na bobina de madeira para cabos telefônicos virada que usavam como mesa. Deixaram no chão o aquecedor perto do brete, e Harold se inclinou com dificuldade e riscou um fósforo na base. Depois de acendê-lo, ele abriu as ventarolas para liberar calor, então a fumaça negra subiu, e o cheiro de querosene invadiu o ar invernal, mesclando-se à poeira levantada pelo gado.

Levantaram o olhar ao ouvirem o barulho de um veículo além da casa: a caminhonete de Guthrie estava saindo naquele instante da estrada de terra. A caminhonete contornou a casa e as poucas construções anexas, passou pelas árvores baixas e parou onde os McPheron estavam esperando. Guthrie e os dois garotos desceram vestindo seus casacos e chapéus de inverno.

E quem são esses dois ajudantes?, perguntou Harold. Ele olhou para Ike e Bobby, de pé, ao lado do pai.

Achei melhor trazê-los comigo, falou Guthrie. Eles disseram que queriam ajudar.

Bem, só espero que eles não cobrem muito caro, disse Harold. Não temos como pagar o mesmo que pagam na cidade. Tom, você sabe disso. Ele falava em tom sério, fingindo estar chateado. Os dois garotos o encararam de volta.

Não tenho a menor ideia de quanto vão cobrar, disse Guthrie. É melhor você mesmo perguntar a eles.

Raymond se aproximou. O que vocês acham, garotos? Quanto isso vai nos custar hoje?

Eles se viraram para o segundo homem, que era mais jovem que o primeiro, cujo rosto acabado estava cinza naquele ar frio, usando um boné sujo abaixado até os olhos vermelhos, por causa da poeira. Quanto vocês vão querer para se juntar a nós neste trabalho?, perguntou ele.

Os dois garotos não sabiam o que dizer. Deram de ombros e olharam para o pai.

Bem, disse Raymond. Acho melhor negociar o preço mais tarde. Depois de ver o que vocês são capazes de fazer.

Ele piscou o olho e se virou para o outro lado, e só então eles entenderam que estava tudo bem. Foram até a rampa, pararam perto da mesa improvisada e olharam para as pistolas de vacina e as caixas de ampolas de remédio. Inspecionaram tudo, tocaram com cuidado o instrumento para despontar os chifres, com suas extremidades recurvadas e afiadas sujas de sangue, então se aproximaram lentamente do aquecedor e estenderam as mãos enluvadas na direção daquele calor intenso. De repente, uma das vacas mugiu lá dentro do curral, os dois garotos se agacharam para olhar entre as ripas e para entender qual delas tinha sido, o gado se agitava à espera do que estava prestes a acontecer.

Os homens começaram a trabalhar. Guthrie entrou no curral, e logo os animais olharam para ele e começaram a recuar na direção dos fundos do cercado. Ele caminhou na direção deles com passos determinados. Os animais começaram a se juntar e a se mexer rente à cerca dos fundos, então ele agiu depressa, isolando os dois últimos, uma novilha preta de dois anos e uma velha com a cara malhada, empurrando-a pela lama pisoteada. As duas vacas tentaram voltar, mas ele agitava os braços e gritava, e por fim, elas foram trotando desconfiadas até o corredor estreito que levava para o brete. Do lado de fora, Raymond enfiou um pau através da cerca atrás delas, de modo que elas não conseguissem recuar, e então espetou o aguilhão elétrico na vaca, produzindo um som crepitante no flanco dela. O animal resfolegou e correu para dentro do brete. Ele travou a cabeça da vaca na pescoceira, ela pateou e se chocou, até que ele apertou as barras laterais contra suas costelas. Ela, então, levantou o focinho negro, que parecia feito de borracha, e mugiu de terror.

Enquanto isso, Harold havia tirado a jaqueta de tecido grosso e vestido uma velha blusa alaranjada, que tinha uma das mangas cortada, e besuntara o braço nu com gel lubrificante. Então se posicionou atrás do brete e dobrou o rabo da vaca sobre o dorso. Enfiou uma mão dentro dela e retirou o estrume macio, quente e verde, avançou ainda mais profundamente para sentir se havia um bezerro. Seu rosto, colado ao flanco do animal, estava virado para o céu, os olhos semifechados por causa da concentração. Sentiu a massa redonda e dura do colo do útero, e atrás algo que estava crescendo. Apalpou-a com a mão. Os ossos já estavam se formando.

Sim. Essa está prenha, ele berrou para Raymond.

Tirou o braço. Estava vermelho e brilhante, sujo de muco e restos de estrume e riscado de sangue. Soltava fumaça no ar frio e manteve o braço afastado do corpo à espera do próximo animal, ali de pé perto do aquecedor, ao lado dos garotos, para se esquentar. Eles olharam fascinados para o braço sujo e depois desviaram o olhar para o rosto vermelho do velho, que acenou com a cabeça, e os garotos voltaram a observar a vaca no brete.

Enquanto o irmão apalpava dentro da vaca em busca dos bezerros, Raymond tinha examinado os olhos e a boca e, com as duas pistolas de vacina, estava injetando a Ivermectina na parte alta do flanco, contra piolhos e vermes, e a vacina contra leptospirose, para prevenir um aborto espontâneo. Ao terminar, ele abriu o brete, e a vaca deu um pulo, jogando lama e pedaços de estrume, e só parou no meio do cercado, onde começou a girar a cabeça e a mugir triste na tarde invernal, lançando um fio comprido e prateado de baba sobre o dorso.

Raymond fez a velha vaca de cara malhada entrar no brete, pegou a cabeça e apertou a pescoceira. Harold avançou, levantou o rabo, tirou o estrume verde e, depois de enfiar a mão e o braço, começou a tatear. Mas não havia nada, estava vazia. O velho mexeu os dedos à procura do que deveria estar ali, mas não encontrou nada.

Essa está vazia, berrou ele. Não está prenha. O que você quer fazer com ela?

Ela sempre deu bons bezerros, disse Raymond.

Sim, mas está ficando velha. Olhe só para ela. Olha como ficou esquelética nos flancos.

Na próxima, ela poderia conseguir.

Não quero mais gastar comida com ela, esperando para ver se ela consegue, disse Harold. Gastar um inverno de ração com ela. É isso que você quer?

Então se livra dela, disse Raymond. Mas ela foi uma boa parideira, isso você não pode negar.

Ele abriu a porteira diante da velha vaca e a soltou do brete, e ela foi trotando para dentro do cercado, onde seria carregada num caminhão e levada embora. Então, ela levantou a cara malhada, farejou o ar, virou-se completamente para o outro lado e ficou ali parada. Ela parecia nervosa e desorientada, agitada. A novilha preta do outro lado da cerca mugiu na direção dela, a vaca velha trotou até a cerca, e os dois animais ficaram se cheirando separados pelas barras.

Junto ao aquecedor, os dois garotos observavam a cena. Eles batiam os pés no chão e agitavam os braços dentro de seus casacos de inverno para se esquentar, enquanto testemunhavam os esforços do pai e dos velhos irmãos McPheron. Acima deles, o céu estava azul como porcelana recém-lavada e o sol resplandecia, brilhante. Mas a tarde estava ficando cada vez mais fria. Algo se formava a oeste. Ao longe, além das montanhas, as nuvens estavam se juntando. Os garotos não se afastavam do aquecedor para continuar aquecidos.

Mais tarde, quando só havia algumas vacas para serem examinadas, o pai se aproximou do aquecedor. Assoou o nariz demoradamente em um lenço azul, dobrou-o e guardou de volta no bolso. Garotos, vocês querem entrar para me ajudar?, perguntou ele.

Queremos.

Agora vocês poderiam ser úteis.

Eles pularam a cerca e desceram no curral. Os animais pularam para atrás, olhando para eles, nervosos e agitados, com as cabeças erguidas em alerta, como antílopes ou veados. O ar dentro do cercado estava pesado, e os garotos sentiram vontade de cobrir o nariz e a boca com algo.

Agora, prestem atenção, disse o pai. Elas já estão agitadas. Então não façam nenhum movimento desnecessário.

Os garotos ficaram observando as vacas.

Afastem-se de mim um pouco. Espalhem-se um pouco mais. Mas cuidado para elas não darem coice. Porque isso machuca. Especialmente aquela avermelhada grande ali.

Qual?, perguntou Ike.

Aquela grande ali, respondeu Guthrie. Sem nenhuma mancha branca nas patas da frente. Está vendo? Com aquela cauda acabada.

O que tem ela?

Ela ficou assustada. É melhor ficar de olho nela, só isso.

Os garotos não perdiam o pai de vista. Eles se moviam pelo curral ao longo de uma linha semicircular. O gado começou a se agitar e se aglomerar, entrechocando-se, agrupando-se contra a cerca do fundo. Atrás deles, uma ripa da cerca estalou. Então, o gado começou a sair, amontoado rente ao cercado, e, no último instante, Guthrie correu para a frente berrando, estalou um chicote trançado e atingiu uma vaca velha com as orelhas cobertas de geada, bem no focinho, e ela freou na lama e resfolegou, então deu meia-volta. Atrás dela, havia uma novilha de cara branca que recuou e que seguiu a outra.

Guthrie e os garotos guiaram os dois animais através do curral. Os garotos continuaram separados, cada um ao lado dele, e as vacas foram trotando em frente, espalhando lama e poeira do chão irregular. Então, na embocadura do corredor, a novilha se apavorou e quis voltar.

Guie essa aí, gritou Guthrie. Não deixe ela voltar. Vire essa vaca.

Bobby agitou os braços e berrou: Eia! Eia!

A novilha olhou para ele furiosa, com seus olhos cercados de branco, então parou subitamente, pateou e avançou pelo corredor, apertando-se contra a vaca velha, que já estava lá naquele espaço estreito. Raymond enfiou a trave atrás delas.

Muito bem, elogiou o pai. Vocês acham que conseguem fazer isso?

Como assim?

Continuar fazendo a mesma coisa. Trazer duas de cada vez. Mas com cuidado.

Onde você vai ficar?, perguntou Ike.

Tenho que ajudar lá na frente, explicou Guthrie. O Raymond está ficando cansado. É muita coisa para um homem só. E essa segunda vaca está com um chifre que precisa ser cortado. Ele olhou para os filhos. Tome, vocês podem ficar com isso.

Ele passou o chicote fino de pastor para Ike, que o pegou e ergueu, agitando-o para a frente e para trás, por cima do ombro. Com a extremidade, atingiu um pedaço de esterco. O esterco pulou no ar.

E o que eu vou usar?, perguntou Bobby. Eu também tenho que ganhar alguma coisa.

O pai deu uma olhada à sua volta. Tudo bem, disse. Dirigiu-se a Raymond: Passa para mim um desses troços.

O velho pegou um dos aguilhões elétricos e o passou para ele pela cerca. Guthrie o pegou e mostrou aos filhos como funcionava, como virar a manopla e acionar o botão para dar uma carga. Viu como se faz?, disse. Ele o encostou na ponta da bota, produzindo uma faísca. Passou o aguilhão para Bobby, que o examinou e o encostou no sapato. A agulha começou a crepitar, e o garoto tirou rapidamente o pé, então levantou o olhar para o pai com uma expressão surpresa no rosto.

Eu também quero usar, pediu Ike.

Vocês é que sabem, disse Guthrie. Você pode trocar o chicote com ele. Mas não exagere. Usem só quando for necessário. E, de todo jeito, para funcionar, vocês precisam chegar muito perto.

Isso machuca a vaca?, perguntou Bobby.

Elas não gostam, respondeu Guthrie. Com certeza, elas sentem. Ele pôs as mãos nos ombros dos garotos. Então, está tudo claro?

Acho que sim.

Estarei aqui fora.

Ele pulou a cerca e foi se juntar aos irmãos McPheron no brete. Eles trouxeram a novilha, e Harold a examinou. Estava prenha, e Raymond lhe deu duas injeções na anca, deixando-a sair para o cercado com as outras. Então, fizeram a vaca entrar e, depois de examiná-la e vaciná-la, Guthrie a abraçou pela cabeça e a puxou violentamente para o lado — o animal tinha o pescoço muito esticado, o olhar transtornado, fora de si — enquanto Raymond aparava com as pontas afiadas do descornador um chifre deformado. Era realmente muito feio de olhar, ele estava todo torto no ponto onde antes fora cortado de forma desajeitada. Ele começou a apertar, rodando o instrumento, fazendo força nos cabos, até, finalmente, conseguir cortar. O chifre caiu como um pedaço de madeira serrado e deixou no crânio do animal uma cavidade branca que parecia dolorosa. Imediatamente, o sangue começou a sair em um jato fino, formando uma pequena poça no chão. Guthrie continuou segurando a cabeça da vaca enquanto ela mugia, revirando os olhos em pânico e tentando atacá-lo, enquanto Raymond colocava um pó coagulante na ferida, que se encharcara de sangue, escorrendo pelo rosto do animal. Jogou mais pó na ferida, misturando com o dedo, então soltaram a vaca no cercado, e ela se afastou sacudindo a cabeça, com um fio de sangue ainda escorrendo sobre o olho.

No curral, os dois garotos estavam trabalhando duro com o restante do gado em meio à lama e à poeira; conseguiram enfileirar mais duas no brete, e os homens começaram a examiná-las. Mas uma das vacas não estava prenha. Eles a soltaram no cercado separado com a velha da cara malhada, e as duas ficaram se cheirando e olhando para a direção de onde tinham saído.
Outra que não conseguiu, disse Harold.
Talvez vocês devessem deixar o velho doutor Wycoff emprenhá-las, disse Guthrie. Com inseminação artificial.
Verdade. Poderíamos fazer isso, concordou Raymond. Só que fica um pouco caro.
Agora que lembrei, disse Harold. A gente já te contou da vez que eu e o Raymond fomos visitá-lo?
Vocês contaram, sim, respondeu Guthrie, mas eu não me lembro.
Então, sim, disse Harold. Uma vez, eu e o Raymond fomos vê-lo por algum motivo. Uma vaca doente, algo assim. Na clínica dele. Quando entramos pela porta principal, ouvimos um barulho, como se alguém estivesse brigando ou batendo, o barulho vinha de atrás do balcão na entrada. Não conseguíamos entender o que era. Então olhamos por cima do balcão e lá estava o velho doutor com uma garota deitada no chão, e ela estava com os braços e as pernas em volta dele, quase como se ele fosse uma cédula de cinquenta. Ela olhou para cima e viu que estávamos olhando. Ela não se assustou nem ao menos ficou surpresa. Simplesmente parou de se mexer e o soltou. Depois ela deu um tapinha na cabeça dele, ainda olhando para nós por cima do ombro dele, e ficou parada sem fazer mais nada. Logo depois o doutor fez a mesma coisa. O que está

acontecendo?, perguntou ele. E ela, temos companhia. Sério?, perguntou o doutor. Isso mesmo, respondeu a garota. Então ele virou a cabeça e olhou para a gente. Rapazes, é uma emergência? Nada que não possa esperar, respondemos. Então tudo bem, disse ele. Irei atendê-los daqui a pouco.

Guthrie deu uma risada. A cara dele, disse.

Não é?, disse Harold.

Ele não demorou, não, disse Raymond. Imagino que ele já estivesse quase terminando.

Ela também, eu diria, acrescentou Harold.

O que a garota estava fazendo lá?, perguntou Guthrie. Pagando uma conta?

Não, respondeu Harold. Acho que não. Talvez os dois tenham ficados excitados ao mesmo tempo e não tenham conseguido se segurar.

Acontece, comentou Guthrie.

Sim, concordou Harold. Acho que sim.

Acho também, disse Raymond. Ele olhou para fora, para o campo aberto e sem árvores, na direção do horizonte, onde sobressaíam as silhuetas azuis das montanhas arenosas.

Por fim, sobrara apenas a vaca de patas encarnadas para ser examinada, aquela sobre a qual o pai os havia alertado. Ela estava ainda mais enfurecida. Olhava para os garotos fixamente, com a cabeça erguida como um animal selvagem que nunca vira um ser humano. No curral, os garotos tinham evitado se aproximar dela. Estavam com medo e não queriam levar um coice. Mas agora caminhavam na direção dela, e a vaca, sem tirar os olhos deles, começou a trotar rente à cerca. Ike e Bobby cortaram o caminho dela. Era imponente e as quatro patas eram avermelhadas; os olhos dela estavam cercados de branco. Ela baixou a cabeça e, de repente, virou-se — a cauda grossa erguida e dura — ficou rígida e galopou para o outro lado. Os garotos a seguiram outra vez e voltaram a se aproximar por trás delas; nesse momento, o bicho se viu encurralado num canto. A vaca os encarou, com os olhos ameaçadores e os flancos arquejantes, Ike se aproximou mais e estalou o chicote perto da cara dela. Isso a pegou de surpresa. Ela pulou de lado, depois saltou para a frente. Derrubou Bobby, jogando-o no chão sem que tivesse tempo para se esquivar. O garoto caiu de costas e quicou como uma lasca de madeira jogada num aquecedor. A vaca o escoiceou com as patas traseiras, saltou e correu para o outro lado do curral. Bobby estava deitado no chão. O gorro de lã estava a seus pés, o aguilhão elétrico no chão ao lado dele. Ele ficou deitado no barro pisoteado, olhando para o céu vazio, tentando respirar. Mas o fôlego não vinha, e o garoto começou a fincar os pés no chão, enquanto Ike, curvado sobre o irmão em pânico, falava com ele. Os olhos de Bobby estavam arregalados, aterrorizados. Depois, de repente, recomeçou a respirar, ainda ofegante, e emitiu uma espécie de soluço agudo.

O pai tinha visto o que havia acontecido, pulara no curral e chegara correndo, e agora estava agachado ao lado da cabeça dele. Bobby? Você está bem? Filho?

Os olhos do garoto olhavam ao redor. Ele parecia apavorado e surpreso. Observou os rostos em seu entorno. Acho que estou, respondeu.

Você acha que quebrou alguma coisa?, perguntou Guthrie.

Ele se apalpou inteiro. Mexeu os braços e as pernas. Não, respondeu. Acho que não.

Você consegue sentar?

O garoto se sentou e dobrou os ombros para a frente. Moveu a cabeça para trás e para a frente.

Você levou um coice bem forte, disse Guthrie. Mas parece que está tudo bem. Acho que você está bem. Não está? Ele ajudou o garoto a se levantar e a tirar o barro do curral dos ombros e de onde ele batera atrás da cabeça. Pronto, disse.

Assoe o nariz, filho. Bobby pegou o lenço do pai, limpou o nariz, ficou olhando para o lenço, a fim de ver se havia sangue, mas só havia barro e poeira, e o devolveu. O irmão pôs o gorro de lã de volta em sua cabeça.

Vocês fizeram um bom trabalho, disse Guthrie. Estou orgulhoso de vocês.

Os dois garotos ficaram olhando para o pai e depois observaram o curral.

Vocês fizeram tudo certinho, o melhor que podiam, elogiou.

Mas e essa vaca?, perguntou Ike.

Vou precisar do chicote de volta, disse Guthrie. Você pode me ajudar se quiser. Mas fique longe dela.

Eles foram outra vez atrás da vaca de pernas avermelhadas. Ela estava esperando no outro extremo do curral, parada de lado, observando-os. Parecia selvagem como um gato de rua, como se fosse capaz de pular por cima da cerca do curral, com dois metros de altura, para fugir. Começou a dar alguns passos para se afastar. Guthrie se aproximou dela determinado, os garotos vieram atrás. Então, quando ela começou a se virar, ele correu rapidamente por trás dela e deu uma chicotada violenta. O animal, então, desferiu um coice brutal que quase acertou seu rosto, e ele ficou atrás dela correndo e chicoteando-a novamente; nesse momento, quando ela estava quase entrando no corredor, virou repentinamente e se lançou na direção da cerca, tomou impulso e saltou. Ela só conseguiu pela metade. Acabou esbarrando no mourão mais alto e ficou ali presa. Agora a vaca estava com metade do corpo para cada lado da cerca e começou a mugir, aterrorizada. Balançava a cabeça e escoiceava.

Droga. Para com isso, berrou Harold. Ele e Raymond vieram correndo. Pronto. Agora chega. Sua maldita louca, sua esquelética nojenta.

Eles a tinham cercado, tentando detê-la, acalmá-la, mas o animal continuava a escoicear e a atacar com a cabeça em um louco frenesi, impedindo-os de se aproximar. Finalmente,

Guthrie conseguiu passar por cima da cerca para encará-la, a fim de empurrá-la para trás e ver se, daquela forma, o animal iria conseguir, mas ela escoiceara tanto, agitando-se sobre a cerca, que caiu para a frente, cabeça abaixo, na cerca das vacas grávidas, numa espécie de cambalhota desastrada, o que causou um grande estrondo no chão. Ficou ali imóvel.

Olha só o que você fez, disse Harold. Vamos. Fique aí agora. Talvez com isso entre um pouco de juízo nessa sua cabeça.

Eles ficaram observando-a. O corpo arquejava, mas nada mais se mexia. Seus olhos fitavam arregalados. Depois de entrar na cerca, Guthrie se aproximou e, com o pé, levantou a cabeça da vaca. O gesto pareceu despertá-la. Começou a tremer e, de repente, pôs-se de pé, obrigando Guthrie a dar um passo para trás, e então começou a olhar ao redor, cambaleante. Havia um corte em um dos flancos, por ter raspado na madeira rachada da cerca. A pele rasgada estremecia e pingava sangue em gotas rápidas e nítidas, e o dorso e a cabeça estavam cobertos por uma camada de barro. Parecia o bicho de um cortejo medieval, sujo e sangrento, ameaçador. Balançou a cabeça suja para os lados, deu alguns passos e então trotou, mancando, para junto das outras vacas e novilhas. Elas pareceram desconfiadas e se afastaram dela.

Guthrie perguntou: Vocês querem que eu a traga para cá?

Não. Deixe-a em paz, disse Harold. Teríamos praticamente que matá-la para trazê-la para dentro agora. Ou ela emprenhou depois de ficar com o touro ou não. Parece que ela acha que está prenha, porque ela queria muito passar para o outro lado. Ele ficou olhando para ela no meio das outras vacas. Seja como for, parece que ela não gostou mesmo de você, Tom.

Eu posso trazê-la de volta, ele disse. Se vocês quiserem, vou buscá-la.

Não. Deixe-a em paz. Vamos ficar de olho nela.

E esse corte?

Ela vai se curar sozinha. Acho que ela está com raiva da gente, mas não quer simplesmente fugir e morrer. Ela não vai querer nos dar esse gosto.

Os dois garotos ajudaram a levar as vacas examinadas para um pasto vizinho. A vaca selvagem das pernas avermelhadas mancava no meio das outras. As duas que não tinham emprenhado foram deixadas no cercado, e eles ficaram chamando as outras, com as cabeças erguidas, mugindo, e paradas rente à cerca, onde observavam por entre as ripas. Perto dos bretes, os meninos ajudaram a recolher os remédios e as pistolas de vacina, guardando tudo de volta na caçamba da caminhonete. Então subiram na Dodge e foram se sentar ao lado do pai, com o aquecedor jogando ar quente nos joelhos deles enquanto ele conversava com Harold. Raymond veio pelo lado deles da caminhonete.

Abaixe o vidro, pediu o pai. Ele quer dizer alguma coisa para vocês.

O velho, de pé no frio sobre o cascalho arenoso ao lado da caminhonete, tirou uma bolsinha de couro de um bolso interno da jaqueta de lona, segurou-a e abriu o zíper. Procurou e encontrou duas notas. Estendeu-as aos meninos pela janela aberta. Espero que seja suficiente, disse ele.

Eles pegaram timidamente o dinheiro e agradeceram ao homem.

Garotos, vocês podem voltar aqui quando quiserem, ele disse. Vocês serão bem-vindos.

Espere aí, disse o pai. Não é necessário.

Fique fora disso, falou Raymond. É uma coisa entre mim e os garotos. Não tem nada a ver com você, Tom. Garotos, voltem quando quiserem.

Ele recuou. Os dois irmãos ficaram olhando para o sujeito. Olharam para o velho rosto curtido ao relento e seus olhos avermelhados sob o chapéu de inverno. Ele tinha uma expressão calma e gentil. Eles esperaram, seguraram as cédulas nos punhos fechados sem olhar para elas até que o pai finalmente se despedisse e ligasse a caminhonete. Depois ele engatou marcha a ré, afastando-se dos bretes, passou pela casa e foi embora sacolejando na estrada de terra, com o cascalho solto que batia nos para-lamas, apontando para oeste onde o céu começava a escurecer. Só então, eles olharam para o dinheiro. Viraram as notas. Ele dera uma nota de dez dólares para cada um.

É muito dinheiro, disse o pai.

Será que deveríamos devolver?

Não, respondeu. Ele tirou o gorro, coçou a nuca e o pôs de novo. Acho que não. Seria um insulto. Eles querem que vocês fiquem com esse dinheiro. Eles gostaram de vocês terem ido.

Mas, papai... disse Ike.

O que foi?

Por que eles nunca se casaram? E não tiveram uma família como todo mundo?

Não sei, respondeu Guthrie. Às vezes as pessoas não se casam.

Agora estava quente na caminhonete, ao longo daquela estrada de terra. Entre a vala e a cerca, paralelos à estrada, havia uma faixa de terra engrossada e emaranhada pelos rolos de barrilheira seca e outros arbustos. No alto, na travessa de um poste telefônico, um falcão cor de cobre estava empoleirado contra o sol poente. Eles o observaram, mas ele nem moveu a cabeça quando passaram embaixo.

Acho que eles nunca encontraram a garota certa, disse o pai. Não sei dizer com certeza.

Bobby olhou pela janela. Então, disse: acho que eles não queriam se separar.

Guthrie olhou de relance para ele. Talvez, concordou ele. Talvez tenha sido isso mesmo, filho.

Uma vez alcançada a rodovia estadual, Guthrie e os dois garotos viraram para o norte e, dentro da cabine da caminhonete, ficou menos barulhento, porque estavam no asfalto, indo em direção à cidade. Guthrie ligou o rádio para ouvir o noticiário noturno.

Victoria Roubideaux.

Quando a garota disse seu nome, a mulher de meia-idade sentada do outro lado do vidro olhou para ela e disse: Sim, a senhora Jones ligou. Depois riscou um nome da lista que estava bem na sua frente com a caneta, e entregou à garota uma prancheta com três folhas para preencher. Victoria as levou consigo até a sala de espera e sentou com os papéis no colo, inclinada sobre eles com o cabelo caído sobre o rosto como uma cortina espessa e escura, depois ela os afastou em um movimento familiar e automático, ajeitando-o para trás dos ombros. Havia perguntas para as quais ela não tinha resposta. Queriam saber se havia câncer na família, problemas cardíacos do lado paterno, sífilis entre os parentes da mãe. No total, eram mais de cem perguntas. Ela respondeu sempre que possível, quando sabia alguma coisa, achando que não seria certo chutar as outras, como faria se fosse uma prova na escola. Ao terminar, ela levou a prancheta com os papéis para a mulher e os passou pelo vidro.

Eu não consegui responder a todas, disse ela.

Você respondeu àquelas que sabia?

Respondi.

Então pode se sentar. Nós vamos chamar.

Ela voltou a se sentar. A sala de espera era estreita e comprida, com vasos de plantas pendurados na frente das quatro janelas. Na sala, havia outras três pessoas esperando. Uma mulher com um garotinho de rosto amarelado como um *Post-it* e olhos grandes demais para a cabeça. O menino estava no colo da mãe, apático, enquanto ela acariciava sua nuca, e depois de algum tempo ele deitou no colo dela e fechou os olhos, e ela passou a fazer carinhos na bochecha amarelada e doentia do filho, fitando o vazio além das janelas. A outra pessoa na sala era um velho com um chapéu de feltro novo, cinza-perolado, que ele ostentava com orgulho. Estava sentado na parede oposta e pressionava o polegar da mão direita contra o joelho. O polegar estava enfaixado de bandagens grandes e brancas e apontava para cima, como se alguém o tivesse enfaixado às pressas, para que fosse exposto como uma atração de circo. O velho fitou a garota com os olhos alegres, como se fosse dizer alguma coisa, contar o que lhe acontecera, mas não disse nada. Ficou olhando para ela, e nenhum dos dois disse nada. Então a enfermeira chamou a mulher com o garotinho doente, e depois voltou e chamou o velho com o polegar machucado, e algum tempo depois foi a vez dela.

Ela se levantou e seguiu a mulher de jaleco e calça branca pelo corredor estreito, passando por uma sucessão de portas fechadas. Pararam em uma balança onde ela foi pesada e mediram sua altura. Em seguida, entraram em uma salinha onde havia uma mesa de exame, uma pia e duas cadeiras. A mulher mediu seu pulso e aferiu a pressão e a temperatura, tudo isso em silêncio, e anotou os resultados na ficha.

Depois ela disse: Agora, por favor, tire toda a roupa. E coloque isso. Ele virá em um minuto, acrescentou. Ela saiu e fechou a porta.

A menina se sentiu incomodada, mas fez o que lhe mandaram. Vestiu o avental de papel que estava aberto na parte da frente e se sentou na mesa de exame com um lenço de papel sobre as pernas — tanto o avental como a folha eram muito brancos e ásperos demais — e esperou, observando na parede à sua frente uma fotografia de árvores no outono que, com certeza, não eram de Holt: eram altas, exuberantes, a madeira era de ótima qualidade, e as cores eram tão espetaculares que pareciam, pelo que ela podia avaliar, completamente improváveis, se não impossíveis. Depois, ele, o velho doutor, chegou, solene, formal, elegante e gentil, em seu terno azul-marinho e sua camisa perfeitamente branca com gravata-borboleta, colocada impecavelmente no colarinho engomado, e, depois que ele fechou a porta, apertou cordialmente a mão dela e se apresentou.

O senhor já me examinou uma vez, disse ela.

Sério? Não me lembro.

Seis ou sete anos atrás.

Ele a observou com atenção. Os olhos por trás das lentes sem armação eram mais claros que o paletó. O rosto era cinzento, mas o olhar era muito animado. Ele tinha manchas senis nas têmporas.

Isso faz muito tempo, disse. Você deve ter mudado muito desde então, desde a última vez que a vi. Ele sorriu novamente. E agora, senhorita Roubideaux, preciso examiná-la. E, depois que eu a examinar, nós vamos ter uma conversinha sobre o que eu descobrir. Você já fez um exame ginecológico antes?

Nunca.

Entendo. Bem, não é muito agradável. Mas é o jeito, você vai precisar suportar, e eu tentarei não machucá-la e fazer meu trabalho da melhor forma e o mais rápido possível. Depois pegou um instrumento metálico da bandeja sobre a bancada da pia. Vou usar este espéculo. Você já tinha visto um destes antes? Ele abre assim dentro de você – ele explicou para ela, enfiando-o em um círculo formado pelo indicador e o polegar, e então abrindo-o – e aí você vai me ouvir travar com esse pino aqui para que ele fique aberto. Tente não contrair os músculos lá de baixo – ele indicou uma camada de músculo entre o indicador e o polegar –, porque isso tornaria as coisas mais difíceis para mim e menos confortáveis para você. Vou ligar essa luz dentro de você para conseguir enxergar o colo do útero e vou precisar também colher uma amostra. Você tem alguma pergunta?

A garota olhou para ele por um instante e depois desviou o olhar. Ela balançou a cabeça.

O velho tirou o paletó azul, dobrou-o no encosto da cadeira, arregaçou as mangas engomadas da camisa, foi até a pia e lavou as mãos cuidadosamente. Então aproximou-se da mesa de exame.

Agora vou pedir para você se deitar, disse, e pôr os pés aqui, por favor.

Ela obedeceu. Colocou os pés nos estribos, e ele cobriu os joelhos e as coxas dela com a folha de papel, vestiu as luvas de borracha, pegou o espéculo e passou nele um pouco de lubrificante espremido de um tubo. Então, ele se sentou em uma banqueta entre os joelhos da garota e afastou o papel, para conseguir enxergar o rosto dela.

Chegamos à parte menos agradável, disse. Ele ajeitou a posição da folha de papel. Agora, por favor, chegue o mais perto que puder. Obrigado. Está bem assim. Pode ser que isso seja um pouco frio. Por um instante, ele aqueceu o instrumento com as mãos.

Victoria sentiu e estremeceu.

Eu te machuquei? Sinto muito.

Ela olhava fixamente para o teto. O médico estava sentado mais abaixo, com a cabeça entre as suas pernas abertas.

Está bem assim, disse ele. Tente relaxar. Agora eu só vou dar uma olhada.

Victoria fitava o teto, sentia o que o doutor estava fazendo, esperava, suportava e escutava sua voz serena lhe explicando, a cada momento, o que estava examinando e por que e o que faria em seguida, estava tudo bem, já estava quase acabando. Ela não falou uma palavra. O doutor continuou o exame. Depois de um tempo, terminou e retirou o incômodo instrumento de metal e disse: Sim. Está tudo bem. Agora só preciso fazer o seguinte, e verificou os ovários e o tamanho do útero, com uma mão dentro e outra fora, explicando outra vez para ela tudo o que estava fazendo. Depois, tirou as luvas de borracha e lhe examinou os seios enquanto ela ainda estava deitada, disse que ela também precisava examinar os próprios seios regularmente e lhe ensinou como fazer. Depois disso, afastou-se, foi até a pia, lavou de novo as mãos, desdobrou as mangas da camisa branca impecável e vestiu o paletó. Agora você já pode se vestir, disse ele. Eu já volto e vamos conversar.

A garota se levantou, tirou o avental de papel e tornou a vestir as próprias roupas. Quando o doutor voltou, ela estava sentada na mesa de exame esperando por ele.

Então, disse ele. Senhorita Roubideaux, como imagino que já saiba, você está grávida. Pouco mais de três meses, eu diria. Quase quatro. Quando foi sua última menstruação?

Ela contou.

Entendo. Bem, você deve ter um bebê na primavera. Meados de abril, pelas minhas contas, com uma margem de duas semanas antes ou depois. Mas estou me perguntando se essa é uma boa notícia para você ou não.

Eu já sabia, se é isso que o senhor quer dizer, falou a garota. Eu tinha certeza.

Sim. Eu imaginei que você soubesse, falou ele. Mas isso não responde à minha pergunta.

Ele afastou a ficha, colocando-a sobre a bancada da pia. Puxou uma cadeira e se sentou perto dela, com seu terno azul e sua camisa branca, olhando bem para ela, que estava sentada um pouco acima dele na mesa de exame, com as mãos no colo, à espera, com o rosto vermelho de vergonha e pudor.

Vou ser muito franco com você, disse ele. Isso não deve sair daqui. Você está entendendo? Que fique só entre nós dois. Uma breve conversa entre estas quatro paredes.

O que o senhor quer dizer?, perguntou a garota.

Senhorita Roubideaux, disse o doutor, você quer ter esse bebê?

Ela lançou ao médico uma olhada rápida. Agora estava apavorada, seu olhar era sombrio e concentrado.

Quero, respondeu. Sim, eu quero.

Você tem certeza disso? Certeza absoluta?

Ela olhou para o rosto dele. Você quer dizer se eu quero dar para adoção?

Pode ser também, disse ele. Porém, mais do que isso, o que eu queria confirmar era se você queria manter esse bebê. Chegar ao fim da gravidez, trazer ao mundo?

Eu decidi que sim.

E você quer isso de verdade?

Quero.

E agora, que você me disse isso, você não vai fazer nenhuma bobagem como tentar tirar sozinha ou de algum outro modo, não é?

Não.

Não, disse ele. Então, está tudo bem. Eu acredito em você. Era só o que eu precisava saber. Prevejo que você terá vários tipos de problemas pela frente. É sempre assim. Muitas mães adolescentes têm. Você não deveria ter um bebê nesta idade. Seu corpo ainda não está pronto. Você é nova demais. Por outro lado, você parece forte. Você não tem cara de histérica. Você é histérica, senhorita Roubideaux?

Acho que não.

Então, você vai ficar bem. É fumante?

Não.

Pois então não comece agora. Bebe álcool?

Não.

Pois continue assim, não vá começar a beber agora. Usa algum tipo de droga?

Não.

Você está dizendo a verdade, não está? Ele a encarou e

esperou. Isso é muito importante. Porque tudo o que você consome passa para o bebê. A senhorita sabe disso, não é?

Eu sei.

Você vai precisar se alimentar bem. Isso também é muito importante. A senhora Jones poderá ajudá-la. Acho que ela é uma boa cozinheira. Você precisa ganhar peso, mas não muito, senhorita Roubideaux. Então está tudo bem. Você vai voltar no mês que vem, e nos veremos uma vez por mês até o oitavo mês, quando, então, passaremos a nos ver toda semana. Você tem alguma pergunta?

Pela primeira vez, a garota se deixou levar um pouco. Seus olhos ficaram marejados. Era como se o que ela queria perguntar fosse mais importante e mais terrível do que tudo o que eles haviam dito ou feito até aquele momento. O bebê está bem? O senhor me diria se houvesse algo errado, não é?

Oh, disse o doutor. Claro que sim. Pelo que pude verificar, está tudo bem. Eu não tinha deixado isso claro? Desde que você se cuide, não tem nenhum motivo para se preocupar. Não era minha intenção deixá-la assustada.

Ela se concedeu alguns instantes de choro silencioso, com os ombros encurvados para a frente e o cabelo caindo-lhe no rosto. O velho médico estendeu o braço e pegou as mãos dela entre as próprias, apertando-as por um momento de forma carinhosa, serena, como um avô, olhando para o rosto dela sem falar nada, tratando-a com respeito e gentileza, com toda a segurança de sua longa experiência com as pacientes da clínica.

Mais tarde, quando ela já estava mais calma, depois que o médico foi embora, ela saiu ao ar livre, do lado de fora da Holt County Clinic, que ficava perto do hospital, e a luz da rua lhe pareceu muito cortante e áspera, impiedosa, como se, em vez de um fim de tarde de outono, uma hora antes do crepúsculo, fosse meio-dia em pleno verão, e ela estivesse imóvel sob a luz intensa do sol.

Guthrie.

No final de uma dia de escola, sentado à mesa, ele escutava as apresentações deles e, de vez em quando, olhava pela janela, na direção do poente com o sol brilhando enviesado sobre algumas poucas árvores nuas ao longo da rua. Lá fora, parecia frio e sombrio.

A garota alta que falava na frente da classe já estava terminando. Algo a ver com Hamilton. Ela dedicara metade da apresentação ao duelo com Burr. O que ela dizia mal tinha coerência. Ela terminou, olhou para Guthrie, aproximou-se da mesa dele e entregou-lhe suas anotações. Virou as costas e voltou a se sentar em sua carteira perto das janelas que davam para oeste, e Guthrie anotou o que diria a ela em particular, voltou a consultar a lista e ficou olhando os rostos dos estudantes. Eles pareciam à espera de uma catástrofe inevitável. Glenda, chamou.

Uma garota do meio da sala disse: professor Guthrie?

Sim?

Hoje não estou preparada.

Você tem as suas anotações de aula.

Tenho. Mas não me sinto pronta.

Venha aqui na frente. Você vai fazer o melhor que puder.

Mas eu não sei nada sobre isso, disse ela.

Venha cá.

A garota se levantou e foi até a mesa dele. Então, começou a ler rapidamente os próprios papéis sem erguer os olhos, um fluxo de palavras sem entonação que entediaria até a si mesma, enquanto as pronunciava, se não estivesse tão aterrorizada. Sobre o general inglês Cornwallis, obviamente. A batalha de Yorktown. Ela não chegou nem mesmo à rendição. Ela se interrompeu de repente. Revirou os papéis e não havia nada escrito do outro lado. Ela olhou para Guthrie. Eu avisei que não estava preparada para hoje, disse.

Ficou ali, encarando-o, então se aproximou, entregou-lhe os papéis, voltou correndo para sua carteira no meio da sala, com o rosto enrubescido de vergonha, sentou-se, examinando as palmas das mãos, como se pudesse descobrir nelas alguma explicação ou pelo menos algum tipo de consolo ou socorro, depois olhou para a menina ao lado, uma menina grande de cabelos castanhos que lhe fez um gesto com a cabeça que, pelo visto, não foi suficiente, pois, logo em seguida, Glenda escondeu as mãos embaixo da saia e sentou em cima.

Em sua mesa, Guthrie anotou alguma coisa e consultou a lista de nomes diante de si. Chamou o próximo estudante. Um rapagão com botas de vaqueiro se levantou e veio pisando firme desde o fundo da sala. Começou a falar e prosseguiu em tom hesitante durante menos de um minuto.

Só isso?, indagou Guthrie. Você acha que isso é suficiente?
Acho.
Não é muito.
Eu não consegui pesquisar mais nada, argumentou o garoto.
Você não encontrou nada sobre Thomas Jefferson?
Não.
Nem a Declaração de Independência?
Não.
Sobre o período dele como presidente? Sobre a vida dele em Monticello?
Nada.
Onde você pesquisou?
Em todos os lugares em que consegui pensar.

Você não deve ter feito um grande esforço, disse Guthrie. Deixe-me ver as suas anotações.

Eu só trouxe essa página.

Deixe-me ver essa página.

O rapaz estendeu uma única folha de caderno, voltou para o lugar com o mesmo passo pesado e se sentou. Guthrie o observou. O rosto do rapaz tinha ficado sombrio. Guthrie olhava fixo para a frente. A sala estava silenciosa, os alunos esperavam e o observavam. Ele desviou o olhar na direção da janela. A luz oblíqua da tarde se projetava na rua e na grama seca, as sombras sutis, quase intangíveis, daquelas árvores. O sol ainda brilhava no topo das copas das árvores ao longo da calçada na frente da escola. Não chovia fazia semanas e, à noite, a temperatura baixava bruscamente. Ele se dirigiu novamente à turma e chamou Victoria Roubideaux para fazer sua apresentação.

A garota deu um passo adiante, usava uma saia preta e uma blusa leve amarela, e seus cabelos negros como carvão lhe caíam pelas costas. Guthrie, então, reparou que eles tinham sido cortados, deixando as pontas bem aparadas e retas, formando embaixo uma linha grossa e regular. Ela estava mais bonita agora, mais bem-cuidada. A garota parou diante da classe, virou-se lentamente e logo começou a falar muito baixinho. Ele mal conseguia ouvir.

Você poderia falar um pouco mais alto, por favor?, pediu Guthrie.

Vou ter que começar de novo?, perguntou ela.

Não. Continue do ponto em que você está.

Ela voltou a ler suas anotações, agora num tom levemente mais alto. Ele observava o perfil dela. A garota estava hospedada na casa de Maggie Jones. A própria Maggie já lhe contara. Era bem melhor. Já dava para entender pelo aspecto dela. Provavelmente fora a Maggie quem havia cortado os cabelos daquele jeito.

Naquele momento, a turma começou a ficar agitada. Victoria parou bruscamente de ler porque alguém falara alguma coisa no fundo da classe, e agora todas as garotas haviam se virado nas carteiras, olhando para Russell Beckman. Ele estava num canto da última fileira, seus cachos ruivos achatados sobre a testa, um garotão de camiseta e jaqueta vermelha e branca da Holt County Union High School.

Victoria não parecia ter a menor intenção de voltar a ler. Olhava fixamente para os rostos dos companheiros de turma, segurando os papéis diante de si. Parecia tomada pelo pânico.

O que aconteceu?, perguntou Guthrie.

A garota virou a cabeça e olhou para ele com os olhos cautelosos e sombrios.

O que foi que aconteceu agora?

A garota não queria falar nem reclamar e tornou a se virar para a classe, fileiras de rostos subitamente sem expressão devolvendo o olhar dela. Depois, levantou os olhos por cima daquelas cabeças, na direção de Beckman, que estava sentado na última fileira, espremido na carteira, sobre a qual havia entrelaçado as mãos, olhando para o vazio, como se ele não fosse responsável pelo pôr do sol. À frente da turma, ela ficou olhando para ele. Depois, sem dizer uma palavra, começou a caminhar pela sala. Quando alcançou a porta, estava correndo. Bateu a porta atrás de si, fazendo-a quicar, e todos ouviram o som de seus passos rápidos se afastando pelos ladrilhos do corredor.

Os alunos ficaram sentados olhando para a porta, que ainda balançava. Guthrie se levantou. Alberta, disse. Vá atrás dela, veja se consegue alcançá-la.

Uma garota loira e pequena da primeira fila se levantou. E se eu não conseguir encontrá-la?

Procure. Ela não deve estar longe.

Mas eu não sei aonde ela foi.

Procure por ela e ponto-final. Vá, agora.

Alberta saiu correndo da sala e seguiu pelo corredor.

Guthrie percorreu o corredor entre as carteiras e caminhou até Russell Beckman, que ainda estava sentado com as mãos entrelaçadas. À sua passagem, os outros alunos se viraram para olhar para ele. Guthrie parou e ficou de pé olhando para o rapaz. O que você falou para ela?

Nada, respondeu. Fez um gesto com a mão, como se estivesse limpando algo que tivesse caído em cima dele.

Você falou, sim. O que foi que você falou?

Eu nem estava falando com ela. Eu estava falando com ele. Ele moveu a cabeça de lado, mostrando o vizinho. Pergunte a ele.

Guthrie olhou para o garoto de botas pretas de vaqueiro na carteira vizinha. O garoto olhava fixamente para a frente, com uma expressão carrancuda no rosto. O que ele falou?

Eu não ouvi nada, respondeu o garoto.

Ah, você não ouviu nada?

Não.

E como é possível que todo mundo tenha ouvido?

Não faço ideia. Pergunte a eles.

Guthrie olhou para ele. Voltou a se dirigir para Russell Beckman. Vamos conversar lá fora, no corredor.

Mas eu não fiz nada.

Vamos.

Russell Beckman lançou uma olhada para o vizinho. Agora, em seu rosto havia uma expressão de dúvida. Beckman bufou levemente, e o outro pareceu animar-se de novo, o olhar dele ficou mais intenso. Russel Beckman suspirou profundamente, como quem se sente um perseguido, levantou-se, percorreu muito devagar o espaço entre as carteiras e saiu da sala. Guthrie foi atrás dele e fechou a porta. Eles se encararam.

Você falou alguma coisa para a Victoria que a magoou. Quero saber o que está acontecendo.

Eu não fiz nada, repetiu o garoto. Eu nem estava falando com ela. Já disse.

E agora sou eu que vou lhe dizer uma coisa, alertou Guthrie. Você já tem problemas muito sérios nessa matéria. Você não fez nada há semanas. E eu não tenho a menor intenção de deixar você passar de ano até que comece a se esforçar.

E você acha que eu me importo com isso?

Você vai se importar.

Não, não vou. Você não sabe droga nenhuma sobre mim.

Eu sei mais do que gostaria de saber.

Vá pro inferno!

Guthrie agarrou o braço do rapaz. Eles mediram forças, e o garoto recuou até bater as costas contra os armários metálicos. Ele deu um puxão e conseguiu soltar o braço. A jaqueta estava fora do ombro, e ele a ajeitou.

Mas que merda é essa que você está fazendo?, disse ele. Não encoste em mim. Tire essas mãos de merda de cima de mim. Ele se levantou. Seu rosto estava muito vermelho.

Cale essa boca nojenta, disse Guthrie. E fique caladinho. O que quer que você tenha dito a ela, não repita nunca mais.

Vá se foder!

Guthrie o agarrou outra vez, mas o garoto se soltou, virou, acertou um soco no rosto de Guthrie, e então se desvencilhou e fugiu correndo pelo corredor para fora da escola, na direção do estacionamento. Guthrie o observou pelas janelas do corredor. O garoto entrou num carro, um Ford azul-escuro, e sumiu, cantando pneu no estacionamento. Guthrie continuou parado no corredor, respirando fundo, até retomar a calma. O lado de seu rosto onde tinha levado o soco estava dormente. Imaginou que mais tarde sentiria dor. Tirou um lenço para passar na boca e sentiu alguma coisa na língua, então cuspiu no lenço e olhou. Um pedaço de dente ensanguentado. Colocou-o no bolso da camisa, limpou a boca de novo e guardou o lenço. Então abriu a porta da sala de aula e, de repente, viu-se num silêncio incomum. Todos os alunos estavam olhando para ele.

Peguem seus livros, disse. Leiam até tocar o sinal. Não quero ouvir mais nenhuma apresentação por hoje. Amanhã vocês continuam.

Os estudantes começaram a abrir os livros. Pouco antes de tocar o sinal, a porta se abriu, e Alberta voltou para a sala. Ela entrou e ficou parada de pé ao lado da mesa do professor. Evitava olhar para ele.

Você a encontrou?

Ela deve ter ido para casa, senhor Guthrie.

Você procurou nos banheiros?

Procurei.

E lá fora? Lá na frente da escola?

Eu não queria sair do prédio. Não podemos sair da escola sem autorização.

Desta vez, você podia.

Mas é proibido.

Tudo bem. Pode sentar.

A garota sentou à sua carteira. Guthrie ficou observando os estudantes, ninguém estava lendo. Estavam todos olhando para ele e esperando. Então, o sinal tocou, e começaram a se levantar, e Guthrie voltou a olhar para a rua, agora a luz do sol sobre as árvores era vermelha.

Ike e Bobby.

Só uma vez eles levaram outro rapaz para a casa abandonada, no quarto onde havia acontecido aquilo. Eles mesmos queriam ver o lugar de novo, entrar para ver como se sentiriam, como seria mostrar aquilo para outra pessoa, embora, mais tarde, eles viessem a se arrepender disso. Era um menino da classe do Ike, um magricelo alto de cabelo grosso. Donny Lee Burris.

Aconteceu depois do horário da escola. Eles haviam passado pelo parque público e atravessado a linha do trem. Estavam na estrada em frente à casa deles, um pouco depois, saindo da Railroad Street, Ike parou e se agachou no chão. Era um dia claro de novembro, frio e sem vento. Era final de tarde, e suas sombras se alongavam atrás deles, como trapos escuros na estrada de terra. A estrada estava seca como poeira. Será que essas marcas são do carro dele? indagou. Não pise em cima!

Bobby e o outro menino, Donny Lee, também se agacharam ao lado dele e ficaram analisando as duas marcas de pneu do estudante mais velho da escola na terra. Eles seguiram com os olhos o trajeto até o ponto em que as marcas deviam ter começado, o ponto no qual o carro tinha parado naquela noite em frente à casa abandonada no final da Railroad Street, a uns cem metros dali — e mais adiante, onde a estrada sem trânsito acabava em meio às artemísias e iúcas. O outro garoto se levantou. Não tenho certeza de que sejam essas. É provável que pertençam a outro carro.

São do carro dele, afirmou Ike.

O menino olhou para um lado, depois se virou e olhou para o outro lado. Então, raspou a ponta do sapato na marca de pneu, apagando-a.

O que você está fazendo?, perguntou Ike. Pare já com isso.

Eu achei que a gente ia dar uma olhada na casa velha, respondeu o menino.

Está bem, disse Ike.

Eles seguiram para oeste na direção da casa abandonada. A casa do velho, que ficava ao lado da casa deles, estava tranquila e banal como sempre, atrás do mato e das moitas altas, e não havia sinal algum da presença do velho.

Quando chegaram à frente da casa vazia do final da estrada, eles pararam para observar o edifício e as cercanias. As alfarrobeiras abandonadas com a casca apodrecida, o quintal invadido pela grama alta, os girassóis mortos com as grandes flores pesadas e murchas, tudo seco e marrom agora no final do outono, tudo coberto de pó, e a casa decadente, desbotada e danificada, com a porta da frente escancarada e as janelas quebradas havia anos, todas, fora uma, a do sótão, com um mosquiteiro que estava solto em um dos cantos e tinha um aspecto peculiar, semelhante a uma espécie de olho sonolento.

O que estamos esperando?, perguntou o menino.

Nada. Só estamos olhando.

Eu vou entrar.

As marcas dos pneus ainda estavam visíveis na beira da estrada, onde o carro havia estacionado, assim como as pegadas de sapato na terra onde os dois rapazes da escola e a garota haviam pisado ao entrar e sair do carro. Ike e Bobby estavam inclinados, inspecionando aquelas marcas.

Eu vou entrar agora, avisou o menino.

Espere aí, disse Ike. Fique atrás de mim. Evitando pisar nas pegadas, eles atravessaram o mato que cobria o caminho, passaram pela varanda de tábuas velhas e secas como lenha e sem pintura alguma e cruzaram a porta aberta. No meio da sala, havia uma cadeira quebrada, como que deixada para trás pelos últimos moradores, porque inútil, e no alto da parede norte o reboco estava manchado por infiltrações da chuva. Na lareira, havia um buraco preto de fuligem onde outrora havia o cano do aquecedor; no chão, jornais amarelados. E velhas pontas de cigarro, cacos de vidro esverdeado. Uma lata enferrujada.

Foi aqui que eles fizeram?, perguntou o outro menino.

Ike e Bobby olharam ao redor.

Ela estava no outro quarto, observou Ike.

Vamos lá ver, disse o menino.

Eles foram para o outro quarto. O colchão estava no chão com os tocos de vela enfiados nas garrafas de cerveja. Na tampa que ela usara como cinzeiro, ainda se viam as bitucas com os filtros machados de batom. Sobre o colchão, estava o mesmo cobertor militar. Ike e Bobby atravessaram o quarto e se aproximaram da janela pela qual, naquela noite, eles tinham visto os dois rapazes da escola se aproveitando da garota. Então, inclinaram-se para fora e repararam nos trechos de grama amassada no ponto onde eles próprios haviam ficado, naquela noite, assistindo.

O outro menino se ajoelhou ao lado do colchão. Aposto que ela gritou como uma louca, disse ele.

Ike olhou para ele. Por quê?

Porque é assim que elas fazem. Gritam quando levam na boceta. Depende de quanto é grande, quanto elas gostam.

Os dois irmãos o observaram, desconfiados. Onde você ouviu isso?, perguntou Ike.

É assim mesmo.

É mentira. Não acredito.

Não estou nem aí se você acredita.

Bem, ela não fez nada disso, disse Ike.

Ela só ficou deitada de costas, disse Bobby. Ela só ficou deitada de costas olhando para o teto e esperando que ele terminasse.

Até parece!, disse o outro menino. Tá certo. Ele se inclinou sobre o áspero cobertor militar, encostou o rosto nele, farejou e ergueu os olhos com um gesto exagerado.

O que foi? O que você está fazendo?, perguntou Ike.

Vendo se o cheiro dela ainda está no ar, respondeu o menino.

Os dois garotos ficaram assistindo às maluquices dele. Denny começou a esfregar o cobertor no rosto, pedaço por pedaço. Eles não queriam que ele se comportasse assim naquele quarto. Não concordavam.

É melhor você parar logo com isso, advertiu Bobby.

Eu não estou fazendo nada de errado.

É melhor deixar isso aí, insistiu.

É melhor você sair já daí, disse Ike. Pare já com isso.

O menino fez uma careta, como se o cobertor estivesse muito sujo para tocar, e o deixou cair. Esticou o braço e pegou uma das velas do gargalo da garrafa de cerveja. Então só vou levar uma dessas, disse.

Deixe essas velas aí, disse Ike.

Esse lugar não é seu. Só tem lixo. Porcaria velha. Qual é o problema de pegar alguma coisa?

Eles iam dizer qual era o problema de pegar alguma coisa quando, de repente, perceberam que lá fora, na varanda, havia alguém. Ouviram perfeitamente. As solas duras dos sapatos nos degraus do alpendre e, depois, os passos de alguém entrando.

Quem está aí?

Era a voz do vizinho velho, forte e lamurienta. Eles não responderam. Assustados, lançaram uma olhada para a janela.

Ei, gritou. Estão ouvindo? Quem está nessa maldita casa?

Eles o ouviram atravessar a sala da frente, depois o velho apareceu na porta com seu macacão sujo, as botas pretas altas, a camisa azul puída de trabalhar, os olhos vermelhos e desvairados, marejados, e as faces cobertas por uma barba de dois dias. Nas mãos, ele agitava uma espingarda enferrujada.

Seus filhos da puta, disse ele. O que vocês estão fazendo aqui?

A gente estava só olhando, respondeu Ike. Já estamos indo embora.

Vocês não têm nada que fazer aqui. Pirralhos malditos, vocês entram aqui e quebram tudo.

A gente não fez nada, disse o outro menino. E você também não é dono daqui, ou é? Aqui também não tem nada seu, saiba o senhor.

Ora, seu cara de pau, filho da puta. Vou meter uma bala bem na sua cabeça. Ele levantou a espingarda e apontou para o menino. Você vai é para o inferno.

Não, espere, disse Ike. Está tudo bem. A gente vai embora. Não precisa se preocupar. Vamos, disse.

Ele empurrou Bobby para fora e puxou o outro menino pelo braço. Quando passaram pelo velho, ele fedia a querosene e suor e alguma coisa azeda, como trigo em um silo. Ele se virou à passagem dos garotos, indo atrás deles com a espingarda nas mãos trêmulas.

Não voltem mais aqui, seus merdinhas, ameaçou. Da próxima vez, não vou dizer uma palavra. Vou atirar em vocês e pronto.

A gente não fez nada, disse o outro menino.

O que foi?, disse o velho. Jesus, eu vou estourar a sua cabeça é agora! Ele ergueu a arma outra vez, agitando-a perigosamente.

Não. Olha só, disse Ike. Já estamos saindo. Um minuto.

Os meninos saíram da casa e voltaram para a Railroad Street, atravessando o mato. O velho saiu na varanda para observá-los. Os garotos se viraram e olharam de novo para ele, que continuava lá, na varanda, parado ao sol poente, com o macacão sujo, a camisa azul e a espingarda na mão. Quando o homem viu que eles pararam na frente da casa, apontou a arma contra eles outra vez, como se estivesse mirando. Os três foram embora.

Quando já haviam seguido pela estrada longe o suficiente para o velho não mais conseguir enxergá-los com clareza, o outro menino disse: Pelo menos, eu saí com isso. Ele parou e tirou do bolso de trás um toco de vela.

Você pegou?, perguntou Bobby. Não era nem para ter tocado nela.

O que é que tem? É só uma vela.

Não importa, disse Ike. Não era sua. Você nem a viu. Você não viu como foi aquela noite.

Nada a ver. Estou cagando para a garota.

Você não viu como ela estava aquela noite.

Oh, eu já vi muitas sem roupa. Já vi os peitinhos cor-de-rosa delas muitas vezes.

Mas você nunca viu essa garota, disse Ike.

E daí?

Ela era diferente. Ela era bonita, não é, Bobby?

Eu achei ela bonita, disse Bobby.

Não estou nem aí. A vela é minha.

Eles começaram a voltar para casa pela estrada de terra. Quando chegaram ao cascalho do caminho de entrada, o outro menino seguiu sozinho para a cidade, mas os dois irmãos voltaram, passaram pela casa vazia deles e foram para o terreno ao lado, onde os dois cavalos estavam cochilando, perto do estábulo. Então, foram até o curral para ficar onde estavam os cavalos.

Victoria Roubideaux.

Uma noite, ao terminar de lavar a louça no Holt Café e comer sentada ao balcão, ela não voltou logo para a casa de Maggie Jones. Em vez disso, resolveu passear sozinha pela cidade com o casaco fechado até o queixo e as mãos enfiadas nas mangas.

Ela fez a ligação de um telefone público da estrada principal, quase na saída da cidade de Holt, onde havia um estacionamento e uma mesa para piqueniques durante o verão, embaixo de quatro olmos chineses feios e sem folhas. Negociantes de gado usavam o telefone durante o dia, falavam apoiados nos capôs das caminhonetes empoeiradas, esticando o fio ao máximo e rabiscando números em blocos de papel. Agora estava escuro. O sol se pusera havia duas horas, e um vento frio e cortante de inverno soprava nuvens pretas de poeira para a estrada, formando pequenos amontoados ao longo dos canais de irrigação. As luzes amareladas dos novos postes de rua iluminavam o asfalto deserto, sinalizando o início da cidade. Ela pediu à telefonista um número em Norka, a cidade natal dele, a primeira que se alcançava a partir de Holt para o oeste. A telefonista informou o número da mãe dele.

Quando ela digitou o número, uma mulher atendeu na hora, uma mulher que desde o início dera a impressão de estar com raiva.

Posso falar com o Dwayne?, pediu a garota.

Quem é?

Uma amiga dele.
O Dwayne não está. Ele não mora aqui.
Ele está em Denver?
Quem está falando?
Victoria Roubideaux.
Quem?
A garota repetiu.
Nunca ouvi o Dwayne falar no seu nome, disse a mulher.
Sou uma amiga dele, repetiu a garota. A gente se conheceu no verão passado.
Isso é o que você diz. Como é que eu vou ter certeza?, insistiu a mulher. Por mim, podia ser a Nancy Reagan.
A garota observou a estrada. O vento soprava um pedaço de papel ao longo do canal de irrigação e o fazia rodopiar junto com a poeira. A senhora não poderia me dar o número dele?, perguntou Victoria. Por favor, eu preciso falar com ele. Tem uma coisa que eu preciso contar a ele.
Agora escute bem, disse a mulher. Eu já falei para você que ele não está. E ele não está mesmo. Não vou dar o número para qualquer uma que pedir. Ele precisa ficar tranquilo. Ele está trabalhando e é isso que ele tem que fazer mesmo. Seja você quem for, tem que deixá-lo em paz. Está me entendendo? Ela desligou o telefone.
A garota devolveu o telefone ao gancho. Pela primeira vez, naquele momento, ela se sentiu muito sozinha, abandonada e assustada. Ela já não tinha mais enjoo pela manhã, mas ficava com vontade de chorar a toda hora e, nos últimos dias, as calças jeans e as saias estavam tão apertadas na cintura que ela havia começado a usá-las desabotoadas, com um elástico preso por dentro por um alfinete, para mantê-las fechadas, solução que Maggie Jones lhe sugerira. A garota olhou nos dois sentidos da estrada. Estava vazia, à exceção de um enorme caminhão de combustível que se aproximava ruidosamente do oeste. Ela ouvia o assobio dos freios à medida que o caminhão

reduzia a velocidade, ao passar pelos primeiros postes de rua. Enquanto o caminhão passava, o motorista sentado lá no alto olhou bem para ela, virando a cabeça de lado, como se tivesse quebrado o pescoço.

Do outro lado da estrada, um quarteirão à frente, na direção da cidade, ficava o Shattuck's, e ela resolveu ir até lá. Ainda não tinha vontade de voltar para a casa de Maggie. Ela ainda devia estar fora, na reunião dos professores, e tinha deixado o velho sozinho em casa. A garota começou a caminhar na direção do barzinho. Ela se sentia emocionalmente ligada àquele lugar, pelo qual tinha certo carinho, como se fosse atraída para lá pelas lembranças do passado. Era o lugar onde, no verão, ele tinha comprado hambúrgueres e Cocas para eles, e depois, juntos, tinham levado a sacola de comida para o carro, e ele tinha dirigido para os campos, ao norte da cidade, por estradas de terra sem nome, naquela hora em que o céu começava a flamejar e a escurecer e apareciam as primeiras estrelas, e os passarinhos espalhados pelos campos voavam de volta para seus ninhos.

O Shattuck's tinha um salão lateral com três mesinhas junto à parede, às quais era possível sentar e comer se a pessoa não quisesse pedir e comer no carro. Quando ela entrou, uma jovem mulher com duas crianças estava comendo em uma das mesas. A mulher tinha um cabelo ruivo armado que parecia tingido. Ela estava comendo chili de uma tigela de isopor, e as meninas tinham cada qual um cachorro-quente e bebiam com um canudo leite com chocolate.

Pela janela onde eram feitos os pedidos, a garota pediu uma Coca, e a velha senhora Shattuck colocou o copo no balcão. Então, Victoria o levou até a mesa do canto, perto de uma janela que dava para a estrada. Ela sentou e pôs a bolsinha vermelha sobre a mesa. Abriu o casaco. Deu um gole e olhou para a rua. Passou um carro cheio de estudantes dos últimos anos da escola com as janelas abaixadas e música no volume máximo. Pouco tempo depois, vieram dois caminhões que transportavam gado, produzindo ruídos de ferros, um atrás do outro, fazendo as janelas do café vibrarem. Ela conseguiu ver as peles marrons dos bois pelas aberturas para ventilação nas partes laterais de alumínio, ao longo das quais o estrume havia escorrido em manchas irregulares.

Dentro do Shattuck's, estava tocando música country nos alto-falantes do teto. A jovem mãe ruiva da outra mesa havia terminado o chili e estava fumando um cigarro. Mexia um pé no ritmo da música, o pé saindo e entrando no sapato solto. Nas caixas de som sobre sua cabeça, uma voz de garota cantava *You really had me going baby, but now I'm gone*. O pé da mulher seguia o ritmo. Então, de repente, ela se levantou da mesa e gritou: Oh, Jesus Cristo. Oh, meu Deus. Qual é o seu problema? Ela sacudiu a menor das duas garotinhas pelo braço, levantando-a da cadeira e pondo-a de pé com violência. Você não estava vendo que isso ia acontecer? Havia uma poça de achocolatado espalhada na mesa, de um copo derrubado, e a bebida escura caía pela borda da mesa como uma cascata suja. A garotinha recuou da mesa com o olhar fixo, o rosto branco como papel, e começou a choramingar. Nem começa, disse a mulher. Nem começa com esse choro. Ela pegou alguns guardanapos de papel e começou a limpar a mesa, deixando a situação ainda pior, depois secou as mãos. Merda, disse. Olha só isso... Por fim, agarrou a bolsa e saiu. Atrás dela, as duas garotinhas começaram a tamborilar com os sapatos rígidos no ladrilho do piso, pedindo para ela esperar.

A garota ficou assistindo a tudo pela vitrine do café. A mulher já dera a partida no carro e começava a manobrar de ré no pátio de cascalho, quando a mais velha das garotinhas conseguiu abrir a porta do passageiro, e as duas irmãs começaram a dar pulos, tentando entrar. De repente, uma atrás da outra atiraram-se para dentro, mas a porta abrira demais, e elas não conseguiam fechar. O carro freou bruscamente. A mulher saiu do carro às pressas, deu a volta no veículo, bateu a porta com força, voltou para dentro e foi de ré mesmo até a estrada, depois engatou a primeira e foi embora roncando motor.

Embaixo da mesa, o achocolatado formara uma poça turva. A senhora Shattuck saiu da cozinha com um esfregão e começou a limpar, empurrando-o para a frente e para trás. Ela parou e ficou olhando para a garota. Você viu que confusão?, perguntou.

Foi sem querer, disse a menina.

Não é disso que estou falando, disse a senhora Shattuck. Você achou que eu estava falando disso?

Já eram dez horas quando a garota voltou para casa. Mas ainda era cedo. Maggie Jones ainda não havia chegado. Ela percorreu o corredor até o quarto do velho, abriu um pouco a porta e espiou. Ele estava na cama, no quartinho dos fundos, onde podia controlar o nível do aquecimento, que estava tão alto que ela achava quase sufocante, mas, mesmo assim, o velho dormia de roupa e com um cobertor puxado até o queixo. Os sapatos formavam uma protuberância aguda sob a coberta. Estava com um livro aberto sobre o peito. Victoria fechou a porta e voltou à sala de costura, local que usava como quarto, e tirou a roupa, vestindo, em seguida, sua camisola.

Pouco depois, ela estava no banheiro, lavando o rosto, quando a porta se abriu de repente. Ela tirou os olhos do espelho. Ele estava parado na porta, os cabelos brancos espetados para cima, como tufos secos de cabelo de milho. Estava com os olhos vermelhos e lúcidos, encarando a garota.

O que você está fazendo nesta casa?, perguntou ele.

Ela o observou, prudente. Eu moro aqui, respondeu.

Quem é você? Quem disse que você podia vir?

Senhor Jackson...

Saia já. Antes que eu chame a polícia.

Senhor Jackson, eu moro aqui. O senhor não se lembra de mim?

Eu nunca vi a senhorita antes na minha vida.

Mas a senhora Jones me convidou, explicou ela.

A senhora Jones já morreu.

Não. A sua filha. A outra senhora Jones.

E onde ela está?, perguntou o velho.

Eu não sei. Tinha uma reunião, eu acho. Ela me falou que estaria de volta mais ou menos a esta hora.

Isso é pura mentira.

Ele entrou no banheiro e partiu para cima da garota. Ela recuou. De repente, ele levantou a mão e deu um tapa no rosto dela e depois mais um. O nariz de Victoria começou a sangrar.

Senhor Jackson, gritou ela. Não. Ela estava encurralada contra a porta do chuveiro, virou para o lado, com a mão sobre a barriga para se proteger caso ele tentasse bater em outro lugar além do rosto. Não. Por favor. Não faça isso.

Faço sim. É melhor você sair agora.

Está bem, eu vou embora. Se o senhor sair um minuto, eu vou embora.

Ele continuou ali parado, esperando. Tinha um olhar enlouquecido. Está tudo no banco, disse ele. Você nunca vai encostar um dedo no meu dinheiro.

O quê? Não. O senhor pode se afastar um pouco para eu passar...

Está comigo. Não é seu. Você não tem a chave.

Sim, eu sei. Mas espere lá fora. Só um minuto. Tá bom?

Para quê?

Quero enxugar o rosto.

Ele olhou para ela. Minha paciência tem limite, disse ele. Ele examinou o banheiro, com os mesmos olhos injetados e loucos. Por fim, saiu, arrastando os pés.

Ela trancou a porta imediatamente, e o velho ficou lá fora, resmungando. Sentia a presença dele atrás da porta, ele estava esperando que ela saísse. Ela ficou dentro do banheiro durante uma hora. Abaixou a tampa do vaso e sentou, tamponando o nariz com papel higiênico, e todo esse tempo ela podia ouvi-lo falando e discutindo sozinho no corredor. Aparentemente, estava sentado junto da parede.

Ele ainda estava lá quando Maggie Jones chegou em casa depois das onze da noite. Ela entrou no corredor e o encontrou sentado no chão. Oh, papai, disse ela. O que foi que o senhor fez?

Ela está aí dentro, respondeu ele. Consegui prendê-la no banheiro. Mas ela não quer sair.

Senhora Jones?, chamou a garota. É a senhora?

Escuta, é ela, disse o velho. Ela está latindo lá dentro.

Papai, Maggie Jones disse, ela mora aqui. Essa aí é a Victoria. Você não lembra? Ela se virou para a porta. Querida, você está bem?

Não sei o que foi que eu fiz, disse a garota do outro lado da porta. Não sei o que fiz para irritá-lo.

Eu sei. Está tudo bem. Eu sei que você não fez nada, meu bem.

Ela quer é pegar a minha chave. É isso que ela quer.

Não, não, papai. Isso não é verdade. O senhor sabe que não é. Venha. Vamos para a cama.

Isso é o que todo mundo quer.

Ela levantou o velho pai pelo braço e o levou para o quarto. O homem foi atrás dela, dócil. Ela o ajudou a tirar a roupa e lhe tirou os sapatos, colocando-os no chão ao lado da cama, e ele ficou de pé, nu, naquele quarto quente, com os braços ao lado do corpo, a pele dos cotovelos e dos joelhos frouxa, as coxas finas como gravetos. As velhas nádegas cinzas pendulavam miseravelmente. Ficou parado ali, como uma criança, esperando para ver o que a filha faria em seguida. Ela o ajudou a vestir o pijama, abotoou-lhe o paletó e o fez deitar na cama. Ela ajeitou os cobertores.

Pai, disse. Ela alisou seus cabelos ralos. O senhor não pode mais fazer isso. Por favor. Não pode. O senhor tem que escutar.
Fazer o quê?
Por favor, pediu ela. Simplesmente não faça mais isso. Essa garota já tem muitos problemas.
Mas ela não vai conseguir pegar a minha chave.
Não. Agora sossega. Vamos conversar amanhã. Tente dormir. Ela se abaixou para beijá-lo e manteve o rosto contra o rosto do pai por um tempo. Ele começou a relaxar. Ela passou a mão sobre as pálpebras dele, e ele as fechou. Continuou fazendo carinho em seu rosto. Por fim, ele adormeceu. Então, ela saiu do quarto. Encontrou a garota no quarto improvisado nos fundos, de pé junto à cômoda. A garota estava com os olhos arregalados e parecia muito cansada e pálida na longa camisola branca. Era só uma estudante de cabelo preto e com uma protuberância que começava a aparecer em sua barriga.
Ele te machucou?, perguntou Maggie Jones.
Nada de sério, respondeu a garota.
Tem certeza de que você está bem?
Estou bem, sim. Mas, senhora Jones, eu acho melhor ir para algum outro lugar. Ele não gosta de mim.
Querida, ele nem te reconhece.
Ele me dá medo. Eu não sei o que fazer.
Você pode ficar com alguma amiga?
Eu não sei com quem. Eu não gosto de pedir.
Então, vá dormir, querida, disse Maggie Jones.
Agora eu estou aqui.

Ike e Bobby.

À tarde, eles estavam sentados em suas bicicletas na calçada da Chicago Street, no outro lado da rua, observando-a. Era uma casinha com os muros rebocados com estuque, uma casa de campo e nada mais. Na frente dela, havia três olmos baixos e, de um dos troncos, onde um galho fora cortado, vertia um longo fio de seiva. Um caminho lateral levava à porta da frente. A casa era alugada, de um só andar, sem porão, em um lugar onde a maioria das casas tinha porão, e um subsolo usado como armazém. Era verde desbotada, com um telhado cinzento, e parecia vazia e desabitada, mesmo eles sabendo que ela estava lá dentro. Atrás das janelas, não havia nenhum movimento. Eles ficaram muito tempo olhando.
Depois atravessaram a rua segurando as bicicletas e pararam de novo para olhar, desceram os descansos, estacionaram na calçada e caminharam até a porta. Vai, encorajou Bobby.
Ike bateu à porta de madeira sem verniz.
Assim, ela nem vai ouvir, disse Bobby.
Então tente você.
Bobby desviou o olhar.
Deixa comigo.
Ike bateu de novo, só que um pouco mais alto, e eles ficaram aguardando, olhando para a porta. Atrás deles, a rua estava silenciosa e deserta. Quando já não esperavam mais uma resposta, a porta se abriu lentamente para dentro, e

lá estava a mãe deles. Ela ficou parada no umbral da porta olhando para eles com os olhos sem brilho. Tinha um aspecto horrível. Parecia completamente exaurida. Os garotos logo repararam. Ela havia sido uma mulher bonita de cabelos castanhos macios, braços esguios e cintura fina. Mas agora parecia doente. Seus olhos estavam fundos atrás de olheiras escuras, o rosto sem viço, magro e abatido, como se tivesse se esquecido de comer durante dias, ou como se qualquer coisa que ela pusesse na boca não lhe parecesse bom o suficiente nem que fosse apenas para morder, mastigar e engolir sem sentir gosto. No meio da tarde, ela ainda estava com o roupão de banho, e seu cabelo estava amassado de um dos lados da cabeça.

Sim?, atendeu ela. O tom soou inexpressivo e monótono, sem nenhuma inflexão.

Oi, mãe.

Algum problema? Ela cobriu os olhos com a mão em concha diante do sol claro da tarde.

A gente só queria ver a senhora. Eles se sentiram constrangidos e viraram a cabeça, olhando para o outro lado da rua vazia, para o lugar da calçada em que haviam ficado observando a casa.

Vocês querem entrar?, perguntou ela.

Se você não se incomoda...

Eles entraram atrás dela na salinha da frente, onde, a qualquer hora do dia ou da noite, as roupas dela ficavam jogadas e deixadas em cima da mobília anônima e onde os pratos da cozinha, as xícaras e os pires de café e as tigelas de comida ressecada, eram largados de qualquer jeito sobre o tapete.

Eu não esperava visitas hoje, disse a mulher.

Ela se encostou no sofá com as pernas dobradas por baixo do corpo. Os garotos ainda estavam de pé.

Arrumem um lugar para vocês se sentarem.

Eles sentaram nas cadeiras de madeira, de frente para o

sofá, e a fitaram, mas, depois de um instante, pararam de olhar nos olhos dela. Ela brincava com o cinto do roupão, enrolando no dedo e depois desenrolando. Por baixo do roupão, dava para ver as pernas e os tornozelos pálidos e os pés amarelados.

Foi o pai de vocês que pediu para vocês me visitarem?, perguntou.

Não, respondeu Ike. Não foi ele que mandou a gente vir.

Ele nem sabe que a gente veio, acrescentou Bobby.

Ele pergunta por mim?

A gente sempre fala de você, disse Ike.

O que vocês falam?

Sentimos sua falta. A gente quer saber como você está.

Pensamos na senhora sozinha nesta casa nova, disse Bobby.

Muito obrigada, agradeceu. Saber disso já me deixa mais feliz. Ela olhou para os lados. Como ele está?

O papai?

Sim.

Ele está bem.

Fiquei sabendo que ele nunca está em casa agora.

Ele sai à noite às vezes, depois que a gente vai dormir, disse Ike.

Aonde ele vai?

A gente não sabe.

Ele não conta para vocês?

Não.

Não gosto disso, falou ela. Ela examinou as mãos, as pontas de seus dedos compridos, esguios e bem torneados. Ele deve estar me achando uma louca agora. Que eu perdi a cabeça. É isso que ele deve estar pensando de mim. Ela ergueu a cabeça. Vocês sabiam que ele não quer mais que eu volte para casa? Nem mesmo se eu resolvesse voltar. Foi isso que ele me falou.

A gente quer que a senhora volte.

Eu ainda não fiquei louca, disse ela. Acho que ainda não estou. Vocês acham que eu estou louca?

Não.
Não. Eu ainda não cheguei a esse ponto. E acho que não vou mais ficar. Ela tinha um olhar perdido. Eu achei que isso aconteceria, mas agora já não acho mais. Eu só não sei o que fazer com as coisas que estão na minha cabeça. Fico pensando o tempo inteiro e, pelo visto, não consigo parar de pensar, mas também não sei o que fazer com isso que eu penso. Ela voltou a olhar para eles. Uma situação bem complicada, não é?
Talvez seja melhor a senhora sair mais de casa, sugeriu Ike.
Vocês acham que isso me ajudaria?
Pode ser que sim.
Mas quando a senhora acha que vai voltar para casa?, perguntou Bobby.
Ainda não sei. Não me apressem. Preciso de um tempo. Não me perguntem isso agora, por favor.
Tudo bem.
Ela sorriu tristemente para ele. Obrigada, disse.
Mamãe, quer que a gente arrume para você?, perguntou Ike.
Por quê? Como assim?
Essas coisas aqui. Aqui em casa. Ele olhou para os lados e fez um gesto com as mãos, mostrando a sala.
Oh. Não. Vocês são uns amores. Mas eu ando cansada. Ela ajeitou a gola do roupão. Acho que preciso me deitar um pouco. Estou meio enjoada.
A senhora devia ir ao médico.
Eu sei. Vocês não se incomodam se eu me deitar um pouco?
A senhora parece cansada, mamãe.
A gente volta mais tarde, disse Bobby.
Quer que a gente traga alguma coisa?, perguntou Ike.
Ela ficou olhando para eles. Bem. Não sei. Acabou o café, disse. Vocês podem trazer um pouco de café?
Sim.
Pode pôr na minha conta no Johnson's.

Ela se levantou e voltou lentamente para o quarto, os garotos saíram e ficaram conversando na calçada, depois pegaram as bicicletas e foram para o mercadinho Johnson's da Main Street, percorreram o piso de madeira entre as prateleiras de café, organizadas por marca e por preço, e escolheram uma lata verde que lhes parecia familiar. Então, puseram na conta da mãe quando chegaram ao caixa. Depois passaram no Duckwall's, também na Main Street, no meio do mesmo quarteirão, e pararam diante da vitrine de perfumes, discutindo por quinze minutos, enquanto a vendedora atrás do balcão de vidro lhes mostrava os pequenos frascos.

Quanto é esse?, perguntou Ike.
Este aqui?
Sim.
Este sai por cinco dólares.

Por fim, eles escolheram um que podiam se permitir comprar com o dinheiro da entrega dos jornais e com os poucos dólares que haviam sobrado do que Raymond McPheron lhes dera por terem ajudado com as vacas – um perfume em um pequeno frasco azul que dizia EVENING IN PARIS no rótulo e tinha um cheiro muito doce e uma tampa preateada – e ainda tiveram dinheiro para levar uma caixinha de tampa transparente com uma dúzia de bolinhas de sabonetes multicoloridos. Pediram à vendedora, uma mulher de meia-idade, que embrulhasse as duas caixas para presente com um laço.

Depois pegaram suas bicicletas e voltaram para a casa da mãe, na Chicago Street. Já era final de tarde e ali fora estava ficando frio. As sombras compridas chegavam até o outro lado da rua. Depois de bater, esperaram muito até que ela abrisse a porta e, quando ela veio atender, parecia que tinha acabado de acordar de um sono profundo.

Eles entregaram a lata de café, que ela pegou ainda sonolenta, e então deram a ela as duas caixas da Duckwall's.

Vocês compraram isso também?

Compramos.
E o que tem dentro dessas caixas?
É para a senhora abrir, mamãe.
Mas o que será?
São presentes para a senhora.
Lentamente ela desfez os laços e desembrulhou o papel colorido dos presentes e viu o que havia nas caixas. Naquele momento, prorrompeu em lágrimas. As lágrimas lhe escorreram pelo rosto sem que ela tentasse disfarçar. Oh, Deus, disse. Estava chorando. Abraçou os dois garotos com as caixas ainda nas mãos. Oh, Deus, o que eu vou fazer com tudo isso?

Os McPheron.

Maggie Jones dirigiu até os McPheron em uma fria tarde de sábado. Trinta quilômetros a sudeste de Holt. Ao longo da estrada, havia manchas de neve acumulada nos campos não cultivados e pequenas crostas endurecidas pelo vento nas valas. Bois pretos de cara branca e pelame falho se espalhavam em meio aos restolhos de milho, cabisbaixos e contra o vento, pastando tranquilamente. Quando ela saiu da pista e pegou a estrada de terra, pequenos passarinhos levantaram voo da beira da estrada, e o vento os levou embora. Ao longo da cerca, a neve brilhava sob o sol.

Ela percorreu o caminho até a casa velha, que ficava a uns quatrocentos metros da estrada. Ao lado da casa, havia alguns olmos baixos e desfolhados no terreno rodeado por uma cerca metálica. Quando ela saiu do carro, um velho pastor malhado veio correndo e cheirou suas botas de couro. Então, ela fez carinho em sua cabeça, passou pelo portão de arame, dirigiu-se à porta e bateu. Depois da escada da entrada, havia uma pequena varanda com um mosquiteiro remendado com linha branca nos pontos onde havia sido rasgado ou furado com algo pontiagudo. Para além da varanda, ficava a cozinha. Ela subiu os degraus e bateu novamente. Olhou lá dentro, a cozinha estava mais ou menos arrumada. A mesa sem pratos e os pratos na pia, mas havia pilhas de *Farm Journals* e outros jornais junto às paredes do fundo, além de peças de máquinas sujas de graxa – engrenagens, rolamentos velhos, porcas e parafusos – deixadas sobre tufos de estopa em todas as cadeiras, à exceção de duas, uma de frente para a outra, na mesa de pinho. Ela abriu a porta e gritou. Olá? Sua voz ecoou e se perdeu no último cômodo.

Ela saiu da varanda e caminhou na direção do carro. Agora se ouvia o barulho distante de um trator roncando e com estampidos, subindo do pasto para o sul. Ela foi até lá e parou depois do estábulo, para se proteger do vento. Agora ela podia vê-los. Os dois irmãos estavam no trator, que puxava uma carreta de feno vazia: Raymond de pé na parte detrás e Harold, sentado ao volante de um Farmall vermelho desbotado de sol, com uma lona parafusada aos para-lamas, para proteger o motor do vento. Haviam terminado de levar a forragem para o gado no pasto de inverno, fardos de feno e blocos de sementes de algodão prensados que tinham derramado nos cochos. Cruzaram a porteira, pararam, Raymond desceu, fechou a porteira, subiu novamente no trator, e seguiram com aqueles roncos e estampidos até o estábulo, passando pelo curral e o brete. A tampa do escapamento do trator se abria e fechava, soltando jorros de fumaça preta, até que os dois irmãos, aos solavancos, desligaram o motor, a tampa se fechou e, de repente, Maggie Jones voltou a ouvir o vento.

Ela se afastou do estábulo e ficou ali parada, esperando por eles. Os dois desceram e se aproximaram com calma, lentos e serenos como diáconos, como se não estivessem nem um pouco surpresos em vê-la. Moviam-se pesadamente em seus casacos de inverno e usavam gorros grossos afundados na cabeça, além de volumosas luvas de inverno.

Você vai congelar aí, parada desse jeito, disse Harold. É melhor sair desse vento. Está perdida?

Provavelmente, respondeu Maggie Jones. Ela deu uma risada. Mas eu queria mesmo falar com vocês.

Oh, oh. Lá vêm problemas.

Não me diga que já te assustei, disse ela.

Ai, ai, disse Harold. Você deve estar querendo alguma coisa.
Eu quero, sim.
Então é melhor entrarmos em casa primeiro, sugeriu Raymond.
Obrigada. Pelo menos um de vocês é um cavalheiro.
Eles se dirigiram para a casa velha, atravessando o terreno congelado pelo vento. O cachorro saiu para recebê-los e farejou novamente a mulher, mais uma vez recuando para a garagem aberta. Eles subiram os degraus da entrada. Na pequena varanda, os irmãos se agacharam e tiraram as galochas cobertas de estrume. Pode entrar, disse Raymond. Não precisa esperar a gente. Ela abriu a porta e entrou na cozinha. A casa não estava aquecida, mas já dava para se sentir melhor só de sair do vento. Os dois irmãos entraram logo depois dela, fecharam a porta, tiraram as luvas e as deixaram sobre a bancada. As luvas pareciam pedaços de madeira, enrijecidas pela eternidade com a forma de suas mãos. Abriram um pouco o zíper dos casacos. Por baixo, usavam blusas pretas de botão, camisas de flanela e ceroulas compridas.
Você quer um café?, ofereceu Raymond.
Oh, não quero dar trabalho, respondeu Maggie.
Só sobrou um pouco do lanche.
Ele pôs um pouco de água no fogo e despejou o resto do café lá dentro. Então tirou o gorro, e o cabelo se eriçou, como se fossem molas grisalhas e duras em sua cabeça redonda. Ela achou a cabeça dele bonita, com um formato perfeito, definido. Ambos tinham essa cabeça. Harold havia tirado as peças sujas de graxa de uma das cadeiras sobressalentes e levara a cadeira para perto da mesa. Sentou-se pesadamente. Quando estavam dentro de casa, os rostos dos irmãos McPheron ficaram brilhantes e vermelhos como beterrabas e, do alto de suas cabeças, começou a sair vapor dentro da sala fria. Pareciam saídos de um velho quadro, de camponeses e assalariados descansando após o trabalho.

Maggie Jones desabotoou o casaco e se sentou. Eu vim aqui para lhes pedir um favor, disse.

Ah, sim?, disse Harold. Bem, você pode tentar.

Do que se trata?, perguntou Raymond.

Uma garota que eu conheço precisa de ajuda, disse Maggie. É uma boa garota, mas arrumou um problema. Acho que vocês podem ajudá-la. Eu gostaria que vocês pensassem nisso e depois me dessem a resposta.

Qual é o problema da garota?, perguntou Harold. Ela precisa de dinheiro?

Não. Ela precisa de muito mais do que isso.

Que problema é esse que ela arrumou?, perguntou Raymond.

Ela tem dezessete anos, disse Maggie Jones. Está no quarto mês de gravidez e não tem um marido.

Bem, sim, disse Harold. Pode-se dizer que isso é mesmo um problema.

Ela está morando comigo há algum tempo, mas meu pai não aceita mais a presença dela. Ele perdeu o juízo. Está todo confuso e, às vezes, fica violento. Ela está com medo de ficar sozinha na casa com ele.

E a família dela?, perguntou Harold. Ela não tem família?

O pai foi embora há muitos anos. Não sei há quanto tempo exatamente. E a mãe a expulsou de casa.

Porque está grávida?

Sim, respondeu Maggie. A mãe também já tem seus problemas. Provavelmente vocês sabem de quem eu estou falando.

De quem?

Betty Roubideaux.

Oh, Harold disse. A mulher do Leonard.

Você o conhecia?

Já bebemos muito juntos.

Que fim terá levado? Não sei.

Nada que preste. Pode apostar.

Bem, ele deve ter se mudado para Denver, especulou Raymond. E depois pode ter voltado para a reserva indígena Sioux de Rosebud, no South Dakota. Duvido que alguém saiba. Já faz muito tempo que ele foi embora.

Mas a garota continua aqui, disse Maggie. Essa é a questão. A filha dele ainda mora aqui. E é uma boa pessoa. O nome dela é Victoria.

E o garanhão?, perguntou Harold.

Quem?, perguntou ela. Oh. Você quer dizer o pai do bebê.

Qual é o papel dele nessa história?

Ele não tem papel nenhum. Ela nem quis me dizer quem é, só disse que ele não mora aqui. Mora em algum outro lugar. Ela disse que ele não quis mais saber dela. E, pelo visto, nem do bebê. E, a bem da verdade, eu nem sei se ele sabe sobre o bebê. Se ela contou ou não a ele.

No fogão, o café havia começado a ferver. Raymond se levantou, pegou três xícaras e o serviu, com a cafeteira chiando ao derramar a bebida fumegante. O café estava forte e grosso como piche quente. Você bebe com alguma coisa?

Maggie olhou para a xícara. Talvez um pouquinho de leite.

Ele trouxe uma jarra de leite da geladeira, colocou-a sobre a mesa e tornou a se sentar. Ela tirou a tampa e serviu um pouco de leite frio na xícara quente.

Muito bem, disse Harold. Agora você tem toda a nossa atenção. Você diz que não quer dinheiro. O que você quer afinal?

Ela bebericou o café, saboreou-o, olhou novamente para a xícara e a devolveu à mesa. Ficou observando aqueles velhos irmãos. Eles estavam à espera, sentados, inclinados sobre a mesa diante dela. Eu quero uma coisa improvável, disse ela. É isso o que eu quero. Quero que vocês acolham a garota. Que a deixem morar com vocês.

Eles olharam fixamente para ela.

Você deve estar brincando, disse Harold.

Não, retrucou Maggie. Não é brincadeira.

Eles ficaram chocados. Olharam para ela fixamente, como

se ela fosse perigosa. Depois, examinaram as palmas das mãos calejadas sobre a mesa da cozinha e, por fim, olharam pela janela e viram os olmos baixos e sem folhas.

Oh, eu sei que parece loucura, disse ela. Imagino que seja mesmo uma loucura. Não sei. Nem me importa. Mas essa garota precisa de alguém, e eu estou disposta a fazer qualquer coisa por ela. Ela precisa de uma casa durante esses meses. E vocês dois – ela sorriu –, seus malditos velhos solitários, também precisam de alguém. Alguém ou alguma outra coisa para cuidar ou com que se preocupar além de uma velha vaca avermelhada. Aqui neste fim de mundo é muito solitário. Cedo ou tarde, vocês vão morrer sem nem ter enfrentado um problema em suas vidas. Pelo menos, não esse tipo de problema. Esta é a sua chance.

Os irmãos McPheron se ajeitaram nas cadeiras. Olhavam para ela desconfiados.

Pois então?, perguntou ela. O que vocês me dizem?

Eles ficaram calados.

Ela riu. Acho que deixei vocês sem palavras. Vocês podem pelo menos pensar no assunto?

Diabo, Maggie, disse Harold por fim. Não seria melhor dar dinheiro? Dar dinheiro seria muito mais fácil.

Sim, concordou ela. Seria. Mas muito menos divertido.

Divertido?, disse ele. Adorei a definição. Talvez você queira dizer algo como pandemônio e o fim do nosso sossego. Jesus!

Está bem, disse ela. Eu tentei. Eu tinha que tentar. Ela se levantou e abotoou o casaco. Por favor, me avisem se mudarem de ideia.

Ela saiu e caminhou na direção do carro. Eles a acompanharam ao longo do trajeto da entrada e pararam junto à porta da cerca de arame no vento congelante, esperando que ela manobrasse, saísse e pegasse o caminho de terra que levava à estrada principal. Afastando-se, ela fez um aceno com a mão para eles. Os irmãos retribuíram.

Depois que Maggie foi embora, os dois voltaram à cozinha sem trocar uma palavra, terminaram o café que ainda estava nas xícaras, vestiram os gorros e as luvas, calçaram as galochas e as amarraram, depois desceram os degraus da varanda até o quintal para retomar o trabalho, mudos e atordoados, como se aquela proposta os tivesse jogado de repente e, para sempre, num silêncio atônito.

Porém, mais tarde, no final da tarde, quando o sol já se pusera, o céu ficara pálido e rarefeito e as finas sombras azuladas se projetavam sobre a neve, os irmãos conversaram. Estavam do lado de fora, no cercado dos cavalos, cuidando do bebedouro.

A superfície da água estava congelada. Os cavalos de sela, já em trajes de inverno, suas caudas agitadas pelo vento, ao qual davam as costas, observavam os dois homens no curral, seu hálito formando plumas brancas que esvoaçavam até sumir no ar.

Harold batia com o machado de madeira no gelo do tanque. Depois de vários golpes, ele acabou quebrando a superfície gelada, a ferramenta mergulhou na água até o cabo e, de repente, ficou pesada. Então, ele a tirou e voltou a bater. Em seguida, Raymond retirou os pedaços de gelo com seu forcado e os jogou para fora do tanque, sobre o chão duro atrás de si, onde foram caindo sobre outros pedaços de gelo. Quando o tanque ficou limpo, eles levantaram a tampa da caixa de zinco à prova d'água que flutuava dentro da água. No interior da caixa, ficava o aquecedor do bebedouro. Quando olharam ali dentro, viram que a chama-piloto havia apagado. Harold tirou as luvas, sacou um longo palito de fósforo do bolso interno, riscou-o na unha do polegar e, protegendo a chama acesa com a mão, aproximou-a da caixa. Quando a chama-piloto acendeu, ele ajustou o tamanho da chama e retirou o braço, e Raymond fechou cuidadosamente a tampa. Então eles verificaram o botijão de propano, que ficava ali perto. Estava tudo certo.

Por algum tempo, ficaram ali embaixo do moinho, nas últimas luzes da tarde. Os cavalos sedentos se aproximaram, olharam para eles, cheiraram a água e começaram a beber, sorvendo longos tragos. Depois, recuaram, observando os dois irmãos, com seus olhos grandes e brilhantes como maçanetas de vidro cor de mogno.

Estava quase escuro. Só uma faixa roxa de luz aparecia a oeste, no horizonte.

Está bem, disse Harold. Já sei o que eu acho. E você? O que você acha que a gente deve fazer com ela?

A gente acolhe aqui, disse Raymond. Ele falou sem hesitação, como se só tivesse esperado o irmão enfrentar o assunto para eles conversarem e tomarem uma decisão. Talvez ela não crie tantos problemas, disse ele.

Espera, eu não estava ainda falando de problemas, disse Harold. Seu olhar se perdeu na escuridão, que ficava cada vez mais densa. Estou falando de... ora, inferno, olhe para nós dois. Velhos solitários. Dois solteirões decrépitos aqui neste fim de mundo, a trinta quilômetros da cidade mais próxima, que, por sua vez, também quando se chega lá, é um buraco. Olhe para a gente. Rabugentos e ignorantes. Tristes. Independentes. Presos em nossos hábitos. Como você vai mudar a essa altura da vida?

Isso, eu não sei, disse Raymond. Mas eu vou conseguir. Disso, eu tenho certeza.

E também, o que você quer dizer? Como assim, ela não daria trabalho?

Eu não disse que não daria nenhum trabalho. Eu disse que, no final da contas, talvez não dê tanto trabalho assim.

Por que não? Seria tão trabalhoso quanto o quê? Você já morou com uma garota alguma vez?

Você sabe muito bem que não, disse Raymond.

Bem, muito menos eu. Mas deixa eu falar uma coisa. As garotas são diferentes. Elas querem coisas. Elas sempre precisam de coisas. As garotas querem coisas que não podemos nem imaginar. Elas têm ideias na cabeça que eu e você nem conseguimos imaginar. E, diabos, além disso, tem o bebê. O que você sabe sobre bebês?

Nada. Não sei nem o básico, respondeu Raymond.

Pois então?

Mas até agora não precisei saber sobre bebês. Talvez dê tempo de aprender. Agora, você quer participar disso comigo ou não? Porque eu vou fazer isso de qualquer jeito.

Harold se virou para ele. Não havia mais luz, e ele não conseguia mais enxergar as feições do irmão. Era apenas o vulto escuro familiar contra o horizonte já invisível.

Está bem, disse ele. Eu topo. Não deveria, mas vou aceitar. Vou me acostumar com a ideia. Mas antes vou lhe dizer uma coisa.

O que é?

Você está se tornando uma pessoa teimosa como o diabo e difícil de se conviver. Era só isso que eu queria dizer. Raymond, você é meu irmão. Mas você só age sem me consultar e fica quase impossível te aguentar. E vou dizer uma última coisa.

O quê?

Essa coisa não vai ser um passeio, não.

Não, não vai, concordou Raymond. Mas a sua vida nunca foi um passeio, se não me engano.

Ella.

Já era final de tarde quando ele chegou de carro à Chicago Street, na casinha dela, depois que ela ligara para ele na escola. Estacionou, foi caminhando pela calçada, passou pelos três olmos — sobre um dos troncos, ainda havia a mancha escura da seiva, mas já era outono e ela não estava mais tão úmida nem tão fresca — e, quando chegou à varanda, descobriu que ela já estava esperando por ele na porta. Ela abriu antes mesmo de ele bater. Ela o deixou entrar e, assim que ele entrou na salinha da frente da casa, logo notou as bagagens. As duas malas estavam ali no chão, e a sala estava novamente limpa, arrumada e impecável, como quando ela se mudara para lá. Sem poeira, anônima, havia retornado à sua condição anterior: uma casinha pequena para alugar na Chicago Street, zona leste de Holt.

Olhou bem para Ella e se deu conta de que ela estava melhor. Não mais tão atraente quanto era antigamente, mas seu cabelo estava bonito outra vez, recém-lavado e escovado para trás, mostrando seu rosto, e ela estava usando uma calça de lã e uma blusa branca elegante. Estava mais magra desde a última vez que ele a vira, mas não parecia que ainda estivesse perdendo peso.

Ele apontou para as malas. Você está indo para algum lugar?
Eu ia te contar, disse ela. Foi por isso que eu liguei.
Pois então diga logo, apressou ele.

Ela o olhou fixamente. No olhar dele ainda havia uma espécie de orgulho ferido, como se logo abaixo da superfície houvesse tristeza e raiva. Eu esperava que hoje você não ficasse daquele jeito, disse ela.

De que jeito?

Eu não queria que as coisas fossem assim, pelo menos não desta vez.

Por que você não me conta logo o que tem na cabeça?, disse ele. Você ligou para mim na escola, e eu vim.

Podemos nos sentar um pouco pelo menos?, pediu ela. Você se incomoda?

Tudo bem.

Ela se sentou no sofá, e ele se postou de frente para ela, em uma das cadeiras de madeira. No sofá, ela parecia pequena, quase frágil. Ele pegou um cigarro do bolso da camisa. Você se importa se eu fumar?

Eu preferiria que você não fumasse.

Olhou para ela. Segurou o cigarro na mão, mas não o acendeu. Pode falar, disse ele. Estou ouvindo.

Bem, eu queria que você soubesse que eu decidi ir morar com a minha irmã, em Denver. Vou ficar com ela por um tempo. Liguei para ela e já está tudo acertado. Ela tem um quarto de hóspedes, e eu posso ficar lá. Não vou atrapalhar e, assim, terei um tempo para pensar. Nós duas achamos que será melhor assim, disse ela.

Por quanto tempo?

Não sei. Ainda não posso dizer. O tempo que for necessário.

Quando?

Você quer dizer quando eu vou embora?

Sim, quando você está pensando em ir?

Amanhã. Amanhã cedo. Vou levar o carro.

Você vai levar o carro. Isso é novidade.

Você não precisa dele. Você tem a caminhonete.

O homem olhou ao redor, a pequena sala de jantar, a porta

com arco, a cozinha. Voltou a observá-la. E você acha que isso vai ser uma solução? Ir embora desse jeito?

Ela olhou fixamente para ele. Sabe, às vezes, você é bastante cansativo.

Acho que é recíproco, disse ele.

Eles olharam um para o outro e pareceu óbvio para Guthrie que Ella estava fazendo um esforço imenso para que aquele encontro fosse como ela imaginara. Mas ela não iria conseguir. Muitas coisas haviam acontecido.

Ela tornou a falar. Sinto muito por nós dois, lamentou. Sinto muito por uma série de coisas. Mas eu cheguei à conclusão de que estou cansada de me queixar de tudo.

Ele estava prestes a dizer alguma coisa, mas ela o interrompeu.

Me deixe terminar, por favor.

Eu só queria dizer que...

Eu sei. Deixe-me terminar o que eu queria dizer. Não quero esquecer. Eu quero mais do que isso. Agora entendo. Eu fiquei muito tempo me escondendo, ausente. Durante todos esses anos, eu queria mais de você. Eu queria alguém que me apreciasse pelo que eu sou. Não pela ideia de mim que você criou. Dito assim, soa simples demais, mas é isso mesmo. Alguém que me queira pelo que eu sou. E esse alguém não é você.

Eu era, sim, disse ele. Houve uma época em que eu era assim.

E o que aconteceu?

Muitas coisas. A gente se cansou. Ele deu de ombros. Eu não recebi de volta o que dei a você, o que eu esperava em troca.

E o que você queria? Ela se enfureceu e começou a falar com o tom de voz agitado. E eu? E sobre o que eu quero?

O que você quer?, retrucou ele. Ele também estava enfurecido agora. Acho que você mesma não sabe. Eu queria que você soubesse, mas acho que você não sabe. Isso é só mais um exemplo.

Você não tem o direito de me dizer isso. Não cabe a você dizer o que eu quero. É um problema meu.

Eles estavam sentados um de frente para o outro nas duas extremidades da sala, e Guthrie pensou: eis que chegamos outra vez a este mesmo ponto. Nem demorou muito desta vez. Haviam chegado novamente àquele ponto, apesar das boas intenções iniciais. Não importava mais, seria assim que eles terminariam, já se haviam passado três ou quatro anos desde que as coisas ficaram daquele jeito. Ele olhou para ela. Estavam ambos ganhando tempo, ambos tentando do próprio jeito, retomar um pouco de calma. Nos fundos da casinha, o aquecedor ligou, e a hélice começou a soprar ar quente dentro da sala.

E o que vai acontecer com os meninos?, perguntou ele.

Pensei muito nisso. Você vai ter que ficar com eles.

Como se eu não estivesse cuidando deles agora!

Eu sei que você está cuidando deles sozinho, reconheceu ela. Porém, no momento, não tenho muita escolha. Mas eu quero que eles venham dormir aqui hoje. E amanhã cedo eu vou embora. Vou deixá-los em casa antes de ir.

De manhã, eles têm os jornais para entregar.

Eles estarão em casa a tempo.

E o dinheiro?, perguntou ele.

Vou levar metade das nossas economias.

Inferno!

Eu tenho direito à metade desse dinheiro, argumentou ela. É justo assim.

Ele pegou o fósforo e acendeu o cigarro que estava segurando. Soprou a fumaça para o teto e olhou para ela. Está bem, ele disse. Leve o dinheiro.

Eu já saquei, disse ela. E você promete que será bom para os meninos? Cuide bem deles. Quero que eles liguem para mim e que você me deixe falar com eles. Você tem que jurar que isso não será um problema.

Você pode ligar quando quiser, falou ele. E eles poderão ligar para você quando quiserem.

E eu vou querer que eles venham me visitar também. Não agora, mas depois de algum tempo. Depois que eu me instalar.

Acho que eles devem ir visitar a mãe, sim, disse ele. Eles vão querer visitá-la. Já sentem sua falta. Quando você for embora, será ainda pior.

Ele tragou e procurou um cinzeiro, mas não havia nenhum, e ela não se levantou para procurar. Ele bateu a cinza na mão em concha.

Algo mais?

Não, acho que não.

Tudo bem. Então, eu vou indo.

Ele se levantou sem dizer mais nada e saiu para a varanda da frente. Ela o acompanhou e, em seguida, fechou a porta. Lá fora, soprou as cinzas da mão e, naquela noite, levou os dois garotos para a casa da mãe, atravessando a cidade na caminhonete, com uma sacola de compras contendo pijamas limpos no banco entre eles. Nas esquinas, os postes estavam acesos, e a cidade parecia tranquila e serena. Ele reduziu a velocidade e parou na frente da casa. As luzes lá dentro estavam acesas.

A mamãe vai levar vocês para casa amanhã cedo, disse. E aí estão os pijamas.

Eles assentiram.

Está tudo certo, então.

A gente pode ligar se precisar de alguma coisa?, perguntou Bobby.

Claro que pode. Mas vai dar tudo certo. Eu tenho certeza. Vocês vão adorar dormir aí hoje.

Guthrie e os dois garotos ficaram sentados na cabine aquecida, olhando para a casinha de estuque com as janelas iluminadas. À certa altura, viram a mãe passar atrás da janela carregando alguma coisa. Pequenos amontoados de neve sob os olmos desfolhados do quintal brilhavam às luzes da casa.

Tudo bem?, perguntou Guthrie. Vai ser muito bom. Vocês vão se divertir. Talvez até nem queiram mais voltar para casa depois. Ele deu um tapinha carinhoso nas pernas deles. Estou brincando.

Mas eles não sorriram. Ficaram calados.

Bem. É melhor vocês irem logo. A mamãe está esperando. Vejo vocês amanhã cedo.

Boa noite, papai.

Boa noite, disse ele.

Eles saíram da caminhonete e andaram um atrás do outro pela calçada, bateram à porta e ficaram esperando sem olhar para trás, até que ela abriu a porta. Ela havia trocado de roupa depois do encontro da tarde e agora usava um belo vestido azul. Guthrie a achou esguia e bonita parada ali na porta. Ela os deixou entrar e fechou a porta, enquanto ele seguia pela Chicago Street, passando pelas casinhas recuadas da rua em seus terrenos estreitos e os gramados da frente amarronzados pelo inverno, as luzes acesas lá dentro, e as pessoas se sentando para jantar na cozinha ou assistindo ao noticiário na televisão, na sala da frente, enquanto em algumas casas as pessoas, ele sabia muito bem, já começavam a brigar nos quartos dos fundos.

Quando eles entraram na casa, Ike e Bobby viram que a mãe já tinha posto a mesa na pequena sala de jantar. Estava agradável, com velas acesas refletindo nos copos e nos talheres. Na cozinha, havia chili com hambúrgueres prontos para ser servidos e um bolo de chocolate redondo, feito especialmente para eles. Ela queria que o clima fosse festivo.

Podem vir, venham, chamou ela. Não fiquem aí parados. Tirem logo esses casacos. Já está tudo pronto.

A gente comeu em casa, disse Bobby, olhando para a mesa. A gente não sabia se você ia fazer comida.

Oh. Vocês não sabiam?, ela olhou para ele, apoiando as duas mãos no encosto da cadeira. Olhou para o irmão dele. E eu achei que vocês iam comer aqui comigo. Achei que estava tudo combinado.
A gente pode comer mais, disse Ike.
Não seja bobo. Vocês vão passar mal.
Não. Ainda estamos com fome, mamãe.
Sério?
Sim.
Eu estou, disse Bobby.
Eles se sentaram e comeram o jantar que ela havia preparado. Enquanto ela contava sobre sua decisão de ir para Denver, eles conseguiram comer bastante. Escutaram calados, porque Guthrie já havia lhes contado. Ela disse que queria que eles fossem visitá-la em breve e que essa mudança seria o melhor para todo mundo, inclusive para eles dois, mesmo que agora eles não se dessem conta, porque logo mais ela se sentiria melhor e voltaria a se comportar como mãe deles, e então, quando ela estivesse completamente recuperada, eles iriam decidir juntos o que fazer em seguida, não parecia bom? Eles não sabiam, responderam. Pode ser, acrescentaram. Ela disse que achava que seria bom assim e que naquele momento era o máximo que ela conseguia fazer.

Depois do jantar, jogaram blackjack, tal como ela lhes havia ensinado, no ano anterior. Ela foi até o armário e pegou da bolsa algumas moedas, e eles usaram para apostar, combinando que todas tinham o mesmo valor, fossem de vinte e cinco ou cinco centavos de dólar. Durante o carteado, ela se sentou no carpete diante deles com as pernas cobertas pela meia-calça, dobradas de lado, com um vestido que lhe cobria os joelhos. Agia como se estivesse feliz, como se fosse mesmo um dia festivo, fazendo graça para provocá-los, e à certa altura se levantou e trouxe da cozinha mais um pedaço de bolo para cada um, e eles comeram juntos, sentados no chão.

Eles a observavam cabisbaixos e sorriam quando ela dizia alguma coisa.

Mais tarde, eles vestiram os pijamas no banheiro e depois foram para o quarto dela e se deitaram na cama em que a mãe dormia.

Ela também tirou a roupa no banheiro. Escovou o cabelo, lavou o rosto e vestiu uma camisola, depois entrou no quarto. Ela disse que havia arrumado a cama para eles no outro quarto. Mas eles pediram para dormir ali com ela. Só desta vez, pode ser? Eles já estavam deitados. Ela ficou parada ao lado da cama, olhando para eles. Eles queriam que ela dormisse no meio, entre eles, mas ela disse que ia sentir calor demais. Então, ela se deitou numa extremidade da cama, Bobby ficou no meio, e Ike, ao lado dele. A luz do teto do corredor atravessava a porta entreaberta. Eles se aconchegaram e fecharam os olhos tranquilamente. De vez em quando, um carro passava na Chicago Street. Conversaram um pouco ali no escuro.

Mamãe, você vai ficar bem lá em Denver?, perguntou Ike.

Espero que sim, respondeu ela. É isso que eu quero. Quando eu chegar lá, ligo para vocês, avisando. Vocês também vão me ligar?

Sim, disse Ike. Vamos ligar toda semana.

O papai tem o seu número?, perguntou Bobby.

Tem, sim. E vocês sabem quanto eu amo vocês, não é? Amo muito vocês dois. Quero que vocês se lembrem disso sempre. Vou sentir muita saudade. Mas eu sei que vocês vão ficar bem.

Eu não queria que a senhora fosse embora, confessou Ike.

Eu não entendo por que a senhora tem que ir, acrescentou Bobby.

É difícil explicar isso, respondeu ela. Só sei que preciso ir. Vocês podem tentar aceitar isso, mesmo sem entender o porquê?

Os dois garotos não responderam nada.

Espero que sim.
Pouco depois, ela disse: Vocês têm mais alguma pergunta?
Eles balançaram a cabeça.
Que tal tentarmos dormir?

Durante a noite, enquanto os garotos estavam dormindo, Ella se levantou e olhou pela janela a rua deserta, as árvores sem folhas lá fora como silhuetas imóveis. Foi até a cozinha. Fez café, levou-o para a sala da frente e se deitou no sofá e, depois de uma hora ou mais, adormeceu. Mas despertou cedo, a tempo de acordar os garotos e preparar cereal com leite, e então os levou de carro para casa naquela fria aurora invernal. Ela se inclinou no assento para beijá-los, e Guthrie saiu na varanda para recebê-los, então ela manobrou e foi embora pela Railroad Street, atravessou Holt — o que não demorou muito — e de repente se viu nos campos, seguindo pela US34 rumo a oeste, para começar sua nova vida em Denver.

Victoria Roubideaux.

Na segunda vez que Maggie foi até lá, a garota foi junto com ela, sentada no banco da frente. Parecia assustada e preocupada, como se estivesse indo se confessar ou para a cadeia ou para algum outro lugar tão desagradável que ela iria até lá só se fosse obrigada pelas circunstâncias e por nenhuma outra razão. Era um domingo. Um dia frio e claro, com a neve ainda brilhante como vidro sob o sol, e o vento soprando como sempre em rajadas repentinas mas regulares, tanto que, quando deixaram os limites da cidade, tudo estava como no dia antes, fora o vento que tinha mudado de direção. As vacas, as mesmas vacas pretas, híspidas, de pelo ralo, do dia anterior, espalhadas entre os restolhos do milho, ainda estavam lá, como se, durante a noite, todos os animais simultaneamente tivessem obedecido à palavra de ordem "Direita Volver!" e depois continuado a lamber o milho espalhado no chão, enrolando suas línguas nas espigas secas, levantando a cabeça e fitando ao longe, sem nunca parar de mastigar tranquilamente.

Maggie Jones já havia passado da metade do caminho para os McPheron, e a garota não tinha falado uma palavra. Então, ela disse:

Senhora Jones. A senhora poderia parar o carro?

O que houve?

Por favor, pare o carro.

Maggie reduziu e encostou o carro no acostamento esburacado, ao lado da vala de drenagem cheia de neve. Uma fumaça branca saía do escapamento e depois era arrebatada pelo vento.

O que foi? Está passando mal?

Não.

O que foi então?

Senhora Jones, não sei se vou conseguir fazer isso.

Oh. Querida, claro que vai.

Não sei, repetiu a garota.

Maggie se virou para ela. A garota olhava fixamente para a frente, com uma mão na maçaneta da porta, rígida e tensa no banco, como se estivesse esperando o momento certo para saltar do carro e fugir.

Está bem. Eu vou lhe falar outra vez, disse Maggie. Eu não tenho como lhe garantir nada. Não me peça para jurar que vai dar certo. Mas você precisa encarar isso como uma oportunidade. Eles ligaram ontem à noite e disseram que a acolheriam, que iriam tentar. Isso é muita coisa, vindo de quem vem. Eu acho que vai dar tudo certo. Você não precisa ter medo deles. São gente muito boa, da melhor espécie. Eles podem ser grosseiros e rudes, mas isso não quer dizer nada, é só porque ficaram sozinhos por muito tempo. Imagine o que deve ser alguém viver sozinho por cinquenta anos ou mais, como é o caso deles. Deve ter um grande efeito sobre a pessoa. Então, não se preocupe, não deixe o jeito grosseiro deles desencorajá-la ou impedi-la de nada. Sim, eles são um pouco rudes, claro que são. Eles nunca foram polidos. Mas você estará segura aqui. Pode continuar estudando na nossa escola, ir e voltar de ônibus e terminar os cursos normalmente. Mas você não pode esquecer o que isso tudo representa para eles. Eles perderam o pai e a mãe em um acidente de caminhão na estrada quando eram mais novos do que você. Depois disso, pararam de ir à escola, embora, na verdade, eu não ache que eles antes a frequentassem muito, e desde então eles ficaram em casa e começaram a trabalhar nos campos, criando gados e na roça, e isso é praticamente tudo o que eles sabem do mundo ou que precisam saber. Até hoje, isso foi suficiente.

Ela parou. Examinou o rosto da garota, tentando ver o efeito de suas palavras.

A garota olhava fixamente para frente, para a pista reta de mão dupla. Pouco depois, ela disse: Mas, senhora Jones, será que eles vão gostar de mim?

Sim, acho que sim. Se você lhes der uma chance, eles vão gostar de você.

Mas parece tanta loucura vir morar aqui com esses dois velhos.

Pois é, disse Maggie. Mas vivemos uma época muito louca. Às vezes eu acho que deve ser a época mais louca de todos os tempos.

A garota virou a cabeça para olhar o pasto pela janela, além da vala e da cerca. As flores e as folhas pontudas da iúca se destacavam como varetas lascadas, com as vagens secas e escuras, contra a relva invernal. Eles têm cachorro?, perguntou.

Eles têm um pastor.

Têm gato?

Eu não vi nenhum. Mas provavelmente sim. Nunca vi uma fazenda sem pelo menos um ou dois gatos por perto para cuidar dos ratos e dos camundongos.

Vou ter que largar meu emprego no Holt Café. Vou precisar avisar a Janine.

Sim. Mas você não seria a primeira pessoa a parar de lavar pratos para a Janine. Ela já conta com isso.

Será?

Sim.

A garota continuou olhando pela janela. Maggie Jones esperava. Sempre que o vento soprava forte, o carro balançava nas rodas. Depois de um tempo, a garota se virou e olhou para a frente de novo. Pode continuar, se a senhora quiser. Já estou bem.

Ótimo, disse Maggie. Imaginei que você ia aceitar mesmo. Ela manobrou o carro de volta ao asfalto, e seguiram em frente pela pista estreita. Algum tempo depois, viraram para leste na estradinha de terra e então para o caminho que levava ao cercado enferrujado em volta da velha casa e, por fim, para os olmos raquíticos e sem folhas. Maggie parou o carro na frente do portão. Ela e a garota saíram.

Os irmãos McPheron estavam esperando por elas. Saíram logo da casa e acolheram as mulheres na pequena varanda. Não falaram nada nem fizeram nenhum gesto. Ficaram rígidos e impassíveis como figuras de gesso, parados ali, na varanda, como duas estátuas muito realistas de santos secundários.

Quando saíram do carro, o vento jogara o cabelo da garota sobre o rosto, de modo que a primeira visão que teve dos McPheron foi obscurecida pelos próprios cabelos negros. Mas os velhos haviam se vestido especialmente para a ocasião. Usavam camisas novas com botões automáticos de pérola e calças limpas que só vestiam aos domingos. Seus rostos vermelhos estavam barbeados, e seus cabelos grisalhos, penteados, achatados na testa com um excesso de pomada, deixando-os tão pesados e firmes que nem o vento fustigante conseguia movê-los. A garota seguiu Maggie Jones pelos degraus da varanda.

Maggie os apresentou. Harold e Raymond McPheron, disse, esta aqui é a Victoria Roubideaux. Victoria, este é o Harold. Este é o Raymond.

Os dois irmãos deram um passo à frente, um de cada vez, como se estivessem ensaiando alguma dança, sem, contudo, olhar diretamente para o rosto da garota, e apertaram a mão dela, um aperto rápido, enérgico e forte, sentindo sua mão tão pequena, macia e flexível nas deles, grandes e calejadas, então deram outro passo para trás. Só nesse momento, olharam para ela, que estava calada ao lado de Maggie Jones, com um casaco de inverno e calça jeans, uma menina de longos cabelos e olhos negros e com uma bolsinha vermelha no ombro. Mas os homens não puderam perceber se estava grávida ou não, tão nova e esguia ela lhes pareceu.

Bem, disse Harold, acho melhor entrarmos. Aqui fora vamos congelar.

Eles deixaram que a garota entrasse na cozinha primeiro. Maggie foi atrás dela, e eles entraram por último. Lá dentro, logo se via que os irmãos McPheron haviam arrumado a casa. Não havia louça na pia, a mesa estava limpa, as cadeiras sem as estopas e peças de máquina sujas de graxa do dia anterior, e o chão estava tão bem varrido que era como se uma faxineira imigrante estivera ali com uma vassoura.

Aqui é a cozinha, Harold disse, isso que você está vendo aí. Ali é a pia. Do lado, tem o fogão. Ele parou. Olhou ao redor. Acho que isso é mais ou menos óbvio para qualquer um. Não preciso nem dizer. Lá são as salas de jantar e de estar.

Além da cozinha, foram para os cômodos grandes, onde havia luz natural, pois em algum momento, anos atrás, as persianas marrons haviam sido levantadas ao máximo e quebrado, deixando os dois ambientes sempre invadidos pela luz direta, como uma escola rural ou um armazém ferroviário. No primeiro cômodo, a sala de jantar, posicionada sob um lustre pendurado, havia uma velha mesa de nogueira apoiada em um pedestal pesado e quatro cadeiras de madeira em volta. A mesa havia sido limpa recentemente, e os contornos queimados de sol de livros e revistas ainda eram visíveis na superfície. Mais adiante, no cômodo ao lado, havia duas poltronas reclináveis, velhas e axadrezadas, dispostas como dois enormes animais domésticos diante da televisão, com uma luminária de chão posicionada exatamente no meio, entre as poltronas e as pilhas de jornais e *Farm Journals* espalhados pelo linóleo aos pés delas. A garota olhou ao redor, absorvendo tudo.

Imagino que você queira saber onde fica seu quarto, arriscou Harold. Ele a encaminhou para o pequeno cômodo, depois da sala de jantar. Eles entraram. Estava praticamente tomado por uma antiga e macia cama de casal coberta por uma manta muito velha e, junto da porta, havia uma pesada cômoda de mogno. A garota contornou a cama e abriu a porta do armário. Lá dentro, havia caixas de papelão empoeiradas e as roupas escuras de um homem e uma mulher penduradas em um cabideiro prateado, roupas tão surradas que não eram mais pretas, mas quase roxas.

Essas coisas todas eram deles, disse Harold. Eles dormiam aqui.

Seus pais?, perguntou Maggie.

Quando nossos pais se foram, disse ele, acho que ficamos acostumados a usar este espaço como depósito. Ele olhou de esguelha para a garota. Claro, você pode mudar as coisas de lugar como quiser.

Obrigada, agradeceu a garota.

Porque a gente nunca entra aqui, disse Raymond. Este quarto será só para você. O nosso fica lá em cima.

Oh, disse ela, surpresa.

Sim, disse ele.

Bem, continuou Harold. Ali é o lugar para onde você vai correndo.

A garota se virou para ele, sem entender.

Na porta do lado. É muito cômodo.

A garota parecia perplexa. Ela se virou para Maggie Jones.

Não pergunte para mim, disse Maggie. Não faço ideia do que ele está falando.

O que foi?, perguntou Harold. Bom, você sabe. O reservado. A retreta. Vocês chamam de quê?

Assim está perfeito, disse Maggie.

Nossa mãe sempre chamou de o lugar para onde você vai correndo.

É mesmo?

Ela sempre falou assim, confirmou. Ele coçou a cabeça. Bem, que diabos, Maggie, só estou tentando ser educado. Começar com o pé direito. Não quero que ela pense mal de mim logo de cara.

Maggie fez um carinho em seu rosto escanhoado. Você está indo muito bem, elogiou ela. Continue assim.

Eles saíram do quarto. E, enquanto todos esperavam na sala de jantar, a garota entrou no banheiro. Esse cômodo também era pequeno, tinha uma pia, um vaso e uma banheira esmaltada com uma torneira e uma mangueira flexível vermelha de chuveiro enrolada embaixo. Nas prateleiras sobre a pia, havia diversos potes pela metade de óleos, cremes e bálsamo Cornhuskers, e tubos de pomadas para massagem e relaxantes musculares, e havia também pasta e adesivos de dentadura e equipamento de barbear e, pendurada nas barras do toalheiro ao lado da banheira, junto com duas toalhas velhas, havia uma única toalha cor-de-rosa nova em folha, ainda com a etiqueta da loja. A garota saiu do banheiro e voltou para a sala. Será que já posso trazer minha mala então?, perguntou.

Acho que é uma boa ideia, disse Maggie Jones.

Precisa de ajuda?, perguntou Raymond.

Não, obrigada. Acho que eu consigo, disse a garota, depois saiu da cozinha e foi até o carro.

Depois que ela saiu, Harold disse: Ela é tão miudinha, não é? Uma coisinha mesmo. Nem dá para ver que está grávida.

Ainda não, disse Maggie. Mas algumas roupas dela já estão ficando apertadas. Vocês vão notar mais quando ela tirar o casaco.

Será que ela está com medo da gente?, perguntou Raymond. Ela não falou muito.

O que você achou?, perguntou Maggie Jones.

Raymond olhou pela janela, na direção do carro, onde a menina estava parada, junto ao porta-malas aberto, pegando seus pertences. Ela não precisa ficar com medo, disse. Jamais lhe faríamos mal. Nunca, por nada neste mundo.

Eu sei, disse Maggie. Mas ela ainda não sabe. Vocês precisam dar tempo a ela.

A garota voltou para a casa trazendo uma única mala de papelão e arrastando um saco de lixo. Levou a bagagem para o quarto. Eles a ouviram se mover pelo assoalho, arrumando um pouco as coisas, e então voltou para a sala.

Isso deve estar sendo difícil para você, Raymond disse à garota. Ele não estava olhando para ela, mas fitando algum ponto atrás da garota, a certa distância. Mas nós esperamos que... O que eu quero dizer, Harold e eu, achamos que você pode se sentir um pouco em casa aqui. Com o tempo, é claro. Não de imediato, imagino.

Ela olhou para ele, depois para o irmão. Obrigada, agradeceu. Obrigada por me deixarem ficar aqui com vocês.

Você é muito bem-vinda, disse Raymond. Sério.

Ficaram sem jeito, olhando para o chão.

Muito bem, disse Maggie. Acho que eu já fiz minha parte por hoje. Então, vou para minha casa e deixo vocês três apresentados.

A garota pareceu assustada. Nos rostos dos irmãos McPheron, formou-se uma expressão de pânico. Você já tem que ir embora?, perguntou a garota.

Acho que sim, respondeu Maggie. Acho que é melhor eu ir. Está tarde.

Nós achamos que você ficaria para jantar, disse Harold. Você não quer jantar primeiro?

Fica para outra vez, disse. Eu volto.

Ela saiu da casa, e os irmãos McPheron e a garota vieram se despedir. Então, ficaram ali na pequena varanda com mosquiteiro, exposta ao vento, observando-a ir embora de carro. Em seguida, voltaram para dentro e ficaram olhando uns para os outros, em volta da mesa da cozinha.

Bem, disse Harold. Acho que...

A casa estava em silêncio. Lá de fora vinha um canto muito sutil de passarinho, do alto dos cedros ao lado da garagem, e havia o som intermitente do vento.

Acho que é melhor o Raymond e eu sairmos para alimentar os animais antes que escureça de vez, disse ele. Depois a gente volta. E a gente vê o que faz para o jantar.

A garota ficou olhando para ele.

Não vamos demorar, disse ele.

Vocês vão alimentar o quê?

As vacas.

Oh.

Vacas com crias e novilhas, completou Raymond.

Oh.

Os irmãos McPheron e a garota se entreolharam.

Acho que vou desfazer as malas, disse a garota.

Os McPheron.

Depois do jantar, eles foram se sentar na sala em silêncio. Já tinham tirado os pratos, lavado e posto para escorrer. Raymond estava sentado em uma das extremidades da mesa com o *Holt Mercury*, lambendo o dedo para virar as páginas, com os óculos de armação metálica na ponta do nariz. Enquanto lia, ele tinha na boca um palito de dente que se mexia sem que ele pegasse nele. Harold estava sentado à outra extremidade da mesa. Virado de costas, com os joelhos afastados, ele esfregava óleo de visom Black Bear Mountain no couro grosso de uma bota de trabalho. Ao lado da cadeira, a outra bota estava virada com o cano para baixo no linóleo com padrões geométricos e rachado.

Do lado de fora, o vento estava mais forte, em comparação com a tarde. Eles o ouviam uivar em volta da casa, gemer e arquejar nas árvores sem folhas. A neve solta levantada pelo vento soprava contra as janelas e corria em súbitas lufadas através do terreno congelado, à luz de uma luminária, pendurada no poste telefônico, lá atrás. A neve rodopiava e avançava na luz azulada. Dentro da casa, o silêncio reinava.

Do outro lado da sala, a porta estava fechada. Depois de jantar, ela fora para o quarto, e os dois irmãos não ouviram mais nenhum som vindo de lá desde então. Não sabiam o que pensar. Dentro de si se perguntavam se todas as garotas de dezessete anos desapareciam logo depois do jantar.

Quando terminou de engraxar as botas como queria, Harold se levantou e as levou para a cozinha, tão brilhantes que se destacavam contra o fundo branco da parede. Então ele voltou e foi até a porta do quarto da garota e ficou parado, à escuta, com a cabeça inclinada e os olhos fixos. Bateu à porta.
Victoria?, chamou.
Sim?
Está tudo bem aí?
Pode entrar, disse ela.
Então ele entrou no quarto. A garota já tinha deixado o cômodo mais do seu jeito. Já havia o toque dela. Era feminino, mais limpo e mais arrumado, cada coisinha em seu lugar. Pela primeira vez em cinquenta anos, alguém havia cuidado do quarto. As velhas caixas de papelão haviam sido empurradas para debaixo da cama, e as roupas no armário haviam sido deslocadas todas para o fundo, na escuridão. Junto à parede, a velha cômoda de mogno, com seu espelho oval, escurecido e danificado nas bordas, estava limpa e polida, e Victoria tinha colocado suas coisas: fitas de cabelo, pente, escova, batom, delineador para os olhos, grampos de cabelo, uma caixinha de cedro de joias cuja tampa tinha um minúsculo cadeado de latão.
Ela estava sentada na cama com uma camisola de gola quadrada de inverno e um suéter encostado nos ombros, um livro de escola e um caderno azul no colo, o abajur ao lado da cama projetava uma luz amarelada em seu rosto branco e em seus cabelos negros e brilhantes.
Eu estava me perguntando uma coisa, disse ele. Se o aquecimento estava suficiente para você aqui.
Sim, está bom, disse ela.
Dizem que vai esfriar hoje à noite.
Ah, é?
E esta casa velha não é muito quente.
Eu estou bem, repetiu ela. Ela o fitava. Ele estava de pé junto

da porta, com as mãos enfiadas nos bolsos e o rosto vermelho, marcado pelas intempéries, brilhando à luz do abajur.

De qualquer jeito, disse ele e olhou ao redor. Se você precisar de algo, é só nos avisar. A gente não sabe muito esse tipo de coisa.

Obrigada, disse ela.

Ele a observou mais uma vez, rapidamente, como um animal tímido da roça, e fechou a porta.

Na sala de jantar, Raymond estava sentado à mesa, à espera, curioso, segurando o jornal na mão. Ela está bem?, perguntou.

Acho que sim.

Será que ela não precisa de mais cobertores?

Ela disse que não precisava de nada.

Talvez fosse melhor a gente levar mesmo assim. Só por garantia.

Não sei. Você já terminou de ler o jornal?

Vai fazer um frio de rachar esta noite.

Eu falei para ela. Ela já sabe. Você não pode me passar a primeira página? Essa parte que você já terminou de ler.

Raymond lhe passou o jornal, ele o pegou, estendeu-o aberto entre as mãos e começou a ler. Pouco depois, Raymond perguntou: O que ela estava fazendo quando você entrou?

Nada. Lendo. Fazendo tarefas da escola, respondeu.

Ela estava na cama?

Harold olhou para ele. Não sei onde mais ela podia estar.

Raymond devolveu o olhar ao irmão. Então, Harold continou a ler. Lá fora, o vento soprava e zunia. Algum tempo depois, Raymond voltou a falar. Ela não comeu muito no jantar, disse ele. Acho que comeu muito pouco.

Harold nem levantou os olhos.

Acho que talvez ela não goste de carne.

Oh, ela comeu bem, sim. É que ela come pouco mesmo.

Não sei. Ela mal tocou no que eu pus no prato. Tive que dar tudo para o cachorro.

Ele comeu?
Quem?
O cachorro comeu?
O que diabos você acha? Claro que comeu.
Bem, disse Harold. Ele ergueu a vista novamente, espiando o irmão por cima do jornal. Não é todo mundo que gosta de carne cheia de pimenta preta, completou.
Quem não gosta?
Talvez a Victoria.
Ele voltou para o jornal, e Raymond ficou sentado à mesa observando o irmão. Seu rosto assumiu uma expressão irritada e furtiva, como se tivesse sido flagrado enquanto estava fazendo algo repentino e inquietante.
Será que ela não gostou da minha comida?, perguntou ele.
Não tenho como saber, disse Harold.
O vento uivava e gemia. A casa rangia.

Uma hora depois, Raymond se levantou da mesa. Eu não tinha pensado nisso, disse ele.
Pensado no quê?
Eu enchi a carne dela de pimenta.
Ele começou a subir a escada. Harold acompanhou-o com os olhos.
Você vai para onde?
Lá para cima.
Já vai para cama?
Não.
Ele continuou subindo. Harold ouviu o caminhar sobre as tábuas de pinho do andar de cima. Então, Raymond voltou trazendo dois cobertores grossos de lã, cheirando a poeira e mofo, levou-os até a porta da frente e, parado ali, sacudiu-os, diante das rajadas uivantes de neve e vento fustigantes. Depois, ele se aproximou da porta da garota e bateu de leve,

para não acordá-la caso ela já estivesse dormindo. Não houve resposta. Então ele entrou, viu que ela estava dormindo profundamente embaixo das cobertas e que a luz arroxeada e intensa da luminária do lado de fora refletia fracamente na cama. Por um longo instante, ele ficou ali parado em silêncio, olhando para ela e para o quarto, com as novas preocupações e os objetos que continha, depois abriu os dois cobertores na cama sobre ela. Ao se virar para sair, Harold estava imóvel observando a cena da porta. Saíram juntos e deixaram a porta entreaberta.

Eu não queria que ela se resfriasse, explicou-se Raymond. Não logo na primeira noite.

Muito mais tarde, ela acordou suando e empurrou os cobertores para o lado.

Guthrie.

Pelo visto, todas as partes envolvidas estão presentes, disse o diretor da escola, Lloyd Crowder, de modo que já podemos começar.

As cinco pessoas estavam reunidas em uma salinha ao lado da biblioteca da escola, sentadas em volta de uma mesa quadrada colocada bem no meio da sala, e Lloyd Crowder presidia os trabalhos. Russell Beckman estava sentado na frente dele, ladeado pelos pais. A mãe era uma mulher baixinha e pesada que usava um suéter cor-de-rosa apertado demais nos braços e no peito, e o pai era um sujeito grande e com cabelos negros que vestia uma jaqueta esportiva de cetim branco com os dizeres HOLT HAWKS nas costas. Afastado dos Beckman, estava sentado Tom Guthrie. Ele dera uma olhada nos Beckman assim que eles chegaram e, desde então, ficara sentado em silêncio esperando a reunião começar. Na mesa à sua frente, havia cópias dos formulários que ele havia assinado, e mais formulários e mais papéis estavam espalhados diante do diretor. Já era final da tarde, duas horas depois do último sinal do fim do período.

Acho que vocês já se conhecem, disse Lloyd Crowder. Então vou pular as apresentações. E vamos terminar logo com isso. Ele pôs as mãos volumosas sobre a pilha de papéis em cima da mesa e se inclinou para a frente. O que vocês vieram fazer aqui hoje, como vocês devem ter sido informados sem muitos detalhes, é que foi registrada uma queixa disciplinar contra o filho de vocês – ele olhou bem para os Beckman do outro lado mesa –, e sempre que isso acontece, sempre que uma queixa é registrada, eu sou obrigado, pelo estatuto, a fazer alguma coisa a respeito, e é isso que eu vou fazer. Ele observou os quatro rostos que o fitavam. Vou resumir. O Russell, aqui, outro dia na escola, durante as aulas, agiu de maneira desrespeitosa e inapropriada, e então nós viemos aqui discutir sobre o que ele fez e decidir quais devem ser as consequências.

O senhor pode parar aí mesmo, interrompeu a senhora Beckman. Isso aí que o senhor disse é tudo mentira. As bochechas dela tinham ficado rosadas, e o suéter esticado estava começando a subir, revelando a barriga. Porque, dessa forma, é como se o tivessem condenado antes do julgamento. O que foi que ele fez afinal? Ele não fez nada. O que vocês estão dizendo que ele fez?

Eu vou chegar lá, disse Lloyd Crowder. Tudo a seu tempo. Se a senhora me deixar continuar. Ele falava em tom calmo, olhando bem para o rosto dela. Abriu um panfleto e prosseguiu: Mas, em primeiro lugar, lerei para vocês um trecho do manual do regulamento da escola. Na página nove, diz: a seguir listamos os comportamentos que podem resultar em suspensão ou outra ação disciplinar. Aí, pulamos para as violações de terceiro grau. Diz: Reiteração de qualquer violação de segundo grau. Uso ou posse de tabaco ou drogas no perímetro da escola. Fogos de artifício na escola. Assédio. Insubordinação. Brigas. Ataque físico ou verbal contra funcionário ou membro da equipe. Intimidação ou confronto por parte do aluno. Posse ou uso de armas. E assim por diante. Ele ergueu os olhos do manual de regulamento. Esse é o regulamento, e Russell o violou.

Como?, indagou a senhora Beckman. O Russell nunca levou as armas dele para a escola. Que tipo de dano ele causou à propriedade escolar?

Espere, disse o diretor. A senhora não me deixou terminar. Ainda não cheguei lá. Agora, por favor, olhem este. Ele lhe estendeu uma cópia da queixa disciplinar. Ela olhou desconfiada para o papel e o abriu diante de si sobre a mesa. O marido e o filho se inclinaram para a frente, ao lado dela, para ler.

Acompanhem aí comigo, disse Lloyd Crowder. Aqui em cima vocês podem ler o nome dele e a data da ocorrência. Abaixo, podemos ler os detalhes do que ele fez e disse. E, embaixo, podemos ler qual é a punição recomendada e as consequências daquilo que ele fez. Nesse casos, prevê-se um período de suspensão de até cinco dias. Em suma, o que está dito aí é que o Russell disse algo ofensivo e vulgar a uma colega de classe que causou a ela constrangimento e humilhação em público, e depois disso, quando ele foi chamado para conversar sobre o caso no corredor, xingou e agiu violentamente contra o professor, o que nos leva de volta ao parágrafo do manual que eu acabei de ler. Intimidação e confronto por parte do aluno. Ataque físico ou verbal contra funcionário ou membro da equipe.

Quem escreveu isso?, perguntou a senhora Beckman.

A secretária datilografou com base nas informações fornecidas pelo senhor Guthrie. Ela se limitou a usar uma linguagem mais apropriada.

Então eu vou lhe dizer o que o senhor tem aí, falou a senhora Beckman. Isso é um monte de bobagens.

Guthrie olhou para ela do outro lado da mesa. A senhora acha mesmo?, perguntou ele.

Sim, eu acho mesmo, disse ela, olhando furiosa para ele. Para mim, é. O garoto contou sobre você. Você não gosta dele. Essa é a questão. Você tem seus favoritos, e ele não é um deles. Você nunca foi justo com o Russell desde o primeiro dia dele na escola. Este papel aqui, com esse palavreado bonito, é um monte de mentiras e, se você quer saber o que eu acho, eu acho que você também é um mentiroso.

Por favor, disse o diretor. Isso não é aceitável.

Mas isso aí é apenas a versão dele, gritou a senhora Beckman. Ela voltou a se dirigir ao diretor. Pegou o papel e o sacudiu com desprezo na direção de Tom Guthrie. Aqui só tem o que ele disse. Por que você não pergunta ao Russell o que ele tem a dizer? Ou o senhor também gosta de mentiras?

Cuidado, senhora, avisou o diretor. A senhora pode dizer alguma coisa de que vá se arrepender amanhã. Minha intenção é permitir ao garoto expor sua versão. Que tal, Russell?

O garotão estava sentado rígido como uma pedra entre os pais. Não se mexeu nem falou nada. Ficou olhando para o diretor.

Anda, fala logo, encorajou a mãe. O que você está esperando? Conte a ele o que você nos contou.

Ele olhou para a mãe, depois, fixamente para a frente. Eu não falei nada para a garota. Não me importo com o que ele disse. Eu estava conversando com outra pessoa. Ele não tem nenhuma prova. Ele nem sabe se eu disse ou não alguma coisa.

Ele disse alguma coisa, insistiu Guthrie. Todos na classe ouviram. E, depois ao que ele disse, a menina parou de ler e olhou para ele. Então saiu correndo da sala.

E o que eu disse? Pergunte a ele. Ele nem sabe.

Tom, o que ele disse?

Não sei. Não ouvi claramente. Mas posso imaginar o que tenha sido. Perguntei aos outros alunos, mas nenhum deles quis repetir. Independentemente do que tenha sido fez com que a garota fugisse correndo.

E como ele sabe disso?, perguntou a senhora Beckman. São só suposições.

Não, disse Guthrie. Foi mais do que suposição. Todos na classe perceberam. Por que mais ela teria fugido?

Ah, meu Deus, disse a senhora Beckman. Por inúmeros motivos. Ela está grávida, não está? A putinha acabou engravidando. Sabe-se lá se ela não precisou ir correndo mijar no banheiro.

Minha senhora, disse Tom Guthrie, olhando bem para ela, a senhora tem uma boca suja. A senhora é uma completa ignorante.

E você é um mentiroso sem-vergonha, gritou ela.

Por favor, disse o diretor. Eu já avisei a vocês que isso é inaceitável. Vamos manter a calma e a ordem.

Diga isso a ele, então.

Estou avisando a ambos. Parem já com isso.

A senhora Beckman olhou furiosa para o diretor, em seguida olhou de esguelha para o marido e, por fim, para o filho. Ela ajeitou o suéter, que tinha subido até o peito e a barriga. Está bem, desconversou ela. E quanto ao que aconteceu no corredor? O que o senhor me diz? Conte ao diretor, Russell, a sua versão do que aconteceu. Quero ver ele escapar dessa.

O estudante continuou sentado como antes, sério e rígido, encarando calado do outro lado da mesa.

Diga logo, apressou a mãe. Conte para o diretor.

De que adianta? Não vai fazer diferença nenhuma. Ele já está com a opinião formada.

Mas conte, mesmo assim. Conte o que você nos contou. Vai.

Ele continuou sentado, olhando para a frente, para o nada, então começou a falar em um tom monótono, como se estivesse ensaiando um texto sem importância e entediante. Ele me chamou para fora da sala, disse. Eu saí com ele. Estávamos conversando. Aí, de repente, ele me agarrou pelo braço e o torceu para trás e me empurrou contra os armários. Eu pedi para ele parar. Falei que ele não podia encostar a mão em mim. Então, eu me soltei, saí e fui embora para casa.

O diretor esperou mais um pouco. E foi só isso? Mais nada? Foi só isso que aconteceu?

Sim.

Você não bateu nele?

Não.

Você não falou nada além disso?

O quê, por exemplo?
Você é que deve me dizer.
Não. Eu não falei mais nada.
Não é o que está escrito aqui, disse o diretor.
E daí? O garoto olhava fixa e gravemente para a frente. Isso aí é um monte de bobagens.
O diretor olhou longamente para o garoto. Analisando-o, refletindo. Então pareceu tomar uma decisão. Começou a colocar em ordem os papéis e panfletos à sua frente e a guardá-los em um envelope pardo. Os outros ficaram observando em silêncio. Quando terminou de guardar os papéis, ergueu os olhos. Acho que já foi o bastante por hoje, disse ele. Acho que já ouvimos o suficiente. Já tomei minha decisão. Filho, vou suspendê-lo por cinco dias a contar de amanhã, conforme as regras da escola. Você terá zero em todas as matérias nesse período e estará proibido de ingressar na escola; não quero vê-lo nem perto daqui pelos próximos cinco dias letivos. Está entendendo? Talvez você aprenda alguma coisa, mesmo que não seja com os livros.

Assim que ele parou de falar, a senhora Beckman se levantou violentamente de um salto, derrubando a cadeira para trás. A cadeira caiu no chão com grande estrondo. O rosto dela agora estava vermelho e o suéter subira outra vez, revelando um pouco de sua barriga flácida. Ela se virou furiosa para o marido. Ah, meu Deus, gritou. Nunca pensei que fosse vivenciar uma coisa dessas. Você não vai falar nada? Você ouviu o que ele falou. Você ouviu o que ele disse. Você é o pai dele. Você vai ficar aí sentado como se não fosse nada?

O marido alto e magro, sentado ao lado da esposa com sua jaqueta esportiva de cetim, nem estava olhando para ela. Estava olhando para o diretor, do outro lado da mesa. Quando você fechar essa maldita matraca, disse ele em voz baixa, e conseguir mantê-la fechada, eu vou falar. A mulher o encarava furiosa. Ela ia começar a dizer alguma coisa, mas pensou melhor e se calou. O pai continuava olhando para Lloyd Crowder do outro lado da mesa. Após um instante, ele tornou a falar. Eu não entendo nada de queixa e suspensão, essas merdas aí, ele disse. Não me interessa. Não tenho nada a ver com isso. Mas é melhor que isso não queira dizer que meu filho não vai poder jogar basquete neste fim de semana.

É exatamente o que isso quer dizer, falou o diretor. Ele não poderá treinar. Ele não poderá usar o uniforme. Ele não poderá jogar basquete em nenhum jogo nos próximos cinco dias letivos.

O senhor sabe que há dois jogos neste fim de semana, disse Beckman. Você sabe, é um campeonato.

Eu sei muito bem. Fiquei o dia inteiro no telefone falando sobre esse assunto.

E o senhor está dizendo que não vai deixar meu filho jogar?

Não até se passarem os cinco dias.

Por causa do que esse tal de Guthrie aqui diz que meu filho disse para uma garotinha mestiça que pegou barriga?

Sim, por isso e pelo que aconteceu depois no corredor.

E essa é sua decisão final? Você já decidiu que vai ser assim?

Sim.

Palavra final?

Exatamente.

Pois muito bem, seu gordo filho de uma puta, disse Beckman. Existem outras maneiras de resolver a questão.

O diretor se inclinou com vigor sobre a mesa na direção de Beckman. É melhor você parar por aí, disse ele. Você está me ameaçando? É isso?

Entenda como quiser. Você me ouviu muito bem.

Não, por Deus. Isso é inaceitável. Já estou nesta escola há muito tempo. Estarei aqui enquanto eu não achar que é hora de me aposentar. É melhor que tanto você como as pessoas aqui presentes coloquem isso na cabeça. Esta reunião está encerrada.

Beckman continuou o encarando. Então se levantou e fez um gesto brusco para a mulher e o filho, a fim de indicar que estava na hora de ir embora. Os dois começaram a caminhar na direção da saída e ele foi atrás, mas, quando chegou à porta, virou-se e disse: Não se esqueça, seu gordo de merda, que sempre tem outro jeito de resolver as coisas. Isso eu não vou esquecer. Eu vou me lembrar. Não vou esquecer mesmo. Então se virou e empurrou a mulher e o filho para fora da sala, e foram os três embora pelo corredor.

Depois que a família deixou a sala, o diretor ficou sentado Então sacudiu-se e se virou para Tom Guthrie. Bem, ele disse. Você viu no que foi nos meter. Essa questão me deixou irritado, e eu não podia deixar para lá. Decidi que não ia deixar passar. Não podia mesmo. Não tinha planejado nada disso. Eu não gosto de trabalhar assim. Mas vou lhe dizer uma coisa, agora é melhor você tomar cuidado.

Como assim? Com eles?, perguntou Guthrie.

Isso mesmo.

E você?

Oh, ele não vai fazer nada contra mim. Isso foi só um teatro. Ele se viu obrigado a fazer isso. Mas é melhor você pegar mais leve. Você não vai querer arrumar confusão com esse pessoal. E, quando o garoto voltar, pegue leve com ele, pelo amor de Deus. Eu já tinha avisado, nós queremos que ele se forme logo e suma daqui.

Então é melhor que ele faça a sua parte.

Mesmo que ele não faça, ponderou o diretor.

Eu não vou mudar de ideia, disse Guthrie.

É melhor você escutar o que estou lhe dizendo, aconselhou o diretor. É melhor você ouvir o que estou lhe dizendo.

Ike e Bobby.

Na parte da tarde, depois da escola, eles subiram a escada de madeira e atravessaram o corredor estreito e mal iluminado, mas desta vez não era para receber. Quando Iva Stearns abriu a porta, disse: Hoje não é sábado. O que houve? Vocês vieram receber com antecedência?
    Não, respondeu Ike.
    O que foi então? Por que vocês vieram?
    Eles viraram a cabeça e olharam para o corredor atrás de si, tímidos e constrangidos demais para dizer o que queriam, embora soubessem perfeitamente do que se tratava.
    A senhora Stearns os observava. Entendi, disse ela. Nesse caso, é melhor vocês entrarem.
    Eles entraram na sala sem dizer nada. O apartamento continuava o mesmo: aposentos abarrotados e quentes demais, pilhas de jornais e contas antigas no chão, sacolas de compras cheias de itens inúteis sobre a tábua de passar roupa e a televisão portátil em cima do grande console de madeira, e mais do que tudo, o inevitável cheiro de fumaça de cigarro e uma camada de poeira de Holt. Ela fechou a porta e ficou olhando para eles, pensando, ponderando, uma mulher com as costas deformadas, com um vestido leve de casa, um avental, meias de lã masculinas e pantufas gastas, apoiando-se em duas bengalas de metal cromado.
    Deixa eu falar o que poderíamos fazer, disse ela. Estava pensando em fazer uns biscoitos. Mas não tenho todos os

ingredientes e, por causa da dor na perna e da preguiça, não fui comprar. Vocês poderiam ir comprar, o que acham?

Do que a senhora precisa?, perguntaram os meninos.

Vou fazer uma lista. Meninos, vocês gostam de biscoito de aveia?

Gostamos, sim.

Muito bem. Então vamos fazer.

Ela se abaixou e sentou na poltrona estofada junto à parede. Isso levou um tempo considerável. Depois de sentada, tomou fôlego e apoiou as duas bengalas ao lado da poltrona. Ajeitou a saia e o avental sobre os joelhos ossudos, então disse: Tragam minha bolsa, que está ali na mesa. Vocês já sabem onde está.

Bobby foi até a sala ao lado, tão abarrotada e quente quanto a outra, encontrou a bolsa e a trouxe para a sala, deixando-a no colo da mulher. Os garotos ficaram parados diante da poltrona, observando-a. A cabeça dela se inclinou para a frente, e eles puderam ver os cabelos ralos, finos e amarelados, que mal lhe cobriam o crânio, e as orelhas, que pareciam em carne viva onde as hastes dos óculos se apoiavam. O fio em espiral do aparelho de surdez antiquado desaparecia no decote do vestido.

Ela abriu a bolsa de couro e tirou uma carteira, da qual pegou dez dólares. Entregou o dinheiro a Ike. Isso deve dar de sobra, disse. Traga o troco certinho.

Sim, senhora.

Agora, do que vamos precisar? Ela olhou para os meninos como se eles pudessem saber. Eles devolveram o olhar com paciência, limitando-se a ficar ali parados, em pé na frente dela, à espera. Precisamos da maioria dos ingredientes, disse.

Ela tirou uma caneta tinteiro e continuou vasculhando a bolsa sem encontrar o que queria.

Pronto, falou, me dê alguma coisa para escrever. Esse papel serve. Me passe esse jornal. Era a edição matutina do *Denver News*, ainda enrolado e com o elástico, tal qual os meninos haviam preparado mais cedo naquele mesmo dia, no armazém da ferrovia. Ela desenrolou o jornal e arrancou da primeira página um pedaço irregular. Então, começou a escrever, na margem branca, a lista dos ingredientes – aveia, ovos, açúcar mascavo – com a caligrafia fluida que antigamente ensinavam na escola, mas agora trêmula, como se ela estivesse com calafrios causados por febre ou frio. Pronto, disse. O dinheiro está com você. Ela ficou olhando para Ike. E a lista fica com você, ela disse a Bobby. Estendeu o pedaço de jornal. Agora vão, podem ir. Vou ficar aqui esperando.

Mas onde a gente vai comprar isso tudo, senhora Stearns?, perguntou Ike.

No Johnson's. Vocês sabem, no mercadinho.

Sim. A gente conhece.

Então, comprem lá.

Eles se viraram e começaram a sair.

Esperem, disse ela. Como vocês vão fazer para voltar? Não quero ter que levantar e atender a porta outra vez. Ela tirou uma chave da bolsa e deu a eles.

Eles saíram do apartamento, desceram as escadas até a calçada da Main Street, no ar cortante do inverno, e foram caminhando até o Johnson's, na esquina com a Second. Depois de entrar no mercado, as coisas se revelaram bem mais complicadas do que eles esperavam. Na prateleira, havia duas marcas de açúcar mascavo. E havia também dois tipos de aveias, instantânea e comum, e dois tamanhos de pacote. E os ovos tinham três tamanhos e duas cores. Eles começaram a discutir o assunto no meio do mercado, enquanto, em volta deles, as outras clientes, mulheres de meia-idade e jovens mães, olhavam curiosas para eles e seguiam em frente, empurrando seus carrinhos cheios.

Então vamos levar o açúcar mascavo mais barato, disse Ike.

Sim, concordou Bobby.

E aveia grande e comum.

Isso.

E agora os ovos, vamos levar os médios.
Por quê?
Porque eles estão no meio.
E daí?
Isso faz diferença, observou Ike. Estão no meio entre os outros dois. É uma questão de equilíbrio.
Bobby ficou olhando para ele, pensativo. Tá bom, concordou. Qual cor?
Como assim, qual cor?
Escuros ou brancos?
Eles se viraram para a prateleira refrigerada mais uma vez e olharam as fileiras de caixas cheias de ovos. A mamãe sempre compra branco, disse Ike.
Ela não é nossa mãe, disse Bobby. Talvez ela prefira os escuros.
Por que ela iria querer os escuros?
Ela pediu para comprar o açúcar mascavo, que é escuro.
E daí?
Porque também tem açúcar branco, disse Bobby. Só que ela quis o marrom.
Está bem, disse Ike. Ovos escuros.
Está bem, concordou Bobby.
Médio.
Está bem, então.
Eles levaram os ovos, a aveia e o açúcar até o caixa e pagaram à mulher. Ela sorriu para eles. Meninos, vocês vão fazer alguma coisa gostosa?, perguntou. Eles não responderam, pegaram o troco da mão dela, saíram de novo e subiram as escadas até o apartamento escuro e superaquecido da velha senhora, que dava para o beco. Eles usaram a chave, entraram sem bater e a encontraram cochilando na poltrona no lugar em que a haviam deixado. Estava com a respiração fraca, suspiros breves e expirações, com a cabeça tombada para a frente revelando a gola do vestido azul. Hesitantes, eles se aproximaram, pararam diante dela e, notando como era mínimo o

movimento de seu peito, olhando o vestido que subia e descia quase imperceptivelmente, ficaram um tanto apavorados. Ike se inclinou para a frente e disse, Senhora Stearns. Nós já voltamos. Eles ficaram parados na frente da mulher, esperando. Olharam para ela fixamente. Senhora Stearns, insistiu Ike. Ele se inclinou junto a ela outra vez. A gente já está aqui, repetiu. Ele tocou o braço dela.

Abruptamente, a idosa parou de respirar. Por um instante, ela pareceu engasgar. As pálpebras se abriram, incertas, atrás dos óculos, e ela ergueu a cabeça para olhar à sua volta. Bem. Já voltaram?

A gente acabou de entrar, disse Ike. Agorinha.

Foi difícil encontrar as coisas no mercado?

Não. Compramos tudo.

Muito bem, disse ela.

Eles devolveram o troco e a nota da loja, e ela manteve aberta a palma da mão diante do rosto para contar o dinheiro com um dedo e guardou as cédulas e as moedas na bolsa. Eles lhe entregaram a chave da porta, mas ela disse: Vou deixar essa chave com vocês, em confiança. Vocês podem vir se precisarem. E eu não vou precisar levantar para abrir. Talvez vocês queiram me visitar às vezes. Ela olhou para eles. Combinado? Eles assentiram. Muito bem, disse ela. Agora vou ver se consigo me levantar. Lentamente, ela começou a se erguer, apoiando os punhos cerrados nos braços da poltrona.

Eles queriam ajudá-la, mas não sabiam onde colocar as mãos. Por fim, ela se ergueu. Ficar velha é ridículo, disse ela. Estúpido e ridículo. Ela pegou as bengalas. Afastem-se para eu não tropeçar em vocês.

Eles foram atrás dela até a cozinha, onde nunca tinham estado antes: um ambiente pequeno, com uma janelinha que dava para o telhado sujo do edifício vizinho, e uma mesa de madeira comum com uma torradeira, uma geladeira com congelador em cima, uma lata de lixo e uma velha pia esmaltada com uma única xícara suja de café e as migalhas da torrada do café da manhã.

Lavem as mãos, disse. É a primeira coisa. Aqui.

Eles se colocaram um ao lado do outro diante da pia. Depois ela lhes deu uma toalha de mão. Então ela pediu que tirassem os outros ingredientes do armário e os pusessem sobre a mesa, seguindo a ordem de uma velha receita, agora escurecida e gasta, que ela recortara de uma embalagem de aveia, manchada de gordura, porém ainda legível.

O que vem depois?, perguntou ela. Leia.

Baunilha.

Ali. Na prateleira do meio. Depois o que mais?

Bicarbonato de sódio.

Ali. Ela apontou. Mais alguma coisa?

Não. É só isso.

Muito bem, disse ela. Vocês entenderam? Se vocês souberem ler, poderão cozinhar. Sempre poderão fazer a própria comida. Lembrem-se disso. Não me refiro apenas a isto aqui. Quando vocês estiverem em casa também. Vocês conseguem entender o que estou dizendo?

Eles olharam sérios para ela. Bobby leu mais uma vez a receita. O que é fazer um creme?, perguntou.

Onde está?

Aqui está escrito misturar a manteiga e o açúcar.

Quer dizer misturar bem até ficar mole, explicou ela. Como um creme grosso.

Ah.

Para isso, você vai precisar de um garfo.

Eles começaram a colocar tudo dentro de uma tigela e a misturar, enquanto ela supervisionava, dando instruções, depois despejaram o creme no papel untado e puseram os biscoitos crus no forno.

Eu estava aqui pensando, disse ela. Vou lhes mostrar uma coisa. Enquanto a gente espera.

Ela se arrastou até a sala ao lado e voltou trazendo na mão uma caixa de papelão velha. Em seguida, a pôs na mesa e abriu, então mostrou a eles fotografias muito manuseadas nas longas tardes e noites de sua vida solitária, fotografias que haviam sido retiradas e examinadas e devolvidas ao álbum preto, um álbum velho e antiquado. Eram todas do filho dela, Albert. Este aqui é ele, disse aos meninos. Seus dedos manchados de tabaco apontavam para uma das fotografias. Este é meu filho. Ele morreu na guerra. No Pacífico.

Os meninos se inclinaram para vê-lo.

Aqui está meu Albert de uniforme da Marinha. Esta é minha foto preferida dele adulto. Reparem na expressão do rosto. Ah, ele era um garoto muito bonito.

Era um tipo alto e magro, com um uniforme azul da Marinha, o azul-marinho dos Fuzileiros Navais, com seu quepe branco erguido e sapatos reluzentes. Na foto, ele franzia os olhos por causa do sol. Atrás dele, havia uma árvore cheia de folhas e a sombra da copa. Ele tinha um sorriso lindo.

Todos os dias sinto falta dele. Até hoje.

Ela virou a página e havia uma fotografia do mesmo garoto de pé com o braço em volta dos ombros de uma mulher esguia com cabelos castanhos ondulados e um vestido de gabardine branco.

Quem é essa?, perguntaram os meninos. Essa com ele.

O que você acham?, disse a mulher.

Eles deram de ombros. Eles não sabiam.

Essa sou eu. Vocês não estão vendo?

Eles se viraram para ela, examinaram seu rosto.

Eu era assim, disse ela. Eu também já fui moça, ou vocês não sabiam?

O rosto dela, velho e com óculos, cheio de manchas senis, estava bem perto deles; suas bochechas eram flácidas, seus cabelos finos escovados para trás fediam a fumaça de cigarro. Eles olharam de novo para a fotografia dela na juventude, usando um belo vestido branco na companhia do filho.

Isso foi da última vez que o Albert esteve em casa, disse ela.
Onde estava o pai dele?, perguntou Ike. Ele também estava em casa?
Não, não estava. A voz dela mudou. O tom soou amargo e cansado. Na época, ele já tinha nos deixado. O pai dele não estava em lugar nenhum. Era onde ele estava, em lugar nenhum.
Bobby disse: A nossa mãe foi para Denver agora.
Oh, disse ela. Ela olhou para ele. Seus rostos estavam muito próximos. Sim, eu acho que ouvi falar algo a respeito.
Porque a casa em que ela estava era alugada, explicou Ike. Ela está em Denver, morando com a irmã.
Entendi.
A gente logo, logo vai visitar ela. No Natal.
Vai ser bom, né? Ela deve estar com uma saudade imensa de vocês. Eu sentiria. Deve dar até falta de ar de tanta saudade. Tenho certeza de que ela também se sente assim.
Às vezes, ela liga, disse Ike.
O cronômetro do forno apitou. Eles tiraram a primeira leva de biscoitos de aveia do forno e, na cozinha escura, espalhou-se um perfume de canela e massa assada. Os dois irmãos se sentaram à mesa e comeram biscoitos junto com o leite que a senhora Stearns lhes servira, em copos azuis. A idosa ficou olhando para eles da bancada, bebericando uma xícara de chá quente e comendo um pedacinho de biscoito, mesmo sem fome. Pouco depois, ela fumou um cigarro, batendo as cinzas na pia.
Meninos, vocês dois não são de falar muito, comentou ela. O que será que vocês pensam o tempo todo?
Como assim?
A respeito disso. Dos biscoitos que vocês fizeram.
Está gostoso, disse Ike.
Vocês podem levar para casa, ofereceu ela.
A senhora não vai querer?
Vou ficar só com alguns. Vocês levam o resto quando forem embora.

Guthrie.

Maggie Jones disse: Você já vai tão cedo?

Guthrie estava no hall de entrada com seu casaco pesado na mão, enquanto, atrás de Maggie, outros professores bebiam e conversavam, com pratinhos de comida na mão, e outros ainda estavam sentados em cadeiras e no sofá. No canto da sala, uma mulher escutava o pai de Maggie Jones. O velho usava uma camisa de veludo cotelê e uma gravata verde e gesticulava com as duas mãos, contando-lhe algo, alguma coisa sobre os velhos tempos, quando ele era moço.

Por que tão cedo?, perguntou Maggie. Ainda está muito cedo.

Não estou no clima para essas coisas, respondeu Guthrie. Acho que vou indo.

Aonde você vai?

Beber alguma coisa no Chute. Por que você não vem comigo?

Não posso deixar as pessoas aqui. Você sabe.

Guthrie vestiu o casaco e fechou o zíper.

Espere por mim, disse ela. Vou te encontrar lá assim que puder.

Está bem. Mas não sei quanto tempo vou ficar lá.

Ele abriu a porta e saiu. Logo sentiu o ar frio no rosto, nas orelhas e dentro do nariz. Havia carros estacionados na frente da casa dela e dobrando a esquina. Ele caminhou até a metade do quarteirão e entrou na caminhonete.

O motor pegou com dificuldade, e Guthrie, com as mãos

enfiadas nos bolsos, deixou-o esquentar por um minuto, antes de partir. Percorreu três quarteirões rumo ao sul, na pista quase deserta, parou no posto Gas and Go, deixando o motor ligado, comprou um maço de cigarros e voltou mais alguns quarteirões para o leste até o The Chute Bar and Grill. Lá dentro, estava cheio de fumaça, e alguém tinha ligado o jukebox. Tinha a mesma clientela típica dos sábados à noite.

Ele se sentou junto ao balcão, e Monroe veio atendê-lo, secando as mãos em um pano de prato. Tom, o que vai ser? Guthrie pediu uma cerveja, e Monroe tirou e serviu a caneca à sua frente. Ele esfregou um ponto na superfície brilhante do balcão, mas era apenas uma irregularidade da madeira. Quer abrir uma comanda?

Acho que não. Guthrie lhe deu uma nota, e Monroe pegou o troco na caixa registradora diante do grande espelho, deixando-o ao lado da caneca.

Alguma novidade hoje?

Ainda está cedo, disse Monroe.

Ele foi para o outro lado do balcão, e Guthrie olhou em volta. Havia três ou quatro homens à sua esquerda e pessoas sentadas nos reservados atrás deles, outros na sala dos fundos, acomodados nas mesas e nos reservados e na mesa de bilhar holandês junto à parede. Judy, a secretária da escola, estava sentada com outra mulher. Ela o viu olhando em sua direção, levantou o copo e agitou dois dedos, como faria uma garotinha. Tom acenou para ela e voltou o olhar para o outro lado do balcão, na direção da entrada. Mais dois homens e, dormindo na última banqueta do bar, havia uma mulher vestida com uma jaqueta do exército. O homem ao lado dele se virou. Era Buster Wheelright.

Você por aqui, Tom?

Como vai?, perguntou Guthrie.

Não adianta reclamar, não é mesmo?

Que eu saiba, não.

Pelo menos aqui, disse Buster.

Guthrie deu um gole da caneca e olhou para ele. O que você fez? Está mais magro. Quase não te reconheci.

Emagreci sim. O que você achou?

Acho que você está bem.

Acabei de sair de uma clínica de desintoxicação. Emagreci lá dentro.

Como foi?

A desintoxicação?

Sim.

Foi ótima. Só que, quando fiquei sóbrio, me senti muito deprimido. Não parava de chorar o dia inteiro. O médico me deu remédio para depressão. Então fiquei bem. Só que eu não conseguia cagar.

Guthrie deu uma risada, balançando a cabeça. Complicado, né?

Muito, Tom. A pessoa não consegue viver sem cagar. Você consegue?

Acho que não.

Não. Aí eles me deram uns laxantes. Eles me limparam por dentro inteirinho. Aí você acaba emagrecendo. Só que eu não podia continuar daquele jeito. Enquanto tomava os laxantes, eu comia como um cavalo, mas continuava cagando feito um elefante. Buster deu uma risada. Ele estava sem alguns dentes de cima do lado esquerdo da boca.

Parece ser um tratamento radical, disse Guthrie.

Ah, não é o tipo de coisa que você quer fazer todos os dias, disse Buster.

Ambos beberam. Guthrie olhou novamente na direção da outra sala. Judy estava rindo de alguma coisa com as pessoas da mesa. Agora, com elas, havia um homem alto de cabelos cacheados.

Onde está seu parceiro?, perguntou Guthrie. Não estou vendo ele aqui.

Quem?
Terrel.
Oh, inferno! Você não ficou sabendo?
Não.
Bem, diabos. O Terrel estava chegando na cidade ontem de manhã, vindo na caminhonete dele do norte, quando a cachorra pintada do Smythe atravessou a estrada bem na frente dele. O Terrel ficou com medo de tê-la atropelado. Então, reduziu a velocidade, abriu a porta e se inclinou para olhar para trás, e não é que o desgraçado caiu da caminhonete bem no meio da rua? A caminhonete continuou andando sozinha e foi bater na cerca do quintal dos fundos da Helen Shattuck. Levaram o Terrel para o hospital, achando que ele tivesse sofrido um ataque cardíaco. Quando chegou lá, ele precisou explicar o que tinha acontecido. Simplesmente ele tinha caído da caminhonete, só isso. Ele está gordo demais e foi se inclinar para fora. Perdeu o equilíbrio sozinho, acho. E caiu de cabeça na Hoag Street.

Guthrie balançou a cabeça, dando uma risada. E ele se machucou muito?

Oh, ele já está bem. Muita dor de cabeça, só isso.

Afinal, ele atropelou a cachorra ou não?

Nada. Claro que não! A cachorra nem estava por perto. Ela fugiu. Você acha que podemos tirar uma lição de tudo isso?

Acho que sim, respondeu Guthrie.

Minha mãe costumava dizer que em tudo existe uma lição se você souber enxergar, falou Buster.

Eu também acredito nisso, disse Guthrie. Sua mãe era uma mulher inteligente.

Sim, senhor, ela era mesmo, concordou Buster. Ela já morreu há vinte e sete anos.

Guthrie acendeu um cigarro e ofereceu o maço a Buster, que pegou um, examinou-o e colocou o filtro na boca. Eles fumaram e beberam mais um pouco. Monroe trouxe outra caneca de cerveja para Guthrie e outra cerveja e uma dose para Buster. Deixe eu pagar desta vez, disse Guthrie. Buster agradeceu com um aceno, levantou o copinho, jogou a cabeça para trás, para beber de um gole, e logo depois se inclinou para a frente e deu um longo gole de cerveja.

Quando ele estava terminando de beber, Judy se aproximou, vindo dos fundos do bar. Ela parou atrás de Guthrie e lhe deu um tapinha no ombro. Quando ele se virou, Judy disse: Achei que você ia lá na festa da Maggie Jones.

Já fui. Não vi você por lá.

Para mim, já basta nos vermos todo dia na escola, disse ela. Mais professores. Sempre as mesmas histórias.

Bem, disse Guthrie, você está muito bem.

Ora, obrigada. Ela deu uma rodadinha na frente dele, fazendo um passo de dança. Estava usando uma blusa decotada, curta e branca, calça jeans justa e botas de couro vermelho macio. A blusa apertada destacava os dois montes macios dos seios.

Posso lhe pagar uma bebida?

Vim aqui justamente para oferecer isso, disse ela.

Você paga a próxima, disse Guthrie.

Está bem. Não vou esquecer.

Monroe trouxe rum e Coca-Cola, e ela provou, mexeu a bebida com o canudo e experimentou de novo. Você quer se sentar?, perguntou Guthrie.

Onde?

Sente-se aqui onde eu estou. Vou ficar em pé um pouco.

Sério? Eu sou mais nova do que você.

É mesmo?

Sou a pessoa mais nova daqui. Sou a garota mais jovem desta noite de sábado. Ela ergueu o punho e o agitou.

O homem na banqueta à esquerda de Guthrie estava prestando atenção e se virou para olhar para ela. Ele usava um chapéu preto grande com uma pena colorida na fita. Vou lhe

propor o seguinte: você pode se sentar no meu lugar se primeiro me der um beijo de boa-noite. Eu já estava mesmo indo embora, disse ele.
　Por acaso eu te conheço?, perguntou ela.
　Não. Mas eu sou uma pessoa fácil de conhecer. Estou sem grana, se é isso o que você quer saber.
　Está bem, disse ela. Chegue mais perto, você é alto demais. Ele se inclinou para a frente, dobrando a cintura, e ela segurou o rosto dele com as duas mãos, enfiou a cabeça por baixo da aba do chapéu dele e lhe deu um beijo de língua.
　Está satisfeito?, perguntou ela.
　Jesus Cristo, disse ele. Ele lambeu os lábios. Talvez seja melhor então eu ficar aqui mesmo.
　Não, isso não, disse ela, e o puxou pelo braço.
　O homem se levantou, deu-lhe um tapinha no ombro e foi embora. Ela se sentou junto ao balcão do bar com Guthrie e se virou para ele. Quem é ele?, perguntou.
　Ele mora fora da cidade, lá no sul, respondeu Guthrie. Vem aqui de vez em quando. Não sei o nome dele.
　Eu nunca tinha visto esse sujeito antes.
　Ele vem umas duas vezes por mês.
　Guthrie e Judy ficaram sentados conversando sobre várias coisas, a escola, Lloyd Crowder, alguns alunos, mas não por muito tempo. Em vez disso, ela contou sobre sua filha, que estava no primeiro ano em Fort Collins, e como era ter a casa inteira só para si agora, como era silencioso a maior parte do tempo. E Guthrie contou algo sobre os filhos, sobre o que eles faziam. Então ela contou a piada da loira num voo para o Havaí, e ele, por sua vez, perguntou se ela sabia qual era a pior coisa para se dizer a alguém em pé na frente de um mictório. Eles pediram outra rodada, que ela insistiu em pagar.
　Quando as bebidas chegaram, ela disse: Você se incomoda se eu perguntar uma coisa?
　O quê?

Sua esposa ainda está em Denver?
Guthrie olhou para ela. Sim, ainda está lá.
Sério?
Sim.
E o que vai acontecer, o que você acha?
Não sei. Talvez ela fique por lá. Ela está morando com a irmã.
Vocês não vão mais ficar juntos?
Duvido.
E você não quer voltar com ela?
Ele ficou olhando para Judy. Será que a gente pode mudar de assunto?
Desculpa, disse ela.
Tom acendeu um cigarro. Ela o observou fumar. Depois ela tirou o cigarro da mão dele, tragou, soltou dois jatos de fumaça pelas narinas, tragou de novo e devolveu.
Pode ficar com ele.
Não. Eu só queria dar dois tragos. Parei.
Fica com esse.
Não, tudo bem. Mas, olha só, por que você não vem me visitar às vezes e me deixa cozinhar uma carne ou outra coisa para você? Você parece tão sozinho... E minha casa está muito silenciosa agora, que sou só eu.
Pode ser que eu faça isso.
Por que não? Você deveria.
Talvez eu vá.
Minutos depois, a outra mulher veio do fundo do bar e levou Judy de volta para a mesa delas. Pelo amor de Deus, disse, não me deixe lá sozinha com aquele homem.
A gente se vê mais tarde, disse Judy, e Guthrie ficou observando as duas voltarem para a sala dos fundos do bar. As duas mulheres fizeram o homem de cabelos cacheados se levantar e o arrastaram até a mesa de bilhar holandês. Guthrie ficou observando os três jogarem por algum tempo. Quando ele se

virou para o balcão, deu-se conta de que Buster Wheelright tinha sumido. Deixara alguns trocados no balcão e fora embora. Guthrie olhou à sua volta. A mulher de jaqueta do exército ainda estava dormindo na ponta do balcão. Ele terminou a cerveja, saiu novamente no ar frio e dirigiu até sua casa, pegando a Main Street.

Victoria Roubideaux.

Em dezembro, a garota apareceu na porta da classe de Maggie Jones, no horário em que os professores preparavam o plano de aula. Maggie estava sentada à sua mesa, corrigindo com caneta vermelha os trabalhos dos alunos.
Senhora Jones?, chamou a menina.
A professora ergueu os olhos. Victoria. Pode entrar.
A garota entrou na sala deserta e parou ao lado da mesa dela.
Não havia mais ninguém na sala. Ela agora estava mais pesada, com a barriga começando a aparecer, e o rosto mais largo, mais cheio. A blusa ficara justa na cintura, e o tecido esticado pelo volume ficara mais lustroso e brilhante.
Maggie pôs de lado os trabalhos. Venha aqui, disse. Deixe-me dar uma olhada em você. Dá para notar agora, não é? Vire-se, deixe-me ver você de perfil.
A garota obedeceu.
Você está bem?
Estes dias está mexendo muito. Eu tenho sentido.
Sério? Maggie sorriu. Você está se alimentando bem, acho. Você está precisando de alguma coisa? Você não tem aula agora?
Eu pedi para o senhor Guthrie me deixar ir ao banheiro.
Aconteceu alguma coisa?
A garota olhou em volta, depois voltou o olhar para a

professora. Ela estava em pé, ao lado da mesa, pegou um peso de papel, então devolveu. Senhora Jones, disse ela, eles não falam nada.

Quem não fala nada?

Eles nunca falam mais do que duas palavras por vez. Não é só comigo. Acho que eles não conversam nem entre si.

Ah, sim, disse Maggie. Os irmãos McPheron, você está falando deles.

Lá é tão silencioso, disse a garota. Eu nunca sei o que devo fazer. A gente janta junto. Eles leem o jornal. Eu entro no meu quarto e fico estudando. Isso é tudo. Todo dia é a mesma coisa.

E, de resto, está tudo bem?

Ah, eles são gentis comigo. Se é isso que a senhora quer dizer. Eles são educados, sim.

Mas eles não falam, repetiu Maggie.

Eu não sei nem se eles querem que eu fique lá, disse a garota. Não consigo saber o que estão pensando.

Você já tentou falar com eles? Talvez você possa tentar puxar assunto.

A garota olhou desanimada para a mulher. Senhora Jones, disse ela, não entendo nada sobre vacas.

Maggie deu uma risada. Ela deixou a caneta vermelha sobre a pilha de trabalhos de alunos e se recostou na cadeira, esticando os ombros. Você quer que eu fale com eles?

Acho que não fazem por mal, disse a garota. Eu sei que eles têm boa intenção.

Dois dias depois, naquela mesma semana, à tarde, depois da escola, Maggie Jones encontrou Harold McPheron na frente da seção refrigerada das carnes, no fundo do supermercado Highway 34, na zona leste de Holt. Ele estava levando uma pilha de bandejas de carne de porco que lhe vinha até o nariz.

Será que isso está fresco?, indagou ele. Estendeu a carne na direção dela.

Está até com sangue, observou ela.

Não consigo entender se o cheiro está bom. Está tudo embalado neste maldito plástico. Nem um rabo de gambá você reconheceria com todo esse plástico.

Eu não sabia que você comia gambá.

É justamente o que estou falando. Nem sei o que estou comendo, embalado neste maldito plástico. Não é a mesma coisa que comer carne nossa, que vem diretamente da câmara frigorífica: quando eu vou buscar, sei o que estou pegando. Ele devolveu a carne de porco à geladeira e escolheu outra bandeja. Aproximou a carne do nariz, tentou sentir o cheiro, fazendo uma careta e franzindo os olhos, contrariado. Ele virou a bandeja e espiou, desconfiado, o lado de baixo.

Maggie o observava, divertida. Eu estava mesmo querendo encontrá-lo. Mas acho melhor deixar para outra hora. Não quero atrapalhar suas compras.

Harold olhou para ela. Por quê? O que foi que eu fiz?

O que você não fez, disse ela. Nenhum dos dois.

Ele colocou a bandeja de volta na prateleira e se virou para ela. Estava com suas roupas de roça, jeans velho e jaqueta de trabalhar, e na cabeça, inclinado sobre uma das orelhas, um velho chapéu branco e sujo.

Do que você está falando?, perguntou ele.

Você e seu irmão querem continuar morando com a garota?

Claro que queremos, respondeu ele. Qual é o problema? Ele tinha uma expressão surpresa.

Vocês acham bom ter uma garota na casa, não acham? Vocês já estão até acostumados com ela lá.

O que a gente fez de errado?, insistiu ele.

Vocês não conversam com ela, disse Maggie Jones. Você e o Raymond não falam como deviam com a garota. As mulheres gostam de conversar um pouco à noite. Não é pedir muito. Nós aguentamos muita coisa dos homens, mas à noite gostamos de conversar um pouco. Gostamos de bater papo.

Que tipo de papo?, perguntou Harold.

Qualquer papo. Desde que seja papo.

Ora, diabos, Maggie, disse Harold. Você sabe que eu não sei conversar com mulher. Você já sabia disso antes de levá-la. E o Raymond, ele também não entende nada de mulher. Nenhum de nós. Muito menos de uma garota como ela.

É por isso que estou lhe dizendo, continuou Maggie. Que é melhor vocês aprenderem.

Pelo amor de Deus, sobre o que a gente vai conversar?

Espero que vocês pensem em algo.

Ela não disse mais nada. Foi embora por um dos corredores do supermercado empurrando o carrinho, com a saia comprida preta farfalhando nas pernas. Harold ficou olhando fixamente para ela, acompanhando com grande interesse seu caminhar, observando-a por baixo da aba suja do chapéu. Em seus olhos, havia perplexidade e preocupação.

Quando ele voltou para casa, já era quase noite. Raymond ainda estava lá fora. Ele o encontrou atrás do estábulo e o arrastou para dentro de uma das baias de madeira, como se fosse necessário um pouco de discrição. Com alguma excitação na voz, ele contou a Raymond o que Maggie Jones lhe dissera na mercearia Highway 34, enquanto ele escolhia a carne de porco para o jantar.

Raymond recebeu a notícia calado. Depois, olhou para cima e analisou o semblante do irmão por um instante. Foi isso que ela disse?

Sim, foi o que ela disse.

E foi só isso? Ela não falou mais nada?

Que eu me lembre, foi só isso.

Então é melhor a gente fazer alguma coisa.
Concordo, disse Harold.
Quero dizer, precisamos fazer alguma coisa hoje mesmo, acrescentou Raymond. Não na semana que vem.
É disso que eu estou falando, disse Harold. Estou tentando combinar com você.

Os irmãos McPheron fizeram sua tentativa naquela mesma noite. Eles concordaram que o melhor a fazer era esperar até depois do jantar, mas não conseguiriam esperar mais do que isso. Na hora acordada, os dois se lançaram numa conversa.
Eles haviam acabado de comer carne frita acebolada, batatas assadas, café, ervilhas, pão fatiado e porções igualmente divididas de pêssegos em calda, muito amarelos no próprio xarope. Havia sido um jantar silencioso como sempre, quase formal, na sala de jantar. Depois a garota tinha tirado os pratos da mesa quadrada de nogueira e os tinha levado para a cozinha, lavando-os e deixando-os para secar, e ela já se encaminhava para seu quarto quando Harold disse:
Victoria. Ele pigarreou. Começou de novo. Victoria, o Raymond e eu queríamos lhe perguntar uma coisa, se você não se incomodar. Se for possível. Antes que você volte a estudar.
Sim, claro, disse ela. O que vocês queriam saber?
Estávamos pensando... o que você achou da bolsa de valores?
A menina olhou para ele. Do quê?, perguntou.
No rádio, disse ele. O homem que lê as notícias falou que hoje a soja caiu um ponto. Mas que o boi manteve a cotação.
E estávamos nos perguntando, disse Raymond, o que você acha? Na sua opinião, é melhor comprar ou vender?
Oh, disse a garota. Ela olhou para os rostos deles. Os irmãos a observavam atentamente, um tanto desesperados, sentados à mesa, com os rostos sóbrios e sulcados mas, ainda assim,

bondosos, de boa-fé, com suas testas lisas e brancas que brilhavam como mármore polido à luz da sala de jantar. Eu não saberia opinar, disse ela. Não entendo nada disso. Não teria o que dizer. Talvez vocês possam me explicar...

Claro, disse Harold, acho que podemos tentar. Porque a bolsa... Mas talvez fosse melhor você se sentar primeiro. Aqui na mesa, com a gente.

Raymond se levantou logo e puxou uma cadeira para ela. Victoria se sentou lentamente, ele ajeitou a cadeira para ela, que agradeceu; depois ele foi para o outro lado da mesa e se sentou também. Por um momento, a menina passou a mão na barriga esticada, mas reparou que eles a observavam com grande interesse e pôs as mãos sobre a mesa. Ela olhou para eles. Estou ouvindo, disse. Vocês querem começar?

Claro, sim, disse Harold. Como eu estava dizendo. Ele começou em voz alta. Digamos, a bolsa é quanto estão pagando hoje pela tonelada de soja e milho, boi e trigo e porco e ervilha até o fim do dia. O homem lê os preços no rádio diariamente ao meio-dia. Seis dólares, soja. Milho, dois e quarenta. Cinquenta e oito centavos o porco. Valores em dinheiro, vendas de hoje, continuou.

A garota estava sentada olhando para ele enquanto falava, acompanhando a lição.

As pessoas o escutam no rádio, disse ele, e ficam sabendo o preço que está. É assim que as pessoas se atualizam. Sabem o que está acontecendo.

Sem falar na barrigada de porco, acrescentou Raymond.

Harold abriu a boca para falar alguma coisa, mas, logo em seguida, parou. Ele e a garota se viraram para Raymond.

O que tem a barrigada de porco?, perguntou Harold. O que você disse?

Barrigada de porco, repetiu Raymond. A barrigada também está na bolsa. Você sempre esquece. Você não mencionou barrigada de porco.

Ah, claro, sim, barrigada também. Eu ainda não havia terminado, disse Harold.

Você pode comprar aquilo também, disse Raymond à garota. Se você quiser. Ele a olhava solenemente do outro lado da mesa. Ou então vender, se você tiver.

E o que é isso?, perguntou a garota.

Bem, é o bacon que a gente come, respondeu Raymond.

Oh, disse ela.

Esta gordura que a gente tem aqui embaixo da costela, disse ele.

Exatamente. Isso também tem cotação na bolsa. Enfim, disse Harold, olhando para a garota, você entendeu?

Ela olhou para um e, em seguida, para o outro. Os dois estavam esperando uma reação, como se tivessem explicado os aspectos mais complexos de um testamento ou talvez as precauções necessárias a tomar diante de uma doença fatal ou de uma epidemia que está se espalhando. Acho que não, disse ela. Não entendi como ele sabe quais são os preços.

O homem do rádio?, perguntou Harold.

Sim.

Ele liga para os grandes pontos de vendas e pede. Ele recebe esses relatórios de Chicago ou de Kansas City. Ou talvez de Denver.

Mas depois como vocês fazem para vender?, perguntou ela.

Muito bem, disse Raymond, assumindo a palavra. Ele se inclinou para ela, a fim de explicar o assunto. Por exemplo, digamos que você queira vender trigo, disse ele. Vamos supor que você já tenha o produto no silo que fica perto da ferrovia em Holt, para onde você o levou durante a colheita, em julho. Agora você quer vender uma parte. Então você chama o silo e diz para vender certa quantidade. E eles vendem ao preço do dia, e então os grandes caminhões, os tratores e as carrocerias que você vê na estrada o levam embora.

E para quem eles vendem?, perguntou a garota.

Vendem para muitos lugares. Principalmente para empresas que moem. A maior parte vai virar farinha de trigo.
Então quando você recebe o dinheiro?
Ele lhe dá um cheque na hora.
Ele quem?
O diretor do silo.
Menos os custos de estocagem, disse Harold, retomando a palavra. Aí ele desconta isso. E mais o custo da secagem, se tiver. Só que, se estamos falando de trigo, nunca cobra muito pela secagem. Isso é mais no caso do milho.
Eles pararam de novo e examinaram a garota outra vez. Tinham começado a se sentir melhor, um pouco mais satisfeitos consigo. Sabiam que ainda não estavam completamente fora de perigo, mas começavam a acreditar que o que vislumbravam pela frente era pelo menos o começo de um caminho que levaria a uma espécie de clareira promissora. Ficaram observando a garota e esperaram.
Ela balançou a cabeça e sorriu. Repararam novamente como eram bonitos os dentes dela e como seu rosto era liso. Ela disse: Ainda acho que não entendi. Você falou em boi. Quero saber mais sobre o boi.
Ah, bem, disse Harold. Certo. Vamos falar dos bois.
E, assim, os dois irmãos McPheron continuaram explicando sobre matadouros, gado de corte e carne selecionada, novilhas e boi de engorda, explicando sobre isso também, e os três discutiram esses assuntos longamente, até tarde. Falando. Conversando. Expandindo a conversa também para outros assuntos. Dois homens idosos e uma garota de dezessete anos, sentados à mesa de uma sala no meio do campo, depois do jantar, enquanto lá fora, além das paredes da casa e das janelas sem cortina, o vento frio do norte engatilhava a enésima tempestade invernal sobre as planícies.

Ike e Bobby.

Conforme o combinado, eles passaram a semana de Natal em Denver, com a mãe. Guthrie os levou de caminhonete até a cidade e subiu com eles até o sétimo andar do edifício da Logan Street, onde ela morava com a irmã. Eles pegaram o elevador e seguiram pelo tapete do corredor comprido e iluminado. Guthrie os viu entrar na sala e conversou brevemente com a mãe deles sem se alterar nem discutir, mas não quis se sentar e foi embora logo em seguida.

Agora ela parecia mais calma. Talvez tivesse encontrado um pouco de paz. O rosto parecia menos magro e pálido, menos abatido. Estava contente em vê-los. Abraçou-os por muito tempo, e seus olhos estavam marejados de lágrimas quando ela sorriu, e, enquanto sorria, sentaram-se os três juntos no sofá, e ela ficou segurando, afetuosamente, as mãos dos garotos no colo. Era claro que ela havia sentido falta deles. Mas, de alguma maneira, era como se ela fosse dominada pela irmã, que era três anos mais velha. Era uma mulher baixa, minuciosa e precisa, com opiniões firmes, mais bonita do que linda, de olhos acinzentados e um queixo pequeno e duro. As duas mulheres discutiam de vez em quando por alguma bobagem – a forma certa de arrumar a mesa, a temperatura da casa –, mas nas questões importantes tinha de ser tudo do jeito que a irmã queria. Então a mãe deles parecia alheia e passiva, como se não tivesse força para se defender. Mas os dois garotos não concordavam com isso. Achavam a tia mandona. Queriam que a mãe, de alguma forma, reagisse à personalidade da irmã.

O apartamento tinha dois quartos, e os garotos ficaram com a mãe no quarto dela, conversando e contando coisas engraçadas e jogando baralho, e à noite dormiam no chão, ao pé da cama dela, em camas improvisadas com cobertores quentes. Era como num acampamento. Mas a maior parte do tempo eles não podiam ficar ali dentro, pois a mãe tinha outra vez suas crises de silêncio, durante as quais ela queria ficar sozinha no escuro. As crises começaram no quarto dia em que eles estavam em Denver, logo depois do Natal. O dia de Natal fora uma decepção. A blusa vermelha que eles haviam comprado para a mãe era larga demais, embora ela tivesse dito que havia gostado mesmo assim. Eles não tinham pensado em comprar um presente para a tia. A mãe deu uma camisa colorida a cada um, e, um dia, quando estava se sentindo melhor, ela os levou para fazer compras no centro e comprou sapatos novos para os dois, além de calças e vários pares de meia e cuecas. Quando pararam no caixa para pagar, Ike disse: É muito caro, mamãe. A gente não precisa de tudo isso.

O pai de vocês me mandou dinheiro, disse ela. Vamos voltar para casa agora?

Era muito silencioso no apartamento da tia. Fazia vinte e três anos que ela era supervisora no tribunal municipal, sediado em um prédio público no centro da cidade, e o trabalho a levara a desenvolver uma visão severa acerca da humanidade, de seus caprichos e da infinidade de maneiras que encontra para cometer seus crimes. Fora casada uma vez, por três meses, e desde então nunca mais cogitara se casar com ninguém. Só lhe restavam duas paixões: um gato amarelo e gordo, chamado Theodore, e a telenovela, que passava sempre à uma da tarde, todos os dias da semana, enquanto ela estava no trabalho, programa que gravava e assistia toda noite, religiosamente quando voltava para casa.

Logo os garotos começaram a ficar entediados. A mãe parecia melhor, mas, depois que começaram as crises de silêncio, a aparência abatida reapareceu, e ela voltou para a cama. A tia, por sua vez, falava que eles precisavam ficar quietos e deixá-la descansar. Aconteceu que, certa noite, ela havia entrado no quarto da mãe deles e ficara conversando com ela por uma hora, de porta fechada, e, quando saiu, falou: Vocês têm que ficar quietos e deixar que ela descanse.

Nós estamos quietos.

Por acaso vocês estão discutindo comigo?

O que a mamãe tem?

A sua mãe não é uma pessoa muito forte.

Então a tia foi trabalhar, e a mãe deles voltou para a cama com o braço cobrindo o rosto no quarto escuro, e eles ficaram em Denver, sozinhos naquele apartamento, no décimo sétimo andar, com ordens taxativas de não sair dali. Para passar o tempo, liam um pouco e viam televisão até os olhos doerem, mas atentos para não interferir na gravação quando chegasse a hora da novela da tia. O único recurso dos dois era a sacada do apartamento, à qual tinham acesso por uma porta de vidro. A sacada dava para Logan Street e, ao longo da calçada, havia carros estacionados. De lá, eles viam as copas desfolhadas das árvores no inverno. Começaram a sair na sacada para observar os carros passando e as pessoas passeando com seus cachorros. Vestiam seus casacos e ficavam lá fora cada vez mais tempo. Depois de um tempo, passaram a jogar coisas da sacada na rua lá embaixo. Começaram a se inclinar sobre o parapeito para ver o que o vento fazia com seus cuspes, então brincavam de ver quem jogava um pedaço de papel mais longe, fazendo-os flutuar como plumas, e inventaram um sistema de pontos para avaliar a distância e a posição. Mas era algo imprevisível demais. Era apenas uma questão de vento. Descobriram que soltar coisas mais pesadas era melhor. Ovo era perfeito.

Continuaram assim por dois dias, até que alguém no prédio contou à tia. Naquela noite, quando ela voltou para casa, tirou o casaco, pendurou-o, depois pegou os dois pelo pulso e os levou até o quarto da mãe. Sabe o que esses dois aprontaram?

A mãe se levantou na cama. Não, respondeu ela. Estava pálida e abatida outra vez. Mas não pode ter sido nada muito grave, disse.

Eles jogavam ovos da sacada na calçada.

Como assim?

Aqui da varanda. Oh, uma ideia muito inteligente.

Isso é verdade?, perguntou ela, olhando bem para os filhos.

Eles continuaram olhando para ela, impassíveis. A tia ainda estava segurando os pulsos deles.

Sim, é verdade.

Bem, eu tenho certeza de que eles não farão mais isso. Aqui não tem muita coisa para eles se distraírem.

Não vou permitir que façam isso de novo.

Então a brincadeira acabou. Eles foram proibidos de sair na sacada.

Certa noite, no final de semana, eles acordaram no escuro e descobriram que a mãe não estava no quarto. Abriram a porta e foram até a sala. Estava tudo apagado, mas a cortina estava afastada da porta de correr da sacada, e as luzes da cidade entravam pelo vidro. A mãe estava sentada no sofá, enrolada em um cobertor. Embora estivesse acordada, pelo que puderam ver, não estava fazendo nada.

Mamãe?

O que foi?, perguntou ela. Por que vocês acordaram?

A gente queria saber onde você estava.

Estou aqui, respondeu ela. Está tudo bem. Voltem para a cama.

A gente pode sentar aqui com a senhora?

Se vocês quiserem... Mas está frio aqui fora.

Vou buscar outro cobertor, disse Ike.

Mas eu acho que vocês não vão gostar de ficar aqui, disse a mãe. Não sou uma boa companhia.

Mamãe, você não pode voltar para casa?, perguntou Bobby. O que tem de bom aqui?

Não. Ainda não posso, respondeu ela.

Quando então?

Não sei, disse. Não tenho certeza. Cheguem mais perto. Vocês vão ficar resfriados. Eu devia era mandar vocês dois para a cama.

Eles ficaram muito tempo olhando pela janela.

No dia seguinte, quando o pai veio buscá-los, os garotos estavam contentes. Queriam voltar para casa, mas se sentiram confusos e culpados por terem de deixar a mãe em Denver no apartamento da irmã. Guthrie tentou conversar com os dois no caminho de volta. Entretanto, eles não falaram muita coisa. Não queriam ser desleais com a mãe. A viagem pareceu demorar muito. Quando chegaram em casa, no quarto deles, eles se sentiram melhor. Podiam olhar para fora e ver o curral, o moinho e o estábulo dos cavalos.

Os McPheron.

Não havia aula entre o Natal e o Ano-Novo. Victoria Roubideaux ficou na casa velha da fazenda com os irmãos McPheron, e os dias pareciam passar lentamente. O chão estava coberto de sutis camadas de gelo sujo, e o tempo continuava frio; a temperatura estava sempre abaixo de zero e, à noite, esfriava ainda mais. Ela ficava dentro de casa lendo revistas e cozinhando, enquanto os irmãos iam e vinham, alimentando as vacas, quebrando o gelo no bebedouro, verificando, todos os dias, com grande atenção, que a gravidez das novilhas de dois anos evoluísse regularmente, pois seriam as crias mais difíceis para nascer, e voltavam para a cozinha vindo dos campos e dos pastos, cobertos de gelo e quase congelados, com os olhos azuis marejados e as bochechas vermelhas, como se tivessem sido queimadas. Na casa, o Natal fora tranquilo e não havia planos para o Ano-Novo.

No meio da semana, a garota começara a passar mais tempo sozinha no quarto, dormindo até tarde pela manhã e ficando acordada durante a noite, ouvindo rádio, arrumando os cabelos, lendo livros sobre bebês, pensando e escrevendo em seus cadernos.

Os irmãos McPheron não sabiam como reagir àquele comportamento. Eles acabaram se acostumando à rotina escolar da menina: todas as manhãs ela acordava cedo, tomava café da manhã com eles, depois ia para a escola de ônibus, voltava para casa depois das aulas e à noite, quando eles voltavam do trabalho, com frequência a encontravam na sala lendo uma revista ou vendo televisão. Eles tinham começado a conversar mais facilmente com ela e a comentarem, juntos, os acontecimentos do dia, encontrando assuntos interessantes para os três. Por isso agora achavam estranho que ela passasse tantas horas sozinha. Não sabiam o que ela estava fazendo no quarto, mas também não queriam lhe perguntar. Não se achavam no direito de lhe perguntar nada nem de interrogá-la. Entretanto, começaram a se preocupar com isso.

Certa noite, no fim da semana, voltando para casa na caminhonete, Harold disse ao irmão: Você não está achando a Victoria um pouco triste ou abatida ultimamente?

Sim, eu notei isso também.

Porque ela fica na cama até tarde, por exemplo.

Talvez seja assim mesmo que elas fazem, disse Raymond. As garotas devem ser assim, é da natureza delas.

Até nove e meia da manhã? Eu voltei para casa outro dia por algum motivo que não me lembro, e ela havia acabado de acordar.

Eu não sei, disse Raymond. Ele olhou para o capô barulhento da caminhonete. Na minha opinião, ela começou a se sentir entediada e sozinha.

Talvez, disse Harold. Mas, se for isso, não sei se é bom para o bebê.

O que não seria bom para o bebê?

O fato de ela estar se sentindo sozinha e triste. Não pode ser bom. Além de ficar acordada até altas horas e dormir a manhã inteira.

Bem, disse Raymond, ela precisa dormir.

Ela precisa é dormir na hora certa. Isso é o que ela precisa fazer.

Como você sabe?

Eu não sei, disse Harold, não sei se isso está comprovado ou não. Mas imagine uma novilha de dois anos prenha. Ela não fica acordada a noite inteira, irrequieta e agitada, fica?

Do que você está falando?, disse Raymond. O que diabos você acha, que funciona para todos do mesmo jeito?

Comecei a pensar nisso outro dia. Existem algumas semelhanças. As duas são novas. Moram na roça, tanto ela como a novilha contam apenas com a nossa ajuda para cuidar delas. Ambas terão o primeiro filho. Pense bem.

Raymond olhou espantado para o irmão. Eles chegaram em casa e pararam no caminho congelado da entrada diante da porteira de arame. Diabos, disse, funciona assim para uma vaca. Você está falando de vaca.

Só estou comentando, só isso, disse Harold. Pense um pouco.

Você está dizendo que ela é uma vaca, é isso que você está dizendo.

Não estou falando nada disso.

Ela é uma garota, pelo amor de Deus! Não é uma vaca. Você não pode comparar garotas e vacas.

Eu só estava comentando, disse Harold. Não precisa ficar nervoso por causa disso.

Não gostei dessa comparação, você dizer que ela é uma vaca prenha.

Eu nunca disse isso. Não diria isso nem se me pagassem.

Eu achei que era isso. Que era exatamente o que queria dizer.

Só pensei alto, só isso, disse Harold. Você nunca pensa em nada?

Claro que penso. Às vezes, em algumas coisas.

Pois é.

Mas não precisa falar. Só porque pensou.

Tá bom. Eu pensei e falei sem pensar. Você vai me dar um tiro agora ou quer esperar o anoitecer?

Vou decidir e depois te aviso, disse Raymond. Ele olhou

pela janela em direção à casa, onde as luzes já estavam acesas. Na minha opinião, ela só está entediada. Não tem nada para fazer aqui. Neste período, não há aula e nada para fazer.

Parece que ela não tem muitos amigos com quem conversar, disse Harold. Isso com certeza.

Não tem mesmo. E ela nunca telefona para ninguém nem ninguém para ela, acrescentou Raymond.

Talvez, de vez em quando, a gente possa levá-la à cidade, ao cinema. Algo assim.

Raymond olhou bem para o irmão. Ora, agora você me surpreendeu de verdade.

O que foi?

Bem, você quer ir ao cinema? Você consegue imaginar a gente no cinema? Sentados ali, comendo pipoca, enquanto um ator de Hollywood mete o negócio dele numa mulher nua, com ela sentada bem do nosso lado.

Bem...

Bem, digo eu.

Certo, disse Harold. Então está certo.

Não, senhor, disse Raymond. Eu não imaginei que quisesse fazer uma coisa dessas.

Mas, por Deus, a gente precisa fazer alguma coisa, disse Harold.

Quanto a isso, concordo.

Bem, então vamos fazer, pelo amor de Deus!

Não há dúvida sobre isso, reforçou Raymond. Ele esfregou as mãos entre os joelhos para aquecê-las; suas mãos estavam irritadas e vermelhas, rachadas. Estou achando que foi isso que acabamos de fazer, disse. Ou mais ou menos. Naquela noite, quando a gente ficou conversando com ela sobre a bolsa. Quero dizer, você resolve um problema e aparece outro. Com uma garota nova como ela, nada está resolvido de forma definitiva, concluiu ele.

Entendo o que você quer dizer, falou Harold.

Os dois irmãos olharam pensativos para a casa. A propriedade estava velha, gasta, quase sem pintura, as janelas do andar de cima pareciam desbotadas. Ao lado da casa, o vento sacudia os olmos desfolhados.

Vou te falar uma coisa, disse Harold. Estou começando a respeitar mais as pessoas que têm filhos hoje em dia. Visto de fora, parece fácil. Ele olhou para o irmão. Essa é a minha opinião, disse. Raymond ainda estava olhando para a casa, sem dizer nada. Você está me ouvindo? Eu acabei de falar uma coisa.

Eu ouvi o que você falou, respondeu Raymond.

Pois então? Você não falou nada.

Estou pensando.

Bem, você não pode pensar e falar comigo ao mesmo tempo?

Não consigo, disse Raymond. Não nesse caso. Isso exige toda a minha concentração.

Muito bem, disse Harold. Continue pensando. Se você precisa de silêncio, vou calar minha boca. Mas é bom que um de nós pense em alguma solução bem depressa. Isso de ficar o tempo todo deitada no quarto não pode fazer bem para ela. Nem para o bebê que ela tem na barriga.

Naquela noite, Harold McPheron ligou para Maggie Jones. Harold e Raymond haviam decidido que isso cabia a ele. Foi depois que a garota voltou para o quarto à noite e fechou a porta.

Quando Maggie atendeu, Harold perguntou: Se você tivesse que comprar um berço, onde poderia encontrar um?

Maggie fez uma pausa. Depois ela disse: Ah, deve ser um dos irmãos McPheron.

Isso mesmo. O mais bonito e inteligente.

Bem, Raymond, disse ela. Que bom que você ligou!

Na verdade, não é tão engraçado quanto você acha, disse Harold.

Não?

Não, não é nada divertido. Seja como for, qual é a sua resposta? Onde você compraria um berço se precisasse de um?

Imagino que você não queira dizer uma manjedoura? Se você precisasse de um paiol de milho, não me perguntaria onde encontrar.

Exatamente.

Olha, eu iria até a Phillips. Na loja de departamento. Eles têm um setor de bebês.

E onde é?

Na praça, em frente ao tribunal de justiça.

No lado norte da praça?

Isso.

Certo, disse Harold. Como você vai, Maggie? Está tudo bem?

Ela deu uma risada. Estou bem.

Obrigado pela informação, agradeceu. Feliz Ano Novo, desejou e, em seguida, desligou.

Na manhã seguinte, os irmãos McPheron voltaram do trabalho para casa por volta das nove, encapotados contra o frio, batendo as solas das botas na varanda e tirando os gorros pesados. Haviam combinado de chegar em casa a tempo de encontrar a garota ainda sentada na sala de jantar, junto à mesa de nogueira, tomando seu café da manhã solitário. Ela levantou o olhar para eles ali parados e hesitantes, na soleira da porta, então eles entraram e se sentaram na frente dela, do outro lado da mesa. Ela ainda estava com sua camisola de flanela e uma malha grossa e meias; seu cabelo brilhava ao sol de inverno, que entrava pelas janelas sem cortinas da face sul.

Harold pigarreou. A gente estava pensando numa coisa, disse ele.

É mesmo?, disse a garota.

Sim, senhora, isso mesmo. Victoria, queremos ir com você

até Phillips para fazer umas compras. Se você não se incomodar. Se você não tiver planos para hoje.

O anúncio a surpreendeu. Fazer o que em Phillips?, perguntou.

Passear, respondeu Raymond. Para a gente se distrair um pouco. Você não quer? Achamos que você gostaria de sair um pouco de casa.

Não, claro, eu quis dizer comprar o quê...

Para o bebê. Você não acha que o bebê vai precisar de um lugar para descansar a cabecinha?

Sim, acho que vai.

Então é melhor a gente fazer alguma coisa a esse respeito.

Ela olhou para ele e sorriu. Mas e se for menina?

Bom, acho que vamos ter que ficar com ela de qualquer jeito e lidar da melhor forma possível com esse azar, disse Raymond. Ele fez uma cara exageradamente séria. Mas também, se for menina, ela vai precisar de uma cama, não vai? As garotinhas também não sentem sono?

Saíram de casa por volta das onze da manhã, depois que os irmãos McPheron terminaram de alimentar o gado. Eles haviam voltado para casa, tinham se lavado, trocado de roupa, vestindo calças e camisas limpas, e tinham posto seus chapéus Bailey de fita prateada que só usavam para ir à cidade; quando ficaram prontos, a garota já estava esperando por eles, sentada à mesa da cozinha com seu casaco de inverno e a bolsinha vermelha pendurada no ombro.

Partiram na caminhonete naquele dia claro e frio; a garota no meio dos dois com um cobertor no colo, enquanto papéis velhos, notas de venda, alicates, detectores de tensão e canecas sujas de café deslizavam no console, para a frente e para trás, a cada curva abrupta. Estavam indo para o norte através da cidade, passando por baixo da nova torre do reservatório de água e continuando mais ao norte, no interior plano e manchado de neve, com os restolhos de trigo e os estelos de milho que se erguiam escuros no chão congelado e as espigas de trigo que se destacavam como esmeraldas verdes nos campos plantados no outono. Em dado momento, eles viram um coiote solitário no descampado; ele corria, o andar rápido mas regular, a cauda comprida flutuando atrás dele como um rastro de fumaça. O animal viu a caminhonete, parou, tornou a se mover, correndo muito rápido, pela estrada, e acertou em cheio a cerca de proteção quicando para trás, mas logo se recompôs e voltou a se embrenhar na cerca e, por fim, em pânico, conseguiu pulá-la como um humano faria e fugiu correndo, trotando depressa outra vez no descampado, atravessando o vasto território do outro lado da estrada sem fazer nenhuma pausa, sem nem mesmo reduzir o ritmo para olhar para trás.

Será que ele está bem?, perguntou a menina.

Parece que sim, respondeu Raymond.

Até que alguém o pegue de jeito, disse Harold, correndo atrás dele de caminhonete com cães de caçar coiote. E dê um tiro nele.

Eles fazem isso?

Sim, fazem.

Eles prosseguiram. No descampado plano e arenoso, havia fazendas espalhadas e isoladas, ladeadas por celeiros e outras construções, e, ao longe, fileiras escuras de árvores contra o vento. Passaram por uma fazenda ao lado da estrada, com cavalos e um celeiro pintado de vermelho, de onde, ao longo de mais de duzentos metros, o dono havia emborcado botas velhas de vaqueiro no alto dos mourões como decoração. Em Red Willow, eles viraram para oeste e seguiram em frente, passaram pela escola rural em Lone Star e cruzaram os campos de trigo e, depois de um tempo, chegaram ao topo de uma subida, de onde puderam ver o vale do rio South Plate, amplo e debruado de árvores, os penhascos distantes, com a cidade lá embaixo. Desceram a estrada tortuosa, cruzaram a pista da interestadual e chegaram à periferia de Phillips.

A essa altura, já era quase uma e meia da tarde. Estacionaram na praça em frente ao tribunal e foram a um pequeno café para almoçar, sentando-se a uma mesa coberta por uma toalha verde. O movimento da hora do almoço havia passado, e eles eram os únicos clientes. Depois de um tempo, uma mulher saiu do balcão, onde estava fumando e descansando, e trouxe copos de água e os cardápios. A garota pediu queijo-quente e sopa de tomate. Raymond aconselhou: É melhor você comer algo mais além disso. Você não acha, Victoria? Vai demorar muito até a hora do jantar.

A garota pediu um copo de leite.

Traga um copo grande, por favor, senhora, disse Raymond.

E os senhores, o que vão querer?, perguntou a mulher.

Os dois irmãos McPheron pediram filé de frango frito, que vinha com purê de batatas, ervilhas, milho enlatado e uma gelatina de cenoura.

Isso é uma delícia, disse a mulher.

É mesmo?, falou Harold.

Eu gosto, disse ela.

É um bom sinal quando a garçonete gosta da comida que serve, observou ele. E que tipo de molho vem junto?

Amarelo.

Você pode servir esse molho também nos filés?

Eu posso pedir na cozinha. Não sou eu que preparo.

Se você puder pedir, agradeço, disse ele. E café preto, quando puder trazer. Muito obrigado.

A mulher levou o pedido e trouxe o café e o leite na volta e, pouco depois, os pratos. Sentados à mesa do café, os três comeram tranquilamente, sem pressa. Quando os irmãos terminaram, pediram para eles e para a garota três fatias de tortas de maçã com uma bola de sorvete em cima, mas Victoria só conseguiu comer metade da sua. Eles pagaram a conta e foram caminhando até a loja de departamentos.

Nas vitrines da frente, estavam expostos conjuntos de móveis para quarto e sofás e abajures para sala. Eles entraram e foram logo recebidos por uma mulher de meia-idade baixinha e enérgica em um vestido marrom. Posso ajudá-los?, perguntou ela.

Estamos procurando berços, disse Harold.

Berços para bebê?

Sim, senhora. Estamos aqui para comprar um. Ele piscou para a menina. Gostaríamos de ver os que vocês têm.

Vocês podem me acompanhar, por aqui, disse a mulher.

Eles seguiram a mulher até o outro lado da loja. Aqui estão os modelos que nós temos. Havia uma dúzia de berços novos já montados, equipados de colchões e mantas, em meio a gaveteiros e trocadores combinando. Os irmãos os observaram boquiabertos.

Olharam de relance para a garota. Ela ficou parada ao lado, sem dizer nada.

Talvez a senhora pudesse nos falar sobre cada um deles, disse Harold.

Será um prazer, disse a mulher. Entre as características fundamentais de um berço, há o acabamento atóxico e fácil de limpar. As bordas com a proteção de plástico para os dentinhos. A grade sobe e desce, para facilitar o acesso ao bebê. As rodinhas cobertas, que somem e reaparecem quando for preciso. Esse modelo tem um estrado maciço para o colchão. E, nesse modelo, encontramos esses pinos para ajustar o colchão em vários níveis. Nesse aqui, a grade abaixa se você apertar com o joelho, e a desse outro abaixa quando você solta essas duas travas. Este modelo aqui permite tirar a grade inteira. Assim, quando o bebê crescer, o berço vira uma caminha normal.

Ela parou e ficou aguardando uma reação, com as mãos para trás. Vocês têm alguma pergunta?

Para que servem essas rodinhas cobertas?, perguntou Harold.

É uma questão estética.

Como assim?

Fica mais bonito.

Pelo visto, o aspecto das rodinhas é importante.

É uma vantagem a mais, disse ela. Algumas pessoas preferem que não apareçam.

Entendi, disse ele.

Os irmãos McPheron se aproximaram dos berços e começaram a examinar um a um, mais de perto. Manipularam as grades removíveis, levantando-as e abaixando-as, e deram a volta em cada berço, ajustando as alturas nos pinos e espiando por baixo, também apertaram e destravaram tudo, para a frente e para trás.

Raymond se inclinou sobre um e apertou para baixo o colchão, fazendo-o afundar e voltar.

O que você acha, Victoria?, perguntou. Que tal este aqui?

É muito caro, disse ela. Todos esses são.

Não se preocupe com isso, deixa com a gente. De qual desses você gostou mais?

Não sei, disse ela. Ela olhou à sua volta. Talvez este aqui, ela indicou o mais barato.

É muito bonito, disse Raymond. Eu gosto mais deste outro. Continuaram procurando.

Por fim, os irmãos McPheron escolheram o berço que virava caminha, o mais caro de todos. Tinha pés torneados e a cabeceira de madeira maciça. Pareceu-lhes robusto, e a lateral ajustável deslizava facilmente no trilho. Acharam que a garota não teria nenhuma dificuldade com aquilo.

Vocês têm deste aqui em estoque?, perguntou Harold.

Certamente, respondeu a mulher.

Então você pode me trazer um.

O senhor sabe que não vem com o colchão, não é?

Não?

Não. O colchão não está incluído. Não por esse preço.

Bem, minha senhora, disse Harold. Nós precisamos de um berço. E é melhor levarmos um com colchão junto. Essa garota vai ter um bebê, e ele não pode dormir no estrado. Mesmo que o estrado tenha três níveis de ajuste.

Que tipo de colchão o senhor vai querer? Os modelos disponíveis são esses.

Ela começou a mostrar as opções. Eles escolheram um que lhes pareceu firme o suficiente quando o apertaram e viraram de lado, e depois escolheram diversos lençóis de berço, cobertores e mantas grossas.

A garota observava tudo com uma espécie de distância desolada. Foi ficando cada vez mais silenciosa. Até que, por fim, ela disse: Não seria melhor esperar? É tudo muito caro. Vocês não deviam fazer isso.

Qual é o problema?, indagou Harold. Nós dois estamos nos divertindo aqui. Achei que você também estivesse.

Mas é muita coisa. Por que vocês estão fazendo isso?

Está tudo bem, disse ele. Ele estava quase colocando o braço sobre os ombros dela, mas se deteve. Olhou bem para ela. Está tudo bem, repetiu. Juro. Pode ficar tranquila.

Os olhos da menina se encheram de lágrimas, embora ela não emitisse nenhum som. Harold tirou um lenço do bolso traseiro da calça e ofereceu a ela, que enxugou as lágrimas e assoou o nariz, então lhe devolveu o lenço. Pode ficar com ele, disse Harold. Ela recusou com a cabeça.

A mulher perguntou: Vocês ainda vão querer levar?

Harold guardou o lenço e se virou para ela.

Isso mesmo, senhora. Não mudamos de ideia. Ainda vamos levar tudo.

Muito bem. Eu só queria ter certeza.

Nós temos certeza.

Ela mandou um funcionário buscar no estoque, e ele voltou

empurrando um carrinho com duas grandes caixas de papelão. Então os levou até caixa.

A mulher gerou a nota. Perguntou: Dinheiro ou cartão?

Vou lhe pagar com um cheque, respondeu Raymond. Ele se inclinou sobre o balcão, apoiando o cotovelo, e preencheu o cheque.

Depois que terminou, examinou o que havia escrito e então dobrou a folha, destacou e estendeu o cheque para a mulher do caixa.

Ela olhou para o cheque.

Posso ver sua identidade, por favor?

Ele tirou a carteira do bolso do paletó e lhe passou a habilitação. Ela leu, depois olhou para ele.

Não sabia que aceitavam de chapéu, disse ela.

Em Holt, eles deixam, disse ele. Qual é o problema? Eu não saí bem?

Oh, dá para ver que é você, disse a mulher.

Ela devolveu a habilitação, e ele a guardou. Então ela terminou de embrulhar as compras deles e lhes deu o recibo. Muito obrigada, agradeceu.

O funcionário se encaminhou para a frente da loja, levando o carrinho com o colchão e o berço novos dentro das caixas de papelão com as letras coloridas da marca, saindo pelo corredor central com um gesto de floreio. Ele avançou apenas alguns passos.

Filho, disse Harold. Pode parar por aqui. Não vai ser necessário.

Eu ia levar até o carro para vocês.

Está tudo bem, não precisa.

Com o chapéu elegante na cabeça, os irmãos McPheron ergueram as duas caixas e, juntos, levaram-nas para o lado de fora, um atrás do outro, segurando-as embaixo do braço como se segura uma escada, e percorreram daquela forma a calçada por mais um quarteirão até a caminhonete.

A garota veio atrás deles, com a sacola da loja com os lençóis e cobertores. Juntos, os três formavam uma espécie de desfile. As pessoas na praça, pessoas que faziam compras, mulheres, adolescentes e aposentados, assistiram à passagem do grupo, virando a cabeça para encarar os dois velhos e a garota grávida passar. O ar de inverno estava se tornando mais frio agora, e o sol já começava a pousar a oeste, enquanto, do outro lado da rua, o tribunal com seus blocos de granito parecia uma miragem cinza e sólida sob as telhas verdes. Quando chegaram à caminhonete, eles puseram as caixas na caçamba e as amarraram com a corda amarela da caixa de ferramentas. Então manobraram e seguiram lentamente pela rua até sair da cidade, pelo vale do rio South Platte, rumo ao gélido inverno das planícies.

Já era noite quando chegaram em casa. Anoitecia cedo naquele final de dezembro, com aquele céu baixo se fechando. Enquanto percorriam o último aclive antes da saída da pista, viram que havia algumas vacas na estradinha de terra. Os olhos brilhavam como rubis contra o facho dos faróis da caminhonete: uma das vacas mais velhas e três das novilhas prenhas. Devagar, advertiu Raymond.

Eu estou vendo, disse Harold.

A vaca estava bem no meio da estradinha, com a cabeça erguida diante dos faróis, encarando a caminhonete que estava se aproximando, então saiu correndo e desceu pela vala, e as novilhas foram atrás dela.

Então, são quatro?

Harold assentiu.

Eles passaram lentamente por elas, observando-as, levaram a garota para casa, entraram com ela e, em seguida, calçaram as botas e vestiram os casacos e os gorros de trabalho, voltando para o frio. Uma vez localizadas as vacas, eles as fizeram trotar pela vala até passarem a porteira. Raymond saiu e deixou a porteira escancarada, enquanto Harold embicou com a caminhonete e pastoreou as vacas de volta. Elas hesitaram junto à cerca diante dos faróis ofuscantes da caminhonete, remexendo-se no mato, balançando as barrigas, rebolando as ancas, com as patas afastadas, desajeitadamente, à maneira bovina, pateando e levantando flocos de neve. Raymond ficou parado bem no meio da estradinha, esperando. Quando as vacas chegaram à porteira, ele, berrando e agitando os braços, as fez trotar sem dificuldade para dentro. Então, voltou para a caminhonete, e ele e o irmão foram conduzindo o gado para mais adiante do pasto, longe da cerca. Eles ficaram observando mais um pouco, para ver em que direção os animais iriam. Agora já estava completamente escuro e fazia muito frio. Eles saíram com a caminhonete do pasto e, quando chegaram em casa, as luzes do quintal estavam acesas, projetando a luz arroxeada da iluminação do poste ao lado da garagem.

Eles subiram pelos degraus da entrada até a varanda e limparam as solas das botas. Mas, quando entraram na cozinha, pararam subitamente. Viram que a garota tinha colocado mais luzes na sala, criando uma atmosfera calorosa e animada, e no forno o jantar já estava quente e pronto para ser servido, e a mesa de madeira da cozinha já estava posta para três, com os velhos pratos e os velhos talheres em ordem sobre a mesa.

Caramba!, exclamou Harold. Olhe só para isso!

Pois é, Raymond. Exatamente como a mamãe fazia.

Se vocês quiserem, já podem se sentar, disse a garota. Ela estava parada diante do forno com um pano de prato amarrado na cintura, que estava ficando maior. Seu rosto estava corado por causa do fogão, mas seus olhos negros estavam brilhantes. Já está tudo pronto, disse ela. Talvez a gente possa jantar aqui hoje. Se não for um problema. É mais aconchegante.

Claro que podemos, disse Harold. Não vejo por que não.

Os irmãos lavaram as mãos, e os três jantaram juntos na cozinha, conversando sobre a viagem até Phillips, sobre a mulher da loja com seu vestido marrom e o funcionário com o carrinho, a expressão no rosto dele, e depois do jantar, a garota leu o manual de instruções enquanto os dois McPheron iam montando o berço.

Quando terminaram, eles colocaram o berço junto a uma parede interna aquecida do quarto da garota e puseram um dos lençóis novos bem justo no colchão, com o cobertor dobrado por cima, caprichosamente. Depois, os irmãos voltaram para a sala e assistiram ao noticiário das dez horas enquanto a menina lavava a louça do jantar e arrumava a cozinha.

Mais tarde, a garota foi se deitar na cama de casal macia que outrora havia sido a cama dos pais dos McPheron e ainda ficou um pouco acordada, olhando com prazer e satisfação para o berço. Ele se destacava contra o papel de parede floral cor-de-rosa desbotado. A madeira envernizada brilhava. Ela imaginou o que sentiria vendo uma cabecinha deitada ali. Às dez e meia da noite, ela ouviu os irmãos subindo para o quarto e, depois, os passos deles nas tábuas de pinho.

Na manhã seguinte, ficou dormindo no quarto até o meio da manhã, como fizera nos seis dias anteriores, desde que entrara de férias, mas desta vez foi diferente. Agora estava tudo bem. Os irmãos McPheron concluíram que as garotas de dezessete anos eram assim mesmo. Não tinha importância. Eles não sabiam o que fazer a esse respeito, mesmo querendo fazer alguma coisa, mas agora isso não importava mais.

Dois dias depois, seria o Ano-Novo, e as aulas voltariam no dia seguinte.

Guthrie.

Ele notou que havia babados em tudo. Pendurados nas janelas do quarto, costurados na colcha da cama e nas fronhas dos travesseiros. E ainda em volta do espelho, sobre a cômoda. Judy devia gostar mesmo daquilo, pensou consigo. Ela estava no banheiro fazendo alguma coisa, inserindo algo íntimo. Ele fumou um cigarro, olhando para o teto. Sobre o reboco cor-de-rosa, diretamente acima do abajur, havia um círculo de luz.

Então ela saiu do banheiro usando uma camisola curta e nada por baixo, e ele viu os medalhões escuros de seus mamilos, a silhueta dos seios pequenos e o triângulo escuro dos pelos entre as pernas.

Não precisava fazer isso, disse ele. Eu fiz vasectomia.

E como você sabe o que eu estava fazendo?

Só imaginei.

Não imagine demais, disse ela. Sorriu. Os dentes brilharam à luz do abajur.

Ela se enfiou na cama ao lado dele. Já fazia muito tempo. Fazia quase um ano desde a última vez que tinha dormido junto com Ella. Ele sentiu o calor do corpo de Judy ao lado do seu.

Onde você arranjou essa cicatriz?, perguntou ela.

Qual?

Esta aqui no seu ombro.

Não lembro. Arame farpado, acho. Você não tem nenhuma?

Só por dentro.

Sério?

Claro.

Não parece, pelo seu comportamento.

Eu faço de propósito, mas não adianta muito, né?

Pela minha experiência, não, disse ele.

Ela estava deitada de lado e olhando para ele. Por que você veio hoje?

Não sei. Estava me sentindo sozinho, acho.

Mas não estamos todos, afinal?, perguntou ela.

Depois ela se levantou, inclinou-se para a frente, beijou-o enquanto ele afastava os cabelos dela do rosto, então, sem dizer mais nada, ela subiu nele, e Tom sentiu o calor do corpo dela contra o seu, tocando-a por debaixo da camisola com as duas mãos, sentindo a cintura estreita e as ancas lisas.

E o que aconteceu com o Roger?, perguntou Guthrie.

O quê?, ela deu uma risada. Isso é hora de perguntar sobre ele?

Eu estava pensando nisso enquanto você estava no banheiro.

Ele foi embora. Foi melhor para todo mundo.

E como é que foi com ele?

Como assim?, indagou ela.

Bem, como você se encontraram?, perguntou Guthrie.

Ela se afastou e ficou olhando para ele. Você quer mesmo falar disso agora?

Estava só me perguntando.

Tudo bem. Conheci o Roger num bar, em Brush. Muito tempo atrás. Era um sábado à noite. Eu era nova na época.

Você ainda é jovem. Você mesma disse isso na outra noite.

É, eu sei. Mas eu era ainda mais jovem. Eu estava nesse bar e conheci um cara que acabou virando meu marido. Ele sabia conversar. E, depois de muitas conversas, o velho Roger conseguiu me enrolar, e eu acabei vendo as coisas do jeito que ele queria.

É mesmo?

Só que, após algum tempo, a conversa deixou de ser agradável.

De repente, ela pareceu ficar triste, e Tom se arrependeu de ter tocado no assunto.

Ele fez outro carinho em seus cabelos. Ela balançou a cabeça, sorriu e se inclinou para beijá-lo. Ele a abraçou por algum tempo, dando a ela uma sensação de calor e ternura. No banheiro, além da camisola, ela pusera perfume. Beijou-o outra vez.

Posso lhe pedir só mais uma última coisa?, perguntou Guthrie.

O quê?

Que tal tirar essa camisola?

Agora, sim. Eu não me importo de tirar.

Ela se levantou de novo e tirou a camisola por cima. Estava muito bonita à luz do abajur.

Melhor assim?

Sim, respondeu Guthrie. Acho que sim.

Naquela noite, duas horas antes, ele passara com a caminhonete pela casa de Maggie Jones, e todas as luzes estavam apagadas. Então, dera uma volta por Holt, parara para comprar cigarro e seis cervejas e depois saíra da cidade. Na estrada principal, a uns dez quilômetros ao sul de Holt, mudara de ideia, pegara o retorno e parara na casa dela, de Judy, a secretária da escola. Ela abrira a porta, deixando-o entrar, e, com um sorriso, dissera: Ora, vejam só. Quer entrar?

Mais tarde, na mesma noite, quando ele estava prestes a ir embora, ela perguntou: Você vai voltar?

Talvez, respondeu.

Você sabe que não precisa. Mas eu gostaria que voltasse.

Obrigado, disse Guthrie.

Pelo resto da noite e no dia seguinte, ele achou que aquilo tinha ficado só entre os dois. Mas outras pessoas em Holt ficaram sabendo. Até a própria Maggie Jones..

Na segunda-feira à tarde, na escola, ela entrou na sala dele depois da última aula.

Então quer dizer que vai ser assim agora?, perguntou ela.
Vai ser assim o quê?, retrucou Guthrie, olhando para ela.
Não começa. Você já está muito velho para bancar o bobo.
Ele olhou para ela. Tirou os óculos, limpou-os e os pôs de volta. Seu cabelo preto parecia ralo embaixo daquela luz. Ele perguntou: Como você ficou sabendo?
Olha o tamanho desta cidade. Você acha que alguém em Holt não conhece a sua caminhonete?
Guthrie se virou na cadeira e olhou pela janela. As mesmas árvores de inverno. A rua. A calçada do outro lado. Ele olhou de novo para Maggie. Ela estava parada de pé, na soleira da porta, olhando fixamente para ele. Não, disse ele, não vai ser assim.
Então, o que foi essa noite?
Essa noite, disse ele, foi alguém que teve uma noite livre e não sabia o que fazer.
Você podia ter ido me ver. Eu teria adorado encontrar você aquela noite.
Eu passei lá. Estava tudo apagado.
Aí você resolveu ir para a casa dela, foi isso?
Mais ou menos.
Ela olhou longamente para ele. Então é sério?, perguntou.
Acho que não. Não, respondeu ele. Não é. Ela também não iria querer.
Tudo bem, então, disse Maggie. Mas eu não vou entrar numa disputa por você com ninguém. Não vou entrar em nenhuma competição por sua causa. Isso eu não vou fazer mesmo. Ah, vá pro inferno, seu filho da puta!
Ela saiu da sala e seguiu pelo corredor, e pelo resto do dia e a noite inteira Guthrie se sentiu confuso e atordoado em todos os seus movimentos e pensamentos.

Victoria Roubideaux.

Naquela tarde, ela estava no corredor da escola quando Alberta, a loirinha da aula de História, veio até ela com algo nas mãos e disse: Ele está lá fora. Ele pediu para eu dar isso a você. Olha, falou.
Quem?
Não sei o nome dele. Ele me parou e pediu que te desse isso quando te encontrasse. Pegue aqui.
Ela abriu o bilhete. Era um pedaço de papel amarelo dobrado, arrancado de um caderno barato, escrito apressadamente a lápis: *Vicky. Estou aqui fora no estacionamento. Dwayne.* Ela o virou, mas não havia nada no verso. Nunca tinha visto a letra dele antes, mas acreditou que devia ser assim mesmo, garranchos a lápis, inclinados para trás. Não pensou que fosse brincadeira. Era ele que tinha escrito aquilo, ele e mais ninguém. Ela nem mesmo ficou muito surpresa. Então ele voltou. O que isso queria dizer? Ela passara o outono inteiro desejando aquele momento. Agora acontecia no final do inverno, quando ela já não acreditava nem esperava mais. Ela olhou para Alberta. Seus olhos estavam arregalados, empolgados como os de um personagem de novela da tarde que espera o momento certo para reagir a uma nova e emocionante revelação.
Sem perder a compostura, ela se desviou de Alberta para abrir a porta de metal de seu armário e pegou seu casaco de frio. Vestiu e pegou a bolsinha vermelha.

Vicky, o que você vai fazer?, perguntou Alberta. É melhor você tomar cuidado. É ele, não é?

É, respondeu. É ele.

Ela deixou Alberta, andou pelo corredor e saiu da escola no ar frio da tarde, caminhando com calma, sem pressa, numa espécie de transe atônito, em direção ao estacionamento gélido atrás da escola. Quando passou o prédio da escola, ela viu o Plymouth preto esperando no final do estacionamento asfaltado. O motor estava ligado, e ela ouviu aquele rumor familiar do escapamento, um som que a remetia ao verão. Ele estava meio deitado no banco da frente, fumando um cigarro. Ela viu a fumaça fina saindo pela janela entreaberta. Aproximou-se. Notando que ela estava chegando, o rapaz se ajeitou no assento do motorista.

Não parece que você está grávida, disse ele. Achei que estivesse maior.

Ela não disse nada nesse momento.

Seu rosto está mais cheio, disse ele. Ele a examinou, olhando fixamente para ela, com aquele jeito um pouco crítico típico dele, como fazia em relação a qualquer coisa. Aquela calma, aquela espécie de distância. Victoria se lembrou disso naquele instante. Combina com você, disse ele. Vire de lado para eu ver.

Não.

Vira de lado. Deixa eu ver se aparece de perfil.

Não, repetiu ela. O que você quer? O que você veio fazer aqui?

Ainda não sei, disse ele. Voltei para ver como você estava. Ouvi dizer que você estava grávida e morando na roça com dois velhinhos.

Quem falou isso para você? Você não esteve em Denver esse tempo todo?

Estava. Mas ainda conheço muita gente por aqui, disse ele. Parecia surpreso.

Bem, e daí?, retrucou ela.

Agora você ficou brava. É evidente, disse ele.
Talvez eu tenha motivos para isso.
Talvez você tenha mesmo, concordou ele. Ele parecia estar pensando em alguma coisa. Estendeu o braço e apagou o cigarro no cinzeiro do carro. Seus movimentos pareciam calmos e serenos. Ele olhou para ela de novo. Não fique assim, disse ele. Eu voltei para ver você, é sério. Para ver se você gostaria de ir comigo para Denver.
Com você?
Por que não?
O que eu vou fazer em Denver?
O que as pessoas fazem em Denver?, disse ele. Você poderia morar comigo no meu apartamento. A gente podia morar junto. A gente podia retomar do ponto em que a gente parou. Você está esperando um filho meu, não está?
Sim. Estou esperando um bebê.
E eu sou o pai, não sou?
Ninguém mais poderia ser.
Então, é isso. É disso que estou falando.
Ela olhou para ele no banco do carro. O motor ainda estava ligado. Ela havia começado a sentir frio ali parada no estacionamento. Seis meses se haviam passado desde que ele fora embora, e as coisas tinham acontecido com ela, mas, para ele, o que tinha mudado? Ele não parecia diferente. Continuava magro e moreno, com seus cabelos cacheados, e ela ainda o achava muito bonito. Mas ela já não queria mais ter sentimentos por ele. Ela achava que havia superado esses sentimentos. Tinha certeza. Ela estava grávida, e ele a abandonara sem avisar que estava indo embora, depois a mãe dela a expulsara de casa, e ela não pudera mais ficar morando com a senhora Jones por causa do pai idoso, e depois teve de ir morar no campo com os dois irmãos McPheron; e, por mais improvável que parecesse, estava dando certo, e ultimamente não só estava dando certo, como também estava tudo bem. E agora,

inesperadamente, lá estava ele outra vez. Ela não sabia mais o que sentir.

Por que você não entra?, perguntou ele. Pelo menos isso. Você vai virar um bloco de gelo parada aí fora. Eu não voltei para fazer você passar frio, Vicky.

Ela desviou os olhos. O sol estava brilhante. Mas não estava esquentando. Era um dia de inverno frio e luminoso, e nada se movia, ninguém na rua, os outros alunos estavam assistindo às aulas da tarde. Ela olhou para os carros deles estacionados ali. Em alguns, estava se formando geada dentro das janelas. Eram carros que estavam ali desde as oito da manhã. Eles tinham um aspecto frio e desolado.

Você não vai me dirigir a palavra?, indagou ele.

Ela olhou para ele. Eu nem devia estar aqui, respondeu.

Você devia, sim. Eu voltei por você. Deveria ter ligado esses meses todos, eu sei. Pedirei desculpas por isso. Admito que foi um erro. Mas antes disso entre no carro. Você vai se resfriar.

Ela continuava olhando para ele. Não conseguia pensar. Ele estava esperando. Uma rajada de vento atravessou o estacionamento, ela sentiu. Olhou para o campo de futebol americano manchado de neve e para as arquibancadas desertas que o cercavam. Olhou de novo para ele. Ele ainda a estava observando. Então, sem saber exatamente o que estava fazendo, ela deu a volta por trás do carro, entrou pelo outro lado e fechou a porta. Estava quente lá dentro. Ficaram sentados olhando um para o outro. Ele não tentara tocá-la. Entendia que seria errado. Mas, após alguns instantes, ele se virou para a frente e engatou a marcha.

Senti muito a sua falta, confessou ele. Falava olhando para a frente, o rosto virado para o volante do Plymouth preto.

Eu não acredito em você, disse ela. Por que você não fala a verdade?

Essa é a verdade, disse ele.

Eles saíram de Holt rumo a oeste pela Highway 34, embrenhando na paisagem de inverno. Meia hora depois de passarem por Norka, começaram a enxergar as montanhas, uma linha azul irregular no horizonte, a cem milhas dali. Não conversaram muito. Ele fumava, ouviam uma rádio de Denver, e ela olhava pela janela do lado, para os pastos marrons e os restolhos do milho ao longo da estrada, as vacas magras e, a intervalos regulares, os postes telefônicos que se erguiam como cruzes ao lado da linha do trem, acima das valas cheias de mato seco. Chegaram a Brush, pegaram a interestadual e seguiram rumo a oeste, mais depressa por causa da pista boa, passaram por Fort Morgan, onde o vento soprava os vapores provenientes de uma estação de tratamento de esgotos, e foi mais ou menos ali que ela resolveu dizer o que vinha pensando fazia cinco minutos. Eu preferiria que você não fumasse no carro.

O rapaz se virou para ela. Antes não te incomodava, disse ele.

Antes eu não estava grávida.

É verdade.

Ele baixou o vidro, atirou o cigarro aceso pela janela no ar movimentado e tornou a fechar o vidro.

Está melhor agora?, perguntou ele.

Sim.

Por que você está sentada tão longe de mim?, perguntou ele. Eu nunca te mordi, mordi?

Sei lá, talvez você tenha mudado.

Por que você não chega mais perto e descobre? Ele mostrou os dentes e sorriu para ela.

Ela deslizou pelo banco até ele, que pôs o braço sobre os ombros dela e a beijou no rosto; ela encostou a mão aberta na coxa dele e, assim aconchegados, correram como corriam no verão, dando voltas pelo interior, a norte de Holt, antes de parar na velha fazenda embaixo das árvores verdes, e ainda estavam correndo quando, ao anoitecer, chegaram a Denver no meio do trânsito da cidade.

Àquela altura, ela não sabia mais o que fazer da vida. Dera uma guinada abrupta. Tinha dezessete anos, estava grávida de um bebê e ficava sozinha a maior parte do dia em um apartamento em Denver, enquanto Dwayne, o rapaz que ela havia conhecido no verão passado e sobre quem temia não saber nada, trabalhava numa fábrica, a Gates. O apartamento era composto por dois cômodos e um banheiro, que ela havia limpado e varrido de cabo a rabo no primeiro dia. Organizara os armários no segundo dia, lavara toda a roupa, o único jogo de cama que ele tinha, calça jeans imunda e as camisetas de trabalho, tudo isso nas três primeiras manhãs, e a única pessoa que havia encontrado fora uma mulher na lavanderia do porão, que olhara para ela o tempo todo, fumando, sem lhe dirigir uma única palavra, a ponto de tê-la feito pensar que fosse muda ou talvez estivesse irritada com ela por algum motivo. Nos primeiros dias em Denver, ela fez tudo o que podia: lavou as roupas, limpou o apartamento, preparou o jantar e, na primeira tarde de sábado, quando Dwayne saiu do trabalho, foram juntos a um shopping, onde ele comprou algumas coisas para ela, algumas camisas e uma calça, para substituir o que ela deixara para trás, em Holt. Mas ela não tinha muita coisa para fazer e se sentiu mais sozinha do que nunca.

Naquela primeira noite, quando chegaram ao apartamento, tinha saído do carro no estacionamento, com suas fileiras de carros escuros, e ele a levara pela escada e através do corredor de ladrilhos até a porta, que tinha aberto. Ele havia falado: esta é a sua casa. Chegamos. Eram dois cômodos. Ela olhara ao redor. Em seguida, ele a levara ao quarto — eles nunca tinham ido para a cama juntos, não para uma cama de verdade — e tinha tirado a roupa dela e olhado para sua barriga, aquela protuberância redonda e lisa, reparando nas veias azuis nos seios já inchados e rígidos, e nos mamilos, maiores e mais escuros. Ele pusera a mão sobre a barriga dela redonda e dura. Já está se mexendo?, perguntara.

Já está se mexendo há dois meses.

Ele tinha deixado a mão ali, esperando, como se o bebê fosse se mexer naquele momento para ele, então se inclinara para lhe beijar o umbigo. Ele se levantara para tirar a roupa e tinha voltado para a cama com ela. Então, ele a beijara e se deitara ao lado dela, olhando-a.

Você ainda me ama?

Talvez, respondeu ela.

Talvez? O que isso quer dizer?

Quer dizer que já faz muito tempo. Você me abandonou.

Mas eu senti sua falta. Já disse. Ele começou a beijar o rosto dela, a lhe fazer carinhos.

Não sei se eu devia fazer isso, disse ela.

Por que não?

Por causa do bebê, ora.

Bem, as pessoas ainda fazem mesmo com um bebê na barriga, disse ele.

Mas você precisa tomar cuidado.

Eu sempre tomo cuidado.

Não, nem sempre.

Quando eu não fui cuidadoso com você?

Eu estou grávida, não estou?

Ele olhou bem para ela. Isso foi um acidente. Não era essa a minha intenção.

Mas aconteceu, mesmo assim.

Você também podia ter feito alguma coisa, você sabe, retrucou. A culpa não foi só minha.

Eu sei. Já pensei muito nisso.

Ele olhou para ela, para seus olhos escuros. Você está diferente agora. Você mudou.

Estou grávida, disse ela. Estou diferente mesmo.
Não é só isso, disse ele. Mas você não se arrependeu, não é?
Do bebê?
Isso.
Não, disse ela. Eu não me arrependo do bebê.
Então você vai deixar eu te beijar?
Ela não respondeu nada, tampouco recusou. E então ele começou a beijá-la e a lhe fazer carinhos outra vez e, pouco depois, deitou-se em cima dela, apoiado nos braços, e, em seguida, penetrou-a e começou a se mexer lentamente, e de fato pareceu tudo bem. Mas, mesmo assim, ela estava preocupada.

Mais tarde, eles ficaram deitados na cama em silêncio. Não era um quarto muito grande. Ele havia pendurado alguns pôsteres na parede como decoração. Havia uma janela com uma persiana fechada e, do lado de fora, o barulho do trânsito noturno de Denver.

Depois de um tempo, eles se levantaram da cama, ele pedira uma pizza pelo telefone, que foi entregue por um rapaz. Então ele pagara ao entregador, fazendo-o dar risada com uma piadinha, e depois que o rapaz foi embora eles comeram juntos a pizza no outro cômodo e ficaram vendo televisão até meia-noite. No dia seguinte, ele acordou cedo e foi trabalhar. E, assim que ele saiu do apartamento, ela ficou sozinha sem saber o que fazer da própria vida.

Os McPheron.

Três horas depois que escureceu, eles pararam a caminhonete em frente à casa de Maggie Jones, saíram no frio e subiram até a varanda. Quando ela veio atender, ainda estava com a roupa que usava na escola, uma saia comprida e uma blusa de lã, mas tinha tirado os sapatos e estava só de meias. Aconteceu algo?, perguntou. Querem entrar?

Eles nem chegaram até a sala. Começaram a falar quase ao mesmo tempo.

Ela não voltou para casa hoje, disse Harold. Ficamos rodando pela cidade, procurando por ela.

Não sabemos nem por onde começar a procurar, disse Raymond.

Já estamos na rua há mais de três horas, procurando em tudo que é lugar.

Vocês estão falando da Victoria, obviamente, disse Maggie.

Pelo visto, ela não tem nenhuma amiga para quem pudéssemos telefonar, disse Raymond. Pelo menos nós não conhecemos ninguém.

Hoje à tarde, ela não voltou de ônibus para casa?
Não.
Ela já tinha feito isso antes, de não voltar para casa?
Não. É a primeira vez.
Deve ter acontecido alguma coisa com ela, disse Harold. Talvez ela tenha sido sequestrada ou algo assim.

Não diga isso, repreendeu Raymond. Não quero nem pensar nessa possibilidade.

Sim, disse Maggie, é verdade. Primeiro vou dar alguns telefonemas. Vocês querem entrar e se sentar um pouco?

Eles entraram na sala como se estivessem entrando numa aula de tribunal ou numa igreja, olharam em volta desconfiados e, por fim, resolveram se sentar no sofá. Maggie voltou para a cozinha e pegou o telefone. Dali, podiam ouvi-la conversando. Sentaram-se com os chapéus apoiados nos joelhos, esperando a mulher voltar.

Liguei para duas ou três garotas da classe dela, disse Maggie, e por fim falei com Alberta Willis. Ela disse que entregou um bilhetinho para a Victoria, de um rapaz que estava esperando num carro no estacionamento. Perguntei se ela sabia o que estava escrito. Ela disse que era uma coisa privada, não era para ela ler. Mas você leu mesmo assim?, perguntei.

Li, dei uma olhadinha, respondeu.

Por favor, me conte. O que estava escrito?

Senhora Jones, nada de mais. Só venha para o estacionamento, e depois o nome dele. Dwayne.

E você o conhece?, perguntei.

Não, mas eu sei que ele é de Norka. Só que ele não mora mais lá. Ninguém sabe onde ele está morando.

E a Victoria foi se encontrar com ele no estacionamento, como dizia o bilhete?

Foi, ela saiu para se encontrar com ele. Eu tentei impedir. Eu avisei a Vicky.

E, depois disso, você não a viu mais?

Não. Depois disso eu não vi mais a Vicky.

Então, Maggie disse aos McPheron, acho que ela foi embora com ele. Com esse rapaz.

Os velhos irmãos olharam para ela por um bom tempo sem falar nada, só a observando, com os rostos tristes e cansados.

Você conhece esse rapaz?, indagou Harold, por fim.

Não, respondeu ela. Acho que nunca o vi. Meus estudantes o conhecem de vista. Ele veio a alguns bailes no ano passado, especialmente no verão. Foi assim que a Victoria o conheceu. Ela mencionou alguma coisa a esse respeito. Mas nunca me disse o nome dele. É a primeira vez que ouço falar.

A garota do telefone disse o sobrenome?

Não.

Eles voltaram a olhar fixamente para ela, por algum tempo, esperando mais alguma coisa.

Pelo menos ela não está machucada, disse Harold. Nem desapareceu.

Não, acho que não.

Ela não está perdida, completou Raymond. Isso nós sabemos. A gente não sabe se ela não se machucou.

Oh, eu prefiro acreditar que está tudo bem, disse Maggie. Vamos pensar assim.

Mas por que será que ela foi embora?, insistiu Raymond. Você sabe me dizer? Será que foi alguma coisa que a gente fez?

Claro que não, disse Maggie Jones.

Você acha que não?

Não, disse ela. Nem por um segundo.

Harold olhou em volta calmamente. Acho que não foi por nada que a gente tenha feito, concluiu. Não consigo pensar em nada que a gente possa ter feito a ela. Ele ficou olhando para Maggie. Estou tentando pensar, disse ele.

Claro que vocês não fizeram nada de errado, repetiu ela. Tenho certeza disso.

Harold assentiu. Olhou ao redor outra vez e se levantou. Acho que vamos para casa, avisou ele. O que mais a gente pode fazer? Pôs de volta o velho gorro de trabalho.

Raymond continuou sentado. Será que esse é o cara?, perguntou ele. O que a engravidou?

Sim, disse Maggie. Deve ser ele mesmo.

Raymond a observou por um instante. Então suspirou e fez

uma pausa. Bem, eu estou ficando velho. Estou lento demais para entender as coisas. E então ele não conseguiu pensar em mais nada para dizer. Ficou parado ao lado do irmão. Olhou a sala além de Maggie.
 Acho que podemos ir embora, disse ele. Agradecemos por tudo que você fez, Maggie Jones.

 Eles saíram da casa dela, de volta para o frio, e partiram na caminhonete. Quando chegaram em casa, vestiram suas jaquetas de lona e saíram na noite, com uma lanterna, até o curral dos bezerros onde tinham prendido uma novilha que estava muito perto de ter contrações. Tinha dois anos. Eles haviam reparado que as tetas estavam começando a inchar. Então, no dia anterior, eles a haviam levado para o curral de espera.
 Quando abriram o portão, erguendo a lanterna para iluminar o fundo do curral, eles perceberam que ela não estava bem. Ela os encarava de pé sobre a palha que cobria o chão congelado, encurvada, com o rabo erguido e os olhos arregalados e nervosos. Ela deu alguns passos rápidos e agitados. Os dois irmãos se deram conta de que o útero tinha saído e estava pendurado sobre as patas traseiras, e um casco cor-de-rosa se protraía do órgão prolapsado. A novilha se afastou, em passos breves e sofridos, retraída, em direção à parede dos fundos do curral, o casco do bezerro prestes a nascer despontando em seu traseiro feito como aniagem suja.
 Eles passaram uma corda pelo pescoço da novilha, fizeram uma espécie de cabresto e a prenderam na parede da baia. Então Harold tirou as luvas e empurrou por um tempo o casco do bezerro, até conseguir fazê-lo voltar para dentro, e então ele enfiou a mão para avaliar a situação e tentou colocar a cabeça do bezerro na posição natural, entre as duas patas da frente, mas a cabeça não passava, e o bezerro não iria sair daquele

jeito. A novilha já estava exausta. A cabeça dela estava baixa e o dorso, dobrado. Ela estava parada e gemia. A única coisa a fazer era usar um puxador de bezerros. Eles prenderam as patas do filhote com o puxador, então engancharam a peça em forma de U nas patas traseiras da novilha e começaram a usar o mecanismo para puxar o bezerro para fora. A novilha puxou a corda em volta do pescoço, gemia ofegante e, à certa altura, ergueu a cabeça e começou a mugir muito alto, com os olhos revirados pelo terror. Então, a cabeça do bezerro saiu junto com as patas dianteiras e, de repente, o animal inteiro caiu pesadamente no chão, brilhante e molhado, e os dois homens limparam o nariz dele e verificaram se ele estava conseguindo respirar pela boca. Deitaram o bezerro na palha. Durante mais uma hora, enquanto a novilha continuava a arquejar e a gemer, eles limparam o útero prolapsado e o puseram de volta dentro dela e, então, costuraram-na com um fio grosso. Depois disso, eles lhe deram uma injeção de penicilina, ergueram o bezerro e o encostaram nas tetas da mãe. A novilha cheirou o filho, animou-se de novo e começou a lambê-lo. O bezerro trombou na mãe e começou a mamar.

 Àquela altura, já passava da meia-noite. Lá fora, estava frio e profundamente silencioso. No céu límpido, as estrelas brilhavam, gélidas.

 Eles voltaram para casa sem tirar as capas de tecido grosso e se sentaram, exauridos e sujos de sangue, à mesa de madeira da cozinha.

 Você acha que a garota está bem?, perguntou Raymond.

 Ela é jovem. É forte e saudável. Mas nunca se sabe o que pode acontecer. Não dá para saber.

 Não. Não dá para saber. A gente não sabe como ela está. Nem sabemos ao certo para onde ele a levou.

 Ele pode muito bem tê-la levado para Pueblo ou Walsenburg. Ou para qualquer outro lugar além de Denver. Quem sabe?

 Espero que ela esteja bem, disse Raymond.

Eu também, falou Harold.

Eles subiram para o quarto. Deitaram-se cada um em suas camas no escuro sem conseguir dormir, ficaram deitados acordados, pensando nela, e sentiram quanto a casa agora estava mudada, quanto de repente tudo parecia vazio e triste.

Guthrie.

Lloyd Crowder ligou para ele no final da tarde. É melhor você vir para cá. Pelo visto, eles estão tentando prejudicar você. É melhor você trazer seu livro de notas e todos os papéis que tiver.
De quem você está falando?, perguntou Guthrie.
Dos Beckman.
Ele saiu de casa, entrou na caminhonete e atravessou a cidade até o escritório da administração municipal, que ficava bem ao lado da escola e assim que entrou os viu. Estavam sentados na terceira fileira do outro lado da sala. Beckman, a esposa e o garoto. Quando entrou, eles se viraram e ficaram olhando para ele. Guthrie foi se sentar nos fundos. Os membros da diretoria da escola estavam posicionados junto à mesa na frente da sala, cada um com o nome escrito em uma etiqueta virada para o público. Nas paredes atrás deles, havia fotografias emolduradas dos melhores estudantes dos anos anteriores. Já haviam aprovado as minutas da reunião passada, com várias decisões e comunicações, e estavam terminando de discutir o orçamento. O superintendente era quem os conduzia a cada etapa. Quando o regulamento previa, votavam, e tudo seguia sem dificuldade ou empecilhos, já que tinha sido definido antes, numa reunião a portas fechadas. Então, o presidente do comitê convidou o público a expor eventuais problemas.

Uma mulher magra se levantou e começou a reclamar dos ônibus da escola. Eu queria fazer um pedido aqui, disse ela. Meus filhos costumavam sair às sete e voltar às quatro, mas agora a ida é às seis e meia, e a volta, às quinze. Alguém sabe por quê? A motorista do ônibus é revoltada e começa a dirigir devagar, é isso o que acontece. A questão é que as crianças só falam palavrões e saem dos assentos deles o tempo todo... Bem, toda a linguagem deles consiste de palavrões... Se a gente proibir de falar palavrão, aí é que eles não vão falar mais nada mesmo, porque eles só falam isso.

O presidente do conselho escolar disse: A segurança é prioridade. Você não acha? Não podemos nos esquecer disso.

Vou lhe contar um episódio, disse a mulher. Certa vez, o ônibus precisou parar. A motorista foi obrigada a parar, foi até o final do corredor e falou para uma garota: você ficou gritando como uma louca a manhã inteira, vai, grita agora, eu quero ver você gritar. E a garota gritou. Não é inacreditável? Bem, minha filha não gostou daquela gritaria. Não acho certo ela ter que passar por isso.

Pegar o ônibus escolar é um privilégio, disse o presidente da mesa, do qual a criança goza até que as regras sejam violadas. Não é assim? Ele olhou para o superintendente.

Sim, respondeu ele. Depois de três advertências, a criança perde o direito.

Então é melhor que alguém aqui aprenda a contar até três, disse a mulher.

Sim, senhora, disse o presidente. A senhora precisa vir e conversar com o diretor a esse respeito. Sobre esse problema.

Eu já fiz isso.

Ah, já? Talvez a senhora possa falar com ele outra vez. Muito obrigado por ter vindo aqui hoje. Ele olhou para o público. Mais alguma coisa?, perguntou em voz alta.

A senhora Beckman se levantou e disse: Sim, senhor, eu tenho uma queixa. E, pelo visto, alguém foi chamá-lo também para vir aqui hoje. Ela olhou para Guthrie. Mas eu não estou nem aí, vou falar o que tenho para falar. Ele odeia meu filho. Ele o reprovou no semestre passado. Reprovado em História Americana. O senhor sabe que isso não está certo.

Senhora, sobre o que a senhora está falando?, perguntou o presidente. Do que se trata?

Eu estou lhe dizendo. Primeiro ele bate no rapaz no corredor, por causa daquela vadiazinha. Depois tira o garoto do campeonato de basquete e, com isso, meu filho pode perder a bolsa para o Phillips Junior College, e ainda o reprova no semestre, é disso que eu estou falando. Quero saber o que vocês vão fazer a esse respeito.

O presidente da mesa olhou para o superintendente, que olhou para Lloyd Crowder, que, por sua vez, estava sentado junto a outra mesa, ao lado. Então, o presidente da mesa se dirigiu ao diretor. Você pode nos explicar um pouco do contexto desse caso, Lloyd?

Ele não precisa explicar nada, interrompeu a senhora Beckman. Eu já expliquei.

Sim, senhora, disse o presidente. Mas nós gostaríamos de ouvir o diretor também.

Crowder se levantou, explicou em detalhes o que cada uma das partes em disputa havia feito e mencionou a suspensão do aluno por cinco dias.

O senhor Guthrie está aqui?, perguntou o presidente.

Ele está ali sentado nos fundos, respondeu a senhora Beckman.

Agora eu estou vendo, disse o presidente. Senhor Guthrie, o senhor gostaria de dizer alguma coisa?

Você ouviu tudo, disse Guthrie. Russell não fez o trabalho que lhe foi pedido. Eu avisei diversas vezes. Falei que ele precisava melhorar ou não passaria na minha matéria. Ele não fez nada para melhorar. Eu lhe dei uma nota baixa, e ele foi reprovado.

Você ouviu o que ele falou?, indagou a senhora Beckman. São essas mentiras que ele fica contando para todo mundo. O senhor vai ficar aí sentado ouvindo essas mentiras também?

Eu trouxe o livro com as notas, caso seja necessário, disse Guthrie. Mas eu preferiria não mostrá-lo em público. Não tenho nem certeza se isso seria legalmente permitido.

Deixe mostrar, a senhora Beckman gritou. Espero que ele mostre. Assim, todo mundo vai poder ver o que ele fez com o meu Russell. De todo jeito, ele deve ter inventado tudo mesmo.

O presidente do conselho escolar olhou para ela por um momento. Agora, minha senhora, disse ele, deixe-me lhe explicar uma coisa. Não gostamos de interferir muito no que um professor faz em sua própria sala de aula.

Bem, pois é melhor vocês começarem a intervir. Esse Guthrie é um mentiroso e um filho da puta.

Senhora, não pode falar assim nesta sala. É melhor a senhora levar o caso ao superintendente, se tiver alguma queixa a fazer, e nós vamos tratar o assunto a portas fechadas. Não podemos decidir isso em público dessa maneira.

Agora eu já entendi tudo, disse ela. O senhor é igualzinho a eles. A gente votou em você, e você se revelou isso aí.

Senhora, por enquanto, não tenho mais nada a dizer.

Então ele vai poder se formar?

Não sem passar em História Americana. Acredito que não.

Mas será que ele pode ao menos participar da cerimônia de formatura e receber um diploma em branco?

Talvez. Mas imagino que ele vá precisar, durante o verão, frequentar as aulas das matérias em que for reprovado. Enquanto isso, é melhor que ele faça aulas de reforço de História Americana com um professor particular. Não é isso, superintendente?

Sim. Podemos cuidar disso.

Muito bem, disse o presidente. Podemos fazer assim então.

Ele olhou para os pais. Senhor Beckman, o senhor não falou nada até agora. O senhor tem algo a acrescentar?

Pode apostar que eu tenho, disse Beckman. Ele se levantou. Isso ainda não acabou. Estou te avisando. Eu vou para a Justiça se for preciso. Você acha que eu não vou?

Victoria Roubideaux.

Por um tempo, ela trabalhou em Denver. Não era bem um emprego, apenas meio-período noturno em uma loja de conveniência, em um posto de gasolina no Wadsworth Boulevard, a dois quilômetros do apartamento. Quando algum funcionário faltava, ela o substituía. Ela fora à entrevista, e um sujeito baixinho de camisa branca, o gerente, tinha mostrado o estabelecimento a ela e perguntara: Onde ela guardaria a salsicha vienense e a sardinha?, e ela respondera: Nas prateleiras de enlatados, e ele falara: Não, no lado das torradas e das bolachas de água e sal. A gente quer que eles comprem as duas coisas juntas. Tudo que a gente faz aqui tem um motivo.

Ele perguntou quando nasceria o bebê, e ela mentiu. Disse que o bebê nasceria mais tarde do que era verdade, que esperavam que o parto fosse no final de maio. Você ainda sente muito enjoo?, perguntara ele.

Não, disse ela. No começo, sim, fiquei muito enjoada.

É só meio-período, falara o baixinho. Avisamos sem muita antecedência. Só quando precisarmos que você venha. Cada vez que alguém liga falando que está doente. Tudo bem? Você ainda quer?

Quero, sim.

Muito bem. Seu treinamento começa amanhã.

Ela compareceu e fez o treinamento, algumas horas por dia durante três dias, com a mulher do turno da tarde e depois à noite, com a mulher do turno da noite, e então esperou uma semana e meia até que alguém ligou. O telefone tocou durante o jantar, uma segunda-feira à noite, Dwayne estava cansado e não quis levá-la de carro até o trabalho. Ela disse que iria andando. Levantou-se da mesa para sair, e isso fez com que ele se sentisse na obrigação de levá-la de carro. No trajeto, nenhum dos dois disse uma palavra. Ela passou a noite trabalhando sem nenhum incidente e, quando amanheceu e terminou seu expediente, foi de ônibus para casa, pois já havia passado da hora de entrada de Dwayne na Gates. No apartamento, ela encontrou sobre a mesa um bilhete dele que dizia, *Nos vemos à noite, não estou mais com raiva, e você?*, estava escrito a lápis como aquele bilhete de um mês antes, em um pedaço de papel com aquela letra infantil deitada para trás.

Duas semanas depois, na terceira vez que ligaram, ela estava trabalhando no balcão quando entrou um homem, por volta de uma e meia da manhã, no momento em que ela era a única pessoa na loja. Ele começou a percorrer os corredores, escolhendo diversas coisas e as devolvendo. Um sujeito esquelético, com um rosto muito enrugado e cabelo castanho liso.

Então ele veio até o caixa sem nada nas mãos para comprar e falou: Você conhece a Doris, não é?

Quem?

A Doris, que trabalha aqui.

Ah, eu a encontrei uma vez, sim.

O que você acha dela?

Ela é simpática.

Ela é uma vagabunda. Ela me trancou fora de casa e chamou a polícia para me levar.

Oh, disse a garota. Ela olhou para ele, a fim de entender quais eram as intenções dele.

O que você acha que eu tenho lá no carro?, perguntou ele. Vai, imagina o que é.

Não sei.

Eu tenho uma pistola lá fora, disse ele, olhando bem nos olhos dela. Carregada com três balas. Porque nós somos três. Ela, eu e o maldito do cachorro. Ah, como eu queria matar aquele filho da puta! Não suporto aquele bicho. Você está achando que eu sou louco, não é?

Eu não o conheço.

Eu sou louco. Cachorro do caralho. Mas eu não vou machucar você. A que horas você sai?

Ainda não sei ao certo.

Claro que sabe.

Não sei. Às vezes saio tarde. Não é sempre que eu sei.

Olha, vou comprar chiclete. Já estou com o maldito cachorro aí. Estou com ele aí no carro agora. Ela pode me trancar fora de casa, mas eu estou com o cachorro dela. Posso começar por ele, se for isso que ela quer. Muito bem, não trabalhe demais, disse ele. Ele pegou seu chiclete e saiu.

A garota ficou olhando enquanto o homem entrava no carro e ia embora, anotou o número da placa e o entregou ao gerente e, nos dias seguintes, procurou nos jornais alguma notícia do homem, mas não encontrou nada. Quando contou sobre ele para Doris, ela respondeu que ele era mais ou menos inofensivo. Ela não tinha um cachorro e não sabia do que ele estava falando. O último cachorro que tivera fora cinco anos atrás.

Em Denver, Dwayne a levou a algumas festas. Uma sexta-feira à noite, eles foram para a casa de Carl e Randy, um casal que ele conhecia do trabalho. Randy era uma garota grande e alta, de calça jeans apertada, pernas finas, um tomara-que-caia preto e justo, com seios empinados. Carl era um sujeito brincalhão. Quando eles chegaram lá, ele já estava um pouco exaltado. No apartamento havia muitas outras pessoas. Estava todo mundo bebendo e fumando e, na mesinha de centro, havia uma cesta cheia de baseados para quem quisesse. As paredes da sala estavam forradas de papel cor de prata, as luzes piscantes natalinas ainda estavam acesas, a sala estava abafada, e a música, tão alta que dava para ela sentir o estrondo dentro da barriga. Todo mundo dançava e dava risada. Uma garota se agitava no sofá, jogando o cabelo para a frente e para trás. Um rapaz dançava no meio de duas garotas, que mexiam os quadris, encostando um no outro sem parar. Randy lhe trouxe uma bebida da sala ao lado, e ela se encostou em uma parede e ficou observando enquanto Dwayne ia para a cozinha com Carl. Randy olhou para ela e disse: Ei, aproveite, sabe como é. Então sorriu para ela animadamente, abrindo os braços em um gesto que queria dizer: Você pode ter tudo que quiser, e desapareceu. Ela continuou encostada na parede, observando.

Mais tarde, foi à cozinha para procurar Dwayne. Ele estava sentado à mesa, jogando cartas e bebendo com os outros, e ela se postou atrás dele, e à certa altura ele pôs a mão na barriga dela e disse: Como está o meu homenzinho? Fez-lhe um carinho enquanto tomava um gole. Ela ficou assistindo ao jogo por algum tempo e depois saiu à procura do banheiro. A porta estava fechada, ela bateu, e alguém abriu o suficiente para ela ver rapidamente lá dentro. Havia dois garotos sentados na borda da banheira esperando a sua vez, enquanto uma garota estava transando com outro garoto, sentado na privada. Estava nua da cintura para baixo, com as longas pernas brancas afastadas, e podia bem ser Randy, mas ela não conseguiu ver direito, porque a porta foi fechada depressa; o garoto que abrira só disse: Porta errada. Lá em cima tem outro.

Quando Dwayne a levou para casa, já eram quase quatro horas da manhã. Durante a noite, ela já tinha sido convencida a beber quatro ou cinco vodkas tonic e a tragar um baseado sempre que passava. Estava tão deslocada ali e tão sozinha que, por um algum tempo, não se importou com nada e quis se divertir também, como todos os outros, e, no final, deixando-se levar pela música e pelas pessoas em volta, havia dançado muito, segurando a barriga, sustentando o bebê enquanto rodopiava pela sala. Na manhã seguinte, passou mal assim que acordou, como se sentira nos primeiros meses, só que agora por um motivo diferente. Havia um hematoma roxo na coxa, que ela conseguiu sentir com os dedos, embora não se lembrasse de como acontecera. Ela se virou na cama. Ao seu lado, Dwayne ainda estava dormindo. Ficou deitada por muito tempo, com uma sensação de náusea e tristeza. Olhava para a faixa estreita de luz solar que aparecia por baixo da persiana. Nem sabia como estava o tempo. O sol estava brilhante, mas o que mais? Ela estava à deriva, entorpecida pelo desgosto e pela incredulidade. Preferia não pensar nos efeitos da noite anterior para o bebê. Só se lembrava de como havia iniciado. Lembrava-se de ter dançado, mas aconteceram outras coisas também. Preferia não pensar nisso. Mas o que a deixava assustada era, sobretudo, o que ela não conseguia lembrar.

Os McPheron.

Uma noite, no final do inverno, Raymond McPheron foi à cidade para uma reunião do conselho administrativo da Cooperativa de Estocagem dos Agricultores Condado de Holt. Ele era um dos sete fazendeiros e agricultores eleitos pelo conselho. Depois da reunião, foi de caminhonete com alguns dos colegas beber alguma coisa no Legion e estava sentado à mesa com eles quando o homem à sua frente, não um produtor, mas um homem da cidade que ele só conhecia de nome, disse:

Pena que não deu certo lá com a garota.

Pois é, disse Raymond.

Mas vocês aproveitaram bem, imagino.

Como assim?

Vocês deviam se revezar com ela, quero dizer. Era assim que vocês faziam? Agora conte a verdade. Era gostoso? O homem deu algumas risadas. Seus dentes eram pequenos e regulares, bem-espaçados.

Raymond ficou olhando para ele por algum tempo, sem dizer nada. Então se inclinou sobre a mesa e agarrou-o pelo pulso logo abaixo do punho da camisa e disse: Se você disser algo assim de novo sobre a Victoria Roubideaux, vou arrebentar a sua cara.

Que diabo você tem?, indagou o homem. Ele tentou recuar. Me solta.

Você ouviu o que eu falei, avisou Raymond.

Solta. Não queria te ofender.
Claro. Mas, mesmo assim, falou.
Só repeti o que outros falam.
Estou falando com você, não com os outros.
Me solta. Que diabos deu em você?
Ouça o que eu estou lhe dizendo. Nunca mais nem pense nada parecido sobre ela.

Então Raymond abriu a mão e o soltou. O homem se levantou. Seu velho burro, filho da puta, xingou ele. Eu só estava brincando.

Você me entendeu, disse Raymond.

Ainda sentado, Raymond terminou sua cerveja, levantou-se, saiu, entrou na caminhonete e foi para casa naquela noite de fim de inverno e sem luar. Quando ele já estava dentro de casa, entrou no quarto da garota, acendeu a luz da cabeceira e ficou olhando para a velha cama de casal com a colcha e para o berço novo junto à parede, com o lençol novo bem esticado e o cobertor dobrado, tudo pronto para a garota e o bebê, como estava antes da manhã em que ela partira para não voltar mais. Ele ficou ali parado de pé, observando o quarto, por algum tempo. Pensava, lembrava, refletia sobre diversas coisas. Por fim, apagou a luz, subiu a escada e corredor. Parou diante da porta aberta do quarto do irmão. Você está acordado?, perguntou. Agora estou, respondeu Harold. Ouvi você subindo. Você deve estar muito perturbado com alguma coisa, pelo estardalhaço que fez. O quarto estava às escuras, tinha apenas a luz que vinha do corredor. Uma janela quadrada na parede dos fundos dava para o quintal, o estábulo e o curral. Harold se levantou na cama. O que aconteceu? Alguma coisa não deu certo na reunião do conselho? O preço do milho despencou?

Não.

Então, o que foi?

Depois da reunião, fui beber no Legion com alguns deles.

Ah, é? Que eu saiba, isso ainda não é crime. E depois?

Eles falam coisas, disse Raymond.

Quem?

O povo na cidade. Eles falam da Victoria. De você e de mim com ela. Falam coisas sobre nós três.

Então é isso?, perguntou Harold. O que você esperava? Dois velhos levam uma garota para a roça, longe dos olhos indiscretos. E a garota é nova e bonita mesmo grávida, e os velhos que cuidam dela são homens, no final das contas, embora sejam velhos e secos como bosta de cavalo seca. Era inevitável. O povo fala mesmo.

Talvez, disse Raymond. Ele ficou olhando para o irmão na escuridão do quarto com a silhueta da janela por trás. Só que eu não gosto, disse ele. Eles têm que fechar aquelas bocas sujas deles. Eu não gosto nem um pouquinho.

Você não vai poder fazer muito sobre isso.

Talvez não, disse Raymond. Estava prestes a atravessar o corredor e ir para o quarto dele, mas se virou. Eu até entendo que falem, disse. Mas nem por isso eu vou gostar. Nunca vou gostar.

Ike e Bobby.

Eles acordaram de manhã bem cedo na mesma cama e quase ao mesmo tempo, e a mancha acima das janelas da face norte, do outro lado do quarto, estava bem visível. Ike se levantou e começou a se vestir. Então, Bobby se levantou e se arrumou, enquanto o irmão, em pé, embaixo da mancha de umidade, olhava pela janela, para além da estrutura construída em torno do poço, em direção ao estábulo, à cerca e ao moinho. Do outro lado da cerca, Elko estava se comportando de forma estranha. Olha lá, aquele maluco filho da puta, disse Ike.
Quem?
O Elko.
Bobby olhou para o irmão.
Quando ele também terminou de se arrumar, eles desceram e encontraram Guthrie bebendo café preto e fumando cigarro à mesa da cozinha e, como ele fazia toda manhã de domingo, estava lendo alguma coisa, um jornal ou uma revista, aberta à luz do sol sobre a mesa. Passaram correndo pela cozinha, a varanda e a entrada. Abriram a porteira e entraram no curral. O cavalo estava vivo. Ele estava coiceando o próprio ventre. Estava encostado, sozinho, na parede do estábulo, longe de Easter e dos gatos, e um suor escuro lhe escorria pelo pescoço, as costelas e as ancas. Enquanto eles olhavam, o animal caiu na lama e começou a rolar de lado, escoiceando o ar, como um besouro ou outro inseto virado de costas, mexendo as patas e mostrando a barriga marrom-clara, num tom mais claro que o

restante do corpo, então grunhiu, levantou-se de novo e virou a enorme cabeça negra para trás, a fim de olhar para o próprio ventre. Recomeçou imediatamente a se escoicear, como se estivesse atormentado por moscas. Mas não eram moscas. Os dois garotos ficaram assistindo por mais um minuto, até o animal cair de novo no chão, ao lado do estábulo, então voltaram correndo para casa.

Guthrie estava diante do fogão, preparando os ovos. Esperem, disse ele. Não falem os dois ao mesmo tempo.

Eles contaram de novo.

Está bem, disse ele. Vou lá ver. Mas vocês fiquem aqui. Tomem o café da manhã.

Ele saiu. Os irmãos ouviram os passos do pai na varanda. Quando a porta com o mosquiteiro se fechou, batendo, eles se sentaram à mesa de madeira junto à parede e começaram a comer, calados, um de frente para o outro, mastigando em silêncio, escutando com atenção, entreolhando-se e voltando a mastigar, com os cabelos castanhos e os olhos azuis quase idênticos sobre os pratos. Ao terminar de comer, Ike se levantou e olhou pela janela. Ele já está voltando, disse.

Acho que o Elko está morrendo, disse Bobby.

Quem?

O seu cavalo. Acho que ele vai morrer hoje.

Não vai, não. Coma.

Eu já comi.

Então coma mais um pouco.

Guthrie entrou em casa. Foi até o telefone e ligou para Dick Sherman. Conversaram rapidamente. Então ele desligou, e Ike perguntou: O que ele vai fazer com o Elko? Ele não vai machucá-lo, vai?

Não. O Elko já está machucado.

Mas por que ele agindo assim?

Não tenho certeza.

Ele ainda estava se escoiceando?

Estava. Tem alguma coisa errada com ele. Alguma coisa na barriga dele, acho. O Dick vai dar uma olhada.

Acho que ele vai morrer, disse Bobby.

Bobby, fique quieto.

Mas ele pode morrer.

Mas não dá para saber ainda. Você não sabe se ele vai morrer. Então, bico calado.

Agora, chega, disse Guthrie.

Os garotos se entreolharam.

Parem com isso os dois, falou o pai. E é melhor vocês irem buscar os jornais. Eu já ouvi o barulho do trem faz uma meia hora. Já está quase na hora de vocês saírem.

A gente não pode fazer as entregas depois?

Não. As pessoas pagam em dia e querem receber o jornal na hora certa.

Mas só desta vez? O Dick Sherman terá ido embora quando a gente voltar.

Talvez. E, se ele for embora, depois eu conto para vocês como foi. Agora, vão logo.

Não deixa machucar o Elko.

Não, não vou deixar ele machucar o Elko. Mas o Dick não machucaria o Elko por nada.

Por nada, disse Bobby. Mas ele já está machucado.

Eles saíram pela segunda vez ao sol da manhã fria e foram empurrando as bicicletas para fora do quintal. Olharam para o estábulo e para o curral. Elko ainda estava apoiado em três patas e continuava a escoicear a si mesmo. Montaram nas bicicletas e desceram o caminho de entrada até a Railroad Street e seguiram para o leste por quase um quilômetro até a plataforma da estação ferroviária de Holt.

Quando terminaram de entregar os jornais, voltaram a se encontrar na esquina da Main com a Railroad e foram de bicicleta para casa. Estava um pouco mais quente agora. Já eram quase oito e meia, e eles estavam com as testas suando um pouco embaixo do cabelo. Passaram pela antiga usina elétrica junto à linha do trem. Quando passaram pela casa da senhora Frank, na Railroad Street, e depois pela fileira de arbustos de lilases do quintal lateral, com as pequenas folhas novas em forma de coração começando a se abrir nos galhos, viram outra caminhonete estacionada diante da casa, ao lado do curral.

Ele ainda não terminou com o Elko, disse Ike. Aquela caminhonete é do Dick Sherman.

Aposto que o Elko ainda está escoiceando, disse Bobby. Escoiceando e relinchando.

Continuaram pedalando pelo caminho de cascalho, passaram o pasto estreito e o choupo prateado, depois viraram no caminho da entrada e deixaram as bicicletas encostadas na casa. Eles se aproximaram do curral, mas não entraram; em vez disso, ficaram assistindo por entre as tábuas da cerca. Elko estava no chão. O pai e Dick Sherman estavam de pé ao lado dele, conversando. O animal estava deitado de lado no estábulo, com o pescoço esticado, como se quisesse beber dos blocos de calcário da fundação do estábulo. Podiam ver apenas um dos seus olhos escuros. O olho estava aberto, olhando fixamente, e eles se perguntaram se o outro olho também estaria arregalado daquele jeito, fitando o chão sem enxergá-lo, enchendo-se de poeira. A boca estava aberta e, dela, despontavam os dentes grandes, amarelos, cobertos de sujeira, e sua língua cor de salmão. O pai os viu através da cerca e veio até eles.

Há quanto tempo vocês estão aí, garotos?
Chegamos agora.
É melhor vocês voltarem para casa.
Eles não se mexeram. Ike ainda estava olhando pela cerca, para dentro do estábulo. Ele morreu, não é?, perguntou.

Morreu. Ele morreu, sim, meu filho.

O que aconteceu?

Não sei. Mas é melhor vocês voltarem para casa. O Dick vai tentar descobrir o que foi.

O que ele vai fazer com o Elko?

Ele vai cortar e abrir para ver. É o que eles chamam de autópsia.

Mas para quê?, perguntou Bobby. Se ele já morreu...

Porque é assim que a gente vai descobrir do que ele morreu. Mas acho que vocês não vão querer assistir.

A gente vai querer, sim, disse Ike. A gente quer ver.

Guthrie os observou por um momento. Eles estavam de pé diante dele, do outro lado da cerca, com seus olhos azuis, o suor secando na testa, aguardando em silêncio, agora um pouco desesperados, mas ainda pacientes e ainda esperando.

Está bem, concordou ele. Mas seria melhor vocês irem para casa. Não é uma coisa agradável.

Nós sabemos disso, disse Ike.

Acho que não sabe, não, meu filho.

Bem, disse Bobby, a gente já viu abrir galinha.

Sim. Mas aqui não se trata de uma galinha.

Eles ficaram sentados na cerca e assistiram a tudo. A maior parte do tempo, Dick Sherman usou uma faca com punho de aço, que era mais fácil de limpar depois, e não corria risco de quebrar como as outras que tinham punhos de madeira. Inicialmente, ele enfiou a lâmina afiada no ventre do cavalo e, manuseando-a como uma serra, cortou no comprimento o pelame duro e os pelos acastanhados, puxando com a outra mão, para afastar as bordas do corte. Quando a faca ficou escorregadia por causa do sangue, ele limpou a lâmina e as mãos no pelo acima das costelas. Depois que a incisão de quase um metro estava feita, Dick Sherman e o pai deles começaram a remover a pele; Guthrie levantava a pele para trás, enquanto Sherman passava a lâmina por baixo, soltando a pele de cima das costelas e do revestimento das entranhas, expondo uma camada fina de gordura amarela e um feixe vermelho de músculos. Dick Sherman estava ajoelhado junto à barriga do cavalo com a faca, e Guthrie, agachado atrás dele. Ambos haviam começado a suar. As camisas estavam mais escuras nas costas, e seus rostos estavam reluzentes. Só de vez em quando, faziam uma pequena pausa para secar o suor da testa com os antebraços e voltavam a trabalhar sobre o cavalo deitado no chão, cujo único olho visível, até onde os meninos conseguiam enxergar da cerca, não se havia alterado: continuava bem aberto, fitando indiferentemente o vazio do céu fechado acima do estábulo, como se o animal não soubesse o que estavam fazendo com ele ou não se importasse, ou como se tivesse, enfim, resolvido nunca mais olhar em outra direção. Mas Dick Sherman ainda não havia terminado.

Ele enfiou a faca na virilha, por dentro da coxa, para cortar através daquele grande músculo, de modo que pudesse soltar o tendão pela articulação do quadril. Naquele momento, com a ajuda do pai dos garotos, a perna foi arrancada com um puxão, deixando as vísceras expostas e acessíveis. Levou algum tempo para encontrar o tendão e soltar a cabeça do osso, mas, no final, cortando e explorando, acabou conseguindo.

Veja se você consegue puxar essa perna para trás, Tom, disse Sherman.

O pai pegou Elko pelo boleto e puxou com força, torcendo, levantando o osso fino e comprido, de modo que ficasse de pé no ar, quase perpendicular ao corpo, uma coisa horrível de se ver, espantosa. Sentados na cerca, assistindo, os garotos começaram a entender que Elko tinha morrido.

O poderoso músculo da virilha, aberto por Dick Sherman, estava ali, pesado e esfolado, exposto como uma bisteca. A pele tinha rasgado em parte quando o pai puxara, e estava sangrando ao longo do corte. Mas agora era possível ter acesso às vísceras. Dick Sherman cortou o revestimento do estômago. Então as bolsas amarelas e os nós azulados das tripas se espalharam no chão e, no estrume, havia sangue, muco e fluidos corporais amarelados. As membranas transparentes reluziam prateadas ao sol.

Sherman perguntou: Você tem uma podadeira por aí, Tom? Estou precisando.

Dentro do estábulo, respondeu Guthrie. Ele se levantou com dificuldade, percorreu um lado do estábulo escuro, até entrar pela baia central, e voltou com a podadeira que usava para cortar galhos e aparar os arbustos em volta da casa. Ele a passou para Dick Sherman.

Sherman pôs a faca de lado. Puxe de novo a pele, por favor, pediu.

O pai se agachou sobre o cavalo e puxou com as duas mãos a pele de cima das costelas. Então, Dick Sherman começou a cortar através das costelas com a podadeira, uma costela por vez, e sempre dava para ouvir um estalo parecido com o de um graveto se quebrando; ele estava abrindo a caixa do tórax. Os garotos então compreenderam que o cavalo estava completamente morto. Ele não podia sobreviver àquilo tudo. Assistindo àquilo, seus olhos foram se arregalando, e seus rostos, ficando pálidos. Ficaram sentados na cerca completamente imóveis.

Quando cortaram um número suficiente de costelas, o pai deles puxou a parede solta do tórax para trás, a fim de que Dick Sherman pudesse examinar o coração e os pulmões. Ele os levantou com as mãos, virando-os, furando-os e explorando-os com a faca. Não havia nada de errado com o coração. Nem com os pulmões. Ele explorou a aorta e as grandes veias com a faca, procurando alguma cicatriz causada por parasitas, mas não havia nada; o cavalo nunca tivera vermes. Então, ele voltou a avaliar o intestino e revirou as tripas, alcançando o estômago, do qual extraiu mais material pegajoso e amarelado.

Começou a dar fortes sacudidas, tirando do cavalo as entranhas pesadas, e talvez tenha saído mais do que ele queria, pois em parte ele descartava e em parte tentava repor para dentro, até que encontrou um trecho de intestino inchado, muito grande e preto, e Dick Sherman parou.

Aqui está, disse ele. Está vendo? Essa parte inchada, escura, meio preta e azulada?

Guthrie assentiu.

Um trecho do intestino tinha se enrolado, formando um nó. Foi isso que o matou. Sherman a segurava com as mãos para mostrar. Aqui embaixo, onde está torcido, o tecido necrosou. Por isso está preto, inchado e apodrecido. Ele soltou o intestino morto, que voltou para seu lugar entre as tripas como se estivesse vivo. Pobre coitado, ele deve ter sofrido bastante.

Os dois homens se levantaram. Dick Sherman se inclinou e se esticou, relaxou as pernas e estendeu os braços sobre a cabeça, enquanto Tom Guthrie ficou parado atrás do cavalo eviscerado, olhando para os garotos. Eles ainda estavam sentados, como antes, na ripa mais alta da cerca. Garotos, está tudo bem aí?, perguntou.

Eles não disseram nada, limitando-se a assentir.

Vocês têm certeza? Acho que vocês já viram o bastante.

Eles balançaram a cabeça.

Está bem. De qualquer jeito, o pior já passou. Estamos quase terminando aqui.

Já tinha passado boa parte da manhã. Uma luminosa, ensolarada manhã de domingo do final de abril. E Dick Sherman disse: Vamos precisar de corda, Tom. Ou barbante. Barbante seria ainda melhor.

Então o pai saiu do curral para ir ao estábulo outra vez e voltou com dois ou três pedaços de barbante amarelo. Sherman pegou o barbante e começou a costurar a barriga do Elko.

Começou embaixo do tórax, fazendo um furo com a faca na pele, e passou o fio pelo furo, deu um nó, fez outro furo oposto ao primeiro e puxou o barbante, fechando as duas abas de pele, então repetiu a operação a uma distância de quinze centímetros, puxando tudo bem apertado, enquanto Guthrie ajudava a empurrar os órgãos volumosos e as tripas gosmentas de volta ao seu lugar, segurando-as ali dentro até que o barbante estivesse bem amarrado. Logo as mãos do pai ficaram vermelhas e escorregadias como as de Sherman. Depois de costurarem a barriga de Elko da melhor maneira que puderam, enrolaram o barbante na coxa deslocada e a puseram no lugar de volta, para que não ficasse perpendicular ao corpo do cavalo, e amarraram-na à outra perna traseira; então fizeram alguns nós e se deram por satisfeitos.

O cavalo continuou deitado no chão, ao lado do estábulo, com os olhos e a boca abertos, o pescoço esticado e a barriga grande e marrom costurada em ziguezague com o barbante amarelado. No entanto, do alto da cerca, os garotos ainda podiam ver as entranhas escuras e sangrentas dele através do talho irregular na pele, porque Dick Sherman e o pai deles não haviam conseguido fechar perfeitamente o corte. Eram entranhas demais. Era como se tivessem cavado um buraco no chão e não tivessem conseguido mais colocar a terra de volta nele. Ainda dava para notar um pouco; as marcas ainda estavam lá, de modo que os dois garotos ainda podiam ver dentro de Elko, e mesmo o que não estava mais visível diante deles fora gravado na memória para ser relembrado à noite, caso eles quisessem algum dia se lembrar daquilo.

Mas agora estava tarde, era quase meio-dia. Os dois homens, cansados e suados, haviam se levantado após o trabalho e foram para o bebedouro dos cavalos, no canto do curral, para lavar as mãos e os braços sob o jato de água fria do poço que um cano de ferro transportava do moinho. Então, Dick Sherman limpou sua faca, e o pai dos meninos, a podadeira.

Por fim, inclinaram-se embaixo do jato de água fria, esfregaram os rostos, beberam, levantaram-se com o pescoço gotejante e secaram as bocas e os olhos nas mangas da camisa.

Então o pai falou: Deve estar na hora de comer. Deixe-me te convidar para almoçar lá no café, Dick.

Eu adoraria, disse Dick Sherman. Mas não posso. Prometi ao meu filho que ia pescar com ele em Chief Creek.

Não sabia que você era velho a ponto de ter filho para pescar junto...

Não sou mesmo. Mas parece que ele quer começar a aprender. Quando eu saí de casa hoje cedo, ele disse que eu não conseguiria voltar a tempo. Então Sherman fez uma pausa, pensando. De qualquer forma, sou muito novo ainda, Tom.

Claro que é, concordou Guthrie. Nós dois somos.

Então eles saíram do curral, e Dick Sherman deu a partida na caminhonete a caminho de casa. Os dois garotos desceram da cerca e foram ficar ao lado do pai. Ele pôs as mãos nos cabelos castanhos dos filhos, quentes e secos pelo sol, e examinou seus semblantes. Os garotos não estavam mais pálidos. Ele afastou os cabelos das testas de ambos.

Só preciso fazer mais uma coisa, disse. Depois disso, vamos encerrar essa história. Vocês aguentam?

O que é?, perguntou Ike.

Preciso arrastá-lo até o pasto. Não podemos deixá-lo aqui.

Acho que não, disse Ike.

Vocês podem abrir as porteiras para mim?

Sim.

Primeiro a do curral. E você, Bobby...

O que foi?

Fique de olho na Easter. Não a deixe sair enquanto a porteira estiver aberta. Não a deixe chegar perto.

Então Guthrie deu a ré com a caminhonete para dentro do curral e, enquanto enganchava uma corrente no pescoço de Elko, Ike fechou a porteira, subiu com o irmão na traseira da caminhonete, e ficaram assistindo ali de cima. Quando a caminhonete partiu, Elko girou em torno do próprio eixo e começou a se mover com a cabeça para frente, raspando pesadamente no chão, com a terra que o atrapalhava um pouco e a poeira que por um instante pairava no ar claro. O cavalo veio atrás deles, as patas frouxas batiam e quicavam quando esbarravam em algo. A caminhonete contornou o estábulo em direção ao pasto, deixando para trás um rastro largo e barrento no chão. Por uns quarenta ou cinquenta metros, Easter os seguiu trotando, interessada, então parou, abaixou a cabeça e ficou ali parada, olhando a caminhonete e Elko sumirem de vista. Eles o puxaram para o primeiro pasto, menor, ao norte do estábulo. Uma vez alcançado o pasto maior, a oeste, Guthrie parou, enquanto Ike saltava e abria a porteira para a caminhonete passar.

Pode deixar aberto, disse Guthrie. Vamos voltar logo.

Ike subiu na traseira da caminhonete, e eles prosseguiram. O cavalo agora estava sujo, coberto de poeira. O barbante no ventre soltara um ponto e, enquanto avançavam pasto adentro em meio aos arbustos de artemísia, viram algo semelhante a uma corda suja sendo arrastada, que, à certa altura, enroscou em alguma coisa e se rasgou.

O pai dirigiu a caminhonete até o leito de cascalho de um rio em seca, do outro lado do pasto, e parou. Ele desceu e soltou a corrente do pescoço de Elko. Agora, sim, haviam terminado.

Um de vocês quer voltar dirigindo?, perguntou.

Eles balançaram a cabeça.

Não? Vocês podem se revezar.

Eles ainda estavam olhando para o cavalo.

Por que vocês não vêm na frente comigo pelo menos?

A gente quer ficar aqui atrás, disse Ike.

O quê?

A gente quer continuar aqui.

Está bem. Mas eu deixo dirigir se vocês quiserem.

Então eles foram para casa. Guthrie os levou para almoçar no Holt Café, na Main Street, embora eles não estivessem com muita fome. À tarde, os dois sumiram no palheiro. Depois de duas horas, como eles ainda não haviam voltado nem faziam nenhum barulho, Guthrie foi ao estábulo para ver o que estavam fazendo. Ele subiu a escada e os encontrou sentados nos fardos de feno, olhando pela janela em direção à cidade.

O que vocês estão fazendo?
Nada.
Vocês estão bem?
O que vai acontecer com ele agora?, perguntou Ike.
Com quem? O Elko?
Sim.
Bem. Daqui a algum tempo, ele já não estará mais lá. Só sobrarão os ossos dele. Acho que vocês já viram isso acontecer, não? Por que vocês dois não voltam para casa agora?
Não quero, disse Bobby. Você pode ir.
Eu também não quero, falou Ike.
Mas não demorem, disse Guthrie. Certo?

À noite, eles jantaram na cozinha, e depois os garotos ficaram vendo um pouco de televisão enquanto o pai lia. Então anoiteceu. Ike e Bobby ficaram deitados juntos na cama, no velho alpendre envidraçado, com uma das janelas entreaberta no ar parado. À certa altura da noite, enquanto o pai dormia, eles tiveram certeza de ouvir cães lá fora no pasto grande, a noroeste da casa, brigando e uivando. Eles se levantaram e olharam pela janela. Mas não deu para ver nada. Apenas as mesmas estrelas altas e brancas de sempre e as árvores escuras e o espaço.

Maggie Jones.

À noite, enquanto estavam dançando uma música lenta, ela disse: Você quer ir para a minha casa depois?
Você acha que eu devo ir?
Acho que sim.
Então talvez seja melhor eu ir.
Eles haviam dançado e bebido por duas horas no Legion, na estrada de Holt, e, entre as músicas, tinham sentado com outros professores da escola, a uma mesa da sala lateral com vista para a banda e para a pista, através das grandes portas de correr, que ficavam abertas nas noites de sábado.
Ike e Bobby estavam em Denver com a mãe para o fim de semana, e Guthrie chegara sozinho, por volta das dez. O Legion já estava cheio de fumaça e barulho quando ele descera as escadas e pagara o couvert à mulher sentada em uma banqueta na porta; em seguida passou por ela e se encaminhou na direção da multidão parada junto ao bar. A banda estava fazendo um intervalo, as pessoas conversavam junto ao balcão e pediam bebidas. Ele comprou uma cerveja e foi até a pista, para observar as mesas e os reservados junto à parede. Foi quando viu alguns professores da escola, sentados a uma mesa à esquerda, no outro ambiente, e Maggie Jones entre eles. Quando ela o viu, acenou para ele, que ergueu o copo na direção dela e atravessou a pista vazia. Quer se sentar com a gente?, perguntou ela.
Acho que não tem nenhuma cadeira sobrando.
Daqui a pouco, aparece uma.

Ele olhou em volta. Devia haver umas cem pessoas nos reservados, nas mesas, de pé ao redor da pista e espremidas contra o balcão, todas bebendo e conversando, contando histórias, e de vez em quando alguém dava risadas ou gritava, um lugar amplo, cheio de fumaça e de ruído. Ele olhou para a mesa dos professores. Maggie Jones estava muito bonita. Usava uma calça jeans preta e uma blusa da mesma cor; o fecho da blusa estava bem aberto, permitindo uma bela visão de seu corpo, e ela usava brincos de argola de prata. Na penumbra do Legion, seus olhos escuros pareciam negros como carvão. Após algum tempo, como ninguém liberava uma cadeira, ela se levantou e se encostou ao lado dele, na parede. Eu achei mesmo que você viria hoje, disse ela.

Eu vim, disse ele.

A banda voltou, subiu ao palco e retomou os instrumentos. Enquanto os músicos se aqueciam com progressões e viradas, Maggie disse: É melhor você me convidar para dançar.

Você corre um sério risco, disse Guthrie.

Eu sei. Já vi você dançar.

Não consigo nem imaginar onde foi isso.

Aqui mesmo.

Guthrie balançou a cabeça. Deve ter sido muito tempo atrás.

E foi. Estou de olho em você há muito tempo. Você não faz ideia.

Você está me deixando assustado.

Não sou de dar medo, disse Maggie. Mas também não sou nenhuma garotinha.

Nunca achei que você fosse, disse Guthrie.

Ótimo. Não se esqueça disso. Agora me convide para dançar.

Tem certeza?

Tenho.

Está bem, concordou Guthrie. Gostaria de dançar comigo, senhora Maggie Jones?

Droga, isso não é nada galante, reclamou ela. Mas acho que vou aceitar.

Ele a pegou pela mão e a levou para a pista. Era uma música rápida, ele a empurrava para longe, e ela voltava dançando até ele, que a fazia rodopiar, e ela voltava, e novamente ele a fazia girar. À certa altura, ela parou na frente dele e exclamou: Droga, Tom Guthrie, eu estou fazendo tudo sozinha!

Mas Guthrie reparou que ela estava sorrindo com os olhos.

Tinha ficado tarde. As luzes se acenderam, e a banda tocara a última música da noite. A multidão queria mais, mas a banda estava cansada e queria ir embora. Mais luzes se acenderam e, de repente, ficou muito claro no salão, e ainda mais claro no bar, ao que as pessoas começaram a se levantar dos reservados e das mesas, como se despertassem de um sono ou de um sonho, e passaram a se esticar e olhar para os lados, vestindo seus casacos e se aproximando lentamente da saída.

Você sabe onde eu moro, disse Maggie Jones.

A não ser que você tenha se mudado recentemente, disse Guthrie.

Ainda moro na mesma casa, disse ela. Encontro você lá. Ela saiu primeiro, ele subiu a escada e parou no banheiro da saída do salão. Os mictórios estavam ocupados, e ele esperou sua vez. À direita, um velho de camisa azul estava conversando com um homem ao lado dele, ambos estavam quase terminando. Há quantos anos você está casado, Larry?

Doze anos.

Rapaz, que coisa! Você ainda tem muito chão pela frente.

Larry se virou para olhar para ele, então fechou o zíper e saiu. Guthrie deu um passo e assumiu seu lugar.

Lá fora, o ar da noite estava frio e gélido. À luz dos postes da rua, brilhavam belos floquinhos de neve. Havia pessoas chamando uma às outras e berrando no estacionamento. Por entre as nuvens que se abriam, miríades de estrelas piscavam frescas e puras. Guthrie deu a partida na velha caminhonete, saiu pelo caminho de terra para o asfalto da estrada e, dois quarteirões depois, virou para o sul e seguiu mais um quarteirão até a casa dela. A luz da varanda estava acesa, e uma luz fraca iluminava a sala da frente. Ele subiu até a porta de entrada e não sabia se deveria bater ou não, mas depois preferiu entrar. Lá dentro, estava silencioso. Então ela caminhou da cozinha até ele descalça. Parou na frente dele. Você vai me beijar?

Quem está aí?, perguntou ele.

Meu pai. Fui ver como ele estava. Ele já foi dormir. Está dormindo profundamente.

Bem, disse ele. Então posso arriscar.

Maggie se inclinou, e ele a beijou. Mesmo descalça, ela era quase da altura dele. Ele se aproximou mais um pouco e a abraçou, e se beijaram com mais intensidade.

Por que a gente não vai para o quarto?, perguntou ela.

Quando estava sem roupa, Maggie era macia e lisa, tão exuberante que parecia uma pintura. Tinha seios grandes e cheios, quadris largos e pernas compridas e musculosas. Ele estava sentado em uma poltrona, ao lado da cama, olhando para ela. Pela primeira vez desde que ele a conhecia, ela parecia quase reticente e hesitante. Sou apenas uma velha acima do peso, disse. Não sou como as garotas com quem você está acostumado. Ela estava de pé, cobrindo a barriga com a mão.

Como assim, Maggie? Você é linda, elogiou Guthrie. Você sabe disso. Você é de tirar o fôlego.

Você pensa isso de verdade?

Ora, se penso! Você não sabe? Eu sempre achei que você soubesse disso.

Eu sei um monte de coisas, disse ela. Mas é bom ouvir. Obrigada. Ela se deitou na cama. Agora, vem, chamou. O que você ainda está fazendo aí?

Estou tentando tirar essas botas. Meus pés incharam tanto que elas não saem, de tanto que você me obrigou a dançar. Como se eu tivesse andado dentro de um rio ou algo parecido, elas estão encharcadas.

Coitadinho.

Pior que é verdade.

Você quer que eu saia da cama para ir até aí ajudar?

Só mais um minuto, pediu ele.

Finalmente, conseguiu arrancar as duas botas, levantou-se, tirou as roupas e ficou nu, tremendo de frio, olhando para ela, deitada. Então, ela levantou as cobertas para ele, que se arrastou para baixo. Meu Deus, você está gelado, disse Maggie. Chega mais perto. Na cama, ela era incrivelmente quente e lisa, a mulher mais generosa que ele já conheceu. Sua pele parecia seda junto ao corpo dele.

Mas me diz uma coisa...

O quê?

Você não acha que eu sou assustadora, não é?

Ah, eu acho, sim.

Fala a verdade. Agora estou falando sério.

É verdade. Às vezes não sei como me comportar com você.

Como assim?

Não sei mesmo.

Do que você está falando? Como não sabe?

Porque você é diferente das outras, disse ele. Parece que a vida nunca te derrotou nem assustou. Você parece sempre a mesma, independentemente do que aconteça.

Ela o beijou. Seus olhos escuros o observavam na penumbra. Eu já fui derrotada algumas vezes, confessou Maggie. E também já senti medo. Mas sou completamente louca por você. Ela se esticou e tocou nele. Aqui há uma parte de você que parece me entender muito bem.

Você, sim, que sabe como despertar o interesse dele, disse Guthrie.

Depois eles dormiram. As estrelas giraram para oeste durante a noite, e o vento soprou só um pouco. Por volta das quatro e meia da manhã, ela o acordou para perguntar se ele queria ir para casa antes de amanhecer.
Você se importa se eu ficar?
Eu, não, disse Maggie.
Voltaram a dormir e, quando estava quase amanhecendo, Maggie se levantou ao ouvir os passos do velho na cozinha. Tenho que me levantar e preparar o cereal dele, disse.
Guthrie observou-a enquanto ela se levantava da cama, vestia um roupão e saía do quarto. Ele ficou deitado mais um pouco, ouvindo-os conversar, então se vestiu e entrou no banheiro. Quando ele chegou à cozinha, o pai de Maggie estava sentado à mesa com um pano de prato enrolado ao pescoço e uma tigela de aveia diante de si. O velho olhou para ele. Você aí, quem você pensa que é?, perguntou.
Pai, você conhece o Tom Guthrie. Vocês já se encontraram.
O que ele quer? A gente não precisa de outro carro. Ele está tentando te vender um carro?

Guthrie se despediu dela, foi para casa, trocou as botas por tênis, saiu de novo e dirigiu até a plataforma da ferrovia, onde, ao lado dos trilhos, havia uma pilha desmazelada de *Denver News*, edição de domingo, amarrada com barbante. Ele se sentou na borda da plataforma de paralelepípedos com os pés sobre as pedras entre os dormentes, enrolou os jornais, levantou-se, colocou-os na caminhonete e percorreu as ruas de Holt ainda desertas àquela hora, e foi lançando jornais pela janela da caminhonete, na direção das portas de entrada e das varandas. Ele foi aos apartamentos escuros que ficavam em cima das lojas e, antes das dez horas, já havia terminado as entregas de seus garotos, voltou para casa, saiu para o estábulo e alimentou sua única égua, os gatos e o cachorro. Em casa, preparou ovos e torradas só para ele mesmo e bebeu duas xícaras de café preto, sentado na cozinha, com a luz do sol, que atingia obliquamente seu prato. Ficou sentado fumando por mais algum tempo. Então se deitou no sofá para ler o jornal. Três horas depois, despertou com o jornal dobrado sobre o rosto como um cobertor de mendigo. Ficou deitado, imóvel, mais um pouco, sozinho naquela casa silenciosa, lembrando a noite anterior, imaginando se aquilo significava o início de algo, pensando se ele queria realmente que começasse uma história, com todas as consequências que ela traria. No final da tarde, ele ligou para ela. Você está bem?, perguntou.

Estou, e você?

Sim, também.

Que bom!

Adorei ontem, disse ele. Será que você gostaria de me encontrar de novo um dia desses?

Você não está sugerindo um encontro de verdade, está?, perguntou Maggie. Em plena luz do dia?

Pode chamar como quiser, disse Guthrie. Só estou dizendo que eu gostaria de levar você para jantar no Shattuck's e pedir um hambúrguer. E ver o que acontece.

E quando você gostaria de fazer isso?

Agora mesmo. Hoje à noite.

Me dá uns quinze minutos para eu me arrumar, pediu ela.

Ele desligou, subiu a escada, vestiu uma camisa limpa, entrou no banheiro, escovou os dentes e penteou o cabelo. Olhando para si mesmo no espelho, disse em voz alta: Você não merece isso. Nem tente pensar que merece.

Victoria Roubideaux.

Na semana seguinte, ele chegou em casa e informou que eles haviam sido convidados para outra festa. Mas, desta vez, ela não queria ir. Ela estava com medo do que podia acontecer e de como se sentiria depois, pelos riscos aos quais ela iria expor o bebê. Sabia que não devia ingerir nada nocivo e, de qualquer forma, não estava a fim de ir. Não estava feliz com ele. Não era o que ela havia esperado, como pensava que seria, como sonhara. Era como se eles tivessem se enfiado diretamente nos problemas de um casamento de anos, pulando a lua de mel e os primeiros anos, aqueles sem preocupações.

Quando ela se recusou a ir à festa, ele ficou furioso e saiu sozinho, batendo a porta. Depois que ele foi embora, ela ficou vendo televisão por algum tempo e foi para a cama cedo. No meio da noite, por volta das três da manhã, ela o ouviu trombando em alguma coisa na cozinha, algo que caiu e quebrou, um vidro ou um copo, e ele começou a xingar terrivelmente e chutou os cacos, entrou no banheiro e depois, no quarto, começou a tirar a roupa. Quando ele se deitou na cama, ao lado dela, estava cheirando a cigarro e cerveja, e até de olhos fechados ela sentiu que ele estava olhando para ela. Você está acordada?, perguntou.

Estou.
Você perdeu.
O que aconteceu.
Você ia adorar. Não vou contar.

Ele se aproximou e começou a lhe fazer carinhos no quadril e na coxa, tateando por baixo da camisola. Ela o sentia respirar perto do rosto, sentia o hálito quente bem na bochecha, ele mexia em seu cabelo.

Para, disse ela. Estou com muito sono.

Mas eu não estou.

Ele levantou a camisola, passou a mão em seu ventre arredondado e apalpou seus seios doloridos.

Para, repetiu ela, e se virou para o outro lado.

Ele a beijou, puxando-a de volta para perto, seu cheiro estava forte e penetrante, então abaixou a calcinha dela.

Não posso, disse ela. Não é bom para o bebê.

Desde quando?

A partir de agora.

E se for bom para mim?

Ele já estava duro, encostando nela. Pegou a mão dela, para que ela sentisse, pressionando-a contra o pênis dele; pelo tato, ele parecia um músculo vivo.

Então você poderia fazer alguma outra coisa, disse ele.

Está muito tarde.

Amanhã é domingo. Vai...

Ele havia se deitado de costas. Ela ainda não se movera. Vai, insistiu ele. Ela levantou a camisola sobre a barriga e os quadris, ajoelhou-se na cama ao lado dele com o cobertor em volta dos ombros como um xale, pegou-o com a mão e começou a movê-lo.

Não queria dizer isso, falou ele.

Então ela teve de se inclinar sobre ele, dobrando-se na barriga. Seu cabelo comprido caiu para a frente, e ela o ajeitou e puxou todo para um lado. Ele estava deitado com as pernas esticadas e os dedos dos pés contraídos, mas, como estava bêbado, ela achou que demorou muito. Enquanto estava inclinada sobre ele, Victoria parou de pensar. Não estava pensando nele nem no bebê. Por fim, ele gemeu e estremeceu. Depois, ela se levantou, foi ao banheiro, escovou os dentes, olhou-se no espelho e lavou bem o rosto, esperou e só voltou para o quarto quando ele adormeceu. Deitou-se de novo ao lado dele, mas não conseguiu dormir. Ficou deitada duas horas pensando e se perguntando, observando o teto alto e a escuridão da noite, que virava uma aurora cinza, e todo esse tempo não parou de se perguntar o que devia fazer. Por volta das seis e meia, lentamente, ela saiu da cama, fechou a porta e foi para a sala. Ligou para a lista telefônica e pediu um número em Holt. Maggie Jones atendeu com voz de sono.

Senhora Jones?
Victoria, é você? Onde diabos você se meteu?
Senhora Jones, será que eu posso voltar? A senhora acha que eles me deixam voltar?
Meu bem, onde você está?
Estou em Denver.
Você está bem?
Estou. Mas posso voltar?
Sim. Claro que você pode voltar.
Para lá, quero dizer. Para morar com eles.
Isso não sei dizer. Vamos precisar conversar com eles.
Certo, disse ela. Tudo bem.

Victoria desligou, entrou no banheiro, juntou as poucas coisas que comprara desde que chegara a Denver e jogou tudo em uma pequena bolsa de zíper. Então voltou para o quarto silenciosamente, pegou no armário as poucas roupas que ele lhe comprara, e já estava com elas dobradas no braço, prestes a sair do quarto, quando ele se virou e abriu os olhos.

O que você está fazendo?, perguntou.
Nada.
O que você vai fazer com essas roupas?
Preciso lavar, disse ela.
Ele ficou olhando para ela por um momento. Que horas são?

Está cedo.

Ele olhou fixamente para ela. Então fechou os olhos e, quase imediatamente, voltou a dormir. Ela voltou para a sala.

A carteira e a chave dele estavam na mesa da cozinha, dentro do boné virado, ela pegou algum dinheiro e enfiou seus poucos pertences em uma caixa de papelão junto com os artigos de toalete, amarrou com um cordão, então abandonou o apartamento, com suas novas calças de gestante, mas com a mesma camiseta que usava quando chegara, o mesmo casaco de inverno e a mesma bolsinha vermelha de sempre. Então, segurando a caixa pelo nó, desceu até o térreo e saiu no ar gélido. Caminhou depressa até o ponto de ônibus e ficou sentada esperando por mais de uma hora. Carros passavam, pessoas indo trabalhar ou indo à igreja. Uma mulher passeava com um cachorrinho preso por uma fita colorida. O ar estava gelado e cortante, e a oeste, acima da cidade, as encostas das colinas se erguiam austeras e cerradas, com suas rochas avermelhadas ao sol da manhã, enquanto não dava para ver as montanhas nevadas, altas e escuras por trás delas. Finalmente, o ônibus chegou, e ela embarcou e se sentou, observando a manhã de domingo em Denver.

Na rodoviária, ela ficou esperando três horas por um ônibus que ia para Omaha, e depois para Des Moines e Chicago, e que a levaria para o leste, para as planícies altas do Colorado. Quando, enfim, anunciaram a partida, ela pegou a caixa de roupas e ficou na fila com os outros, aproximando-se do motorista negro parado na porta, que conferia as passagens. Quando chegou a sua vez, ela avistou Dwayne, que tinha vindo procurá-la. De repente, ela ficou com medo dele. Estava em pé, parado na saída da rodoviária, olhando ao redor, e quando ele a viu, começou a correr, desgrenhado e furioso, numa espécie de trote rígido, na direção da plataforma escura de onde partia o ônibus.

Aonde você pensa que vai?, perguntou. Ele a puxou pelo braço e a tirou da fila.

Dwayne, para. Me solta.
Você vai fugir para onde?
O que está acontecendo aqui?, indagou o motorista.
Estava falando com você por acaso?, disse Dwayne.
O motorista olhou para ele, então se virou para a garota.
Você está com a passagem?, perguntou.
Está aqui.
Posso ver?
Ela mostrou a ele. O homem olhou para ela com mais atenção e reparou que estava grávida, então olhou bem para o rosto dela e depois de novo para Dwayne. Ele pegou a caixa de papelão dela. Estava escrito simplesmente VICTORIA ROUBIDEAUX. HOLT COLORADO. Esta caixa é sua?, perguntou.
Sim, respondeu ela. É minha.
Então pode subir, vá entrando. Vou guardar a caixa aqui embaixo. Pode ser?
Não se meta, disse Dwayne. Isso não é da sua conta.
Calma, senhor. Vou lhe dizer uma coisa. Pelo que entendi, essa garota quer entrar no ônibus. Ele se interpôs entre eles. Era um homem de estatura mediana com uma camisa cinza e gravata. Então é isso que ela vai fazer.
Merda, Vicky, disse Dwayne. Ele tentou agarrá-la, mas só conseguiu pegar sua bolsinha vermelha, deu um puxão e a alça arrebentou .
Oh, para com isso, disse ela. Devolve a minha bolsa.
Vem buscar. Ele mantinha a bolsa fora do alcance dela.
Agora chega, disse o motorista. Isso não é seu.
Não estou nem aí. Ele deu um passo para trás. Ela que venha buscar se quiser.
A garota ficou olhando para ele e, de repente, não teve mais dúvida nenhuma. Ela se virou e, quando o motorista lhe estendeu a mão, ela aceitou e entrou com cuidado no ônibus. As pessoas sentadas de ambos os lados do corredor olharam para

ela ao entrar, e ela foi avançando, lentamente, enquanto todos assistiam, antes que a atenção se voltasse para o que estava acontecendo lá fora. Dwayne, agora, movia-se ao longo do ônibus, acompanhando-a com os olhos, até que ela encontrou um assento vago e se sentou, então ele parou, com uma mão no bolso de trás da calça e a outra balançando a bolsinha vermelha, e falou, encarando-a pela janela fechada, sem sequer levantar a voz: Você vai voltar. Você não faz ideia da saudade que vai sentir de mim. Você vai voltar.

Embora não pudesse ouvir, Victoria conseguiu ler nos lábios dele o que estava dizendo. Ele repetiu. Ela balançou a cabeça. Não, sussurrou junto ao vidro. Não vou, não. Nunca mais. Afastou os olhos da janela e olhou para a frente do ônibus, com o rosto reluzente de lágrima, sem nem mesmo se dar conta de que estava chorando, e, em seguida, o motorista se sentou, fechou a porta, manobrou para fora da escura plataforma da rodoviária. Quando o ônibus virou na rampa que dava acesso à rua iluminada, ela olhou mais uma vez para ele. Dwayne não se movera, e ela achou que talvez tivesse ficado com pena dele, achou que talvez tivesse sentido dó dele, pois, naquele momento, ele lhe pareceu muito sozinho e abandonado.

Ela dormiu uma parte do caminho. Então, acordou quando o ônibus parou em Fort Morgan. Parou de novo em Brush. Nas planícies altas, a paisagem foi ficando verde de novo, e isso a deixou um pouco mais animada. O ar estava esquentando outra vez, e ela ficou olhando pela janela os tufos de artemísias e iúcas espalhados pelos pastos, além dos primeiros sinais de gramas-azuis e rabos-de-gatos.

Pararam outra vez na cidade de Norka, onde a mãe dele morava. Victoria nunca a tinha visto. Só falara com ela daquela vez, do telefone público perto da estrada, quando tentara descobrir onde Dwayne estava, e agora nunca mais a conheceria nem a veria, e nada disso importava mais. A mãe dele jamais ficaria sabendo da criança que iria nascer em uma cidade a apenas sessenta quilômetros dali.

O ônibus prosseguiu e entrou no condado de Holt. A paisagem era muito plana e arenosa outra vez, as árvores baixas nas fazendas isoladas, as estradas de terra indo exatamente para o norte e para o sul, como linhas de um livro ilustrado para crianças. Havia cercas de quatro ripas contornando as valas de drenagem, as vacas pastando com os bezerros atrás das cercas de arame farpado, e aqui e ali uma égua alazã com um potrinho recém-nascido, e bem longe no horizonte, ao sul, os areais, que pareciam azulados como ameixas. O trigo de inverno era o único elemento verde na paisagem.

Estava anoitecendo quando fizeram a última curva a oeste da cidade e passaram por baixo da ponte da ferrovia. Depois reduziram ao chegar a Holt, passando em frente ao Shattuck's e ao Legion. As luzes da rua estavam começando a se acender. O ônibus parou no posto Gas and Go, no cruzamento da Highway 34 com a Main Street. Ela se levantou e desceu lentamente a escada. O ar da noite estava gélido e penetrante.

O motorista pegou a caixa da garota do porta-mala do ônibus e a colocou na calçada, então acenou para ela, que agradeceu. Ele entrou no posto para comprar um café no copo descartável e voltou, segurando longe de si, para não derramar, então o ônibus partiu.

A garota levou a caixa até a lateral do posto, onde havia um telefone pendurado na parede embaixo de um toldo. Ligou outra vez para Maggie Jones.

Victoria? É você? Onde você está?

Aqui. Voltei para Holt.

Onde?

No posto Gas and Go. Será que eles vão me aceitar de volta?

Meu bem, nada mudou desde hoje de manhã. Talvez aceitem. Não sei. Não posso falar por eles.

Será que devo ligar para eles?

Eu levo você de carro. Acho melhor você falar com eles pessoalmente.

A senhora não avisou que eu estava vindo, não? Que eu iria voltar?

Não. Achei melhor você fazer isso.

Os McPheron.

Mais uma vez, como naquele domingo no outono, Maggie levou a garota, trinta quilômetros ao sul de Holt, e mais uma vez a garota estava apavorada como naquele dia, embora agora olhasse para tudo com muita atenção, enquanto estavam percorrendo a estrada, porque a paisagem se tornara familiar para ela, e, depois de vinte minutos, pegaram a entrada de terra que levava à velha casa de fazenda, e o carro parou no portão de arame. A garota ficou por um longo tempo olhando a casa velha. Lá dentro, a luz da cozinha se acendeu. Então foi a vez da luz da porta, e Raymond saiu na varanda com o mosquiteiro.
Vamos, disse Maggie Jones. Venha descobrir por si mesma.
Estou com medo do que eles vão dizer, confessou a garota.
Eles não vão dizer nada enquanto você ficar sentada aqui no carro.
Ela abriu a porta e saiu, ainda olhando para a casa e para o velho de pé na varanda. Então, Harold apareceu ao lado do irmão. Os dois ficaram de pé, imóveis, olhando para ela, que caminhou lenta e pesadamente até a varanda, inclinando-se um pouco para trás a fim de equilibrar o peso. Ela parou ao pé da escada e olhou para os dois na varanda, no ar fresco da noite. O vento soprava forte. O casaco de inverno, agora apertado, estava aberto na barriga, e as abas batiam nos quadris e nas coxas

Sou eu, disse. Voltei.

Eles olharam para ela. Isso a gente está vendo, disse um deles.

Ela olhou para eles. Voltei para perguntar se... queria perguntar se vocês me deixariam voltar a morar aqui.

Eles ficaram observando a garota, aqueles dois velhos irmãos com as roupas de trabalho, os cabelos grisalhos curtos e duros nas cabeças desgrenhadas, os joelhos nas calças deformadas. Não disseram nada.

Ela olhou ao redor. Parece que está tudo igual por aqui, disse ela. Que bom! Ela se virou para eles outra vez. Esperou, então continuou: Seja como for, eu queria agradecer. Pelo que vocês fizeram por mim. E queria dizer que sinto muito pela confusão que causei. Vocês dois foram bons comigo.

Os velhos irmãos continuaram olhando para ela, sem dizer nada nem se mexer. Era como se não a conhecessem ou preferissem evitar lembrar o que sabiam sobre ela. A garota não tinha como saber o que estavam pensando. Espero que vocês estejam bem, disse ela. Não vou mais incomodar. Ela se virou para voltar para o carro.

Já estava na metade do caminho para o portão quando Harold falou. Não vamos deixar você ir embora de novo assim, disse ele.

Ela parou. Virou-se para olhar para eles. Eu sei, disse. E eu não vou mais.

Não aceitaríamos. Nunca mais.

Não.

Isso precisa ficar bem claro.

Sim, eu entendo. Ela ficou parada, esperando. O vento abriu seu casaco.

Você está bem?, perguntou Raymond. Eles te machucaram?

Não, estou bem.

Quem está lá no carro?

A senhora Jones.

É mesmo?
Sim.
Achei que fosse.
É melhor você entrar, disse Harold. Está frio aqui fora.
Só vou buscar minha caixa, avisou ela.
Pode entrar, disse Harold. A gente traz a caixa.

Ela se aproximou da casa, subiu os degraus, e Raymond passou por ela e foi até o carro. Maggie Jones saiu, tirou a caixa do banco de trás e passou para ele, enquanto Harold e a garota ficaram esperando na varanda.

Você acha que ela está bem?, perguntou Raymond baixinho para Maggie.

Acho que sim, respondeu ela. Pelo que sei. Mas vocês têm certeza de que querem tentar de novo?

Essa garota precisa de um lugar para morar.

Eu sei, mas...

Raymond se virou abruptamente, espiando a escuridão da noite, que se acumulava além do estábulo e dos cercados. Essa garota nunca teve a intenção de nos magoar, disse ele. Essa garota mudou as nossas vidas, e a gente sentiu falta quando ela foi embora. De qualquer jeito, o que faríamos com aquele berço?

Ele se virou e, depois de olhar diretamente para Maggie Jones, levou a caixa com as roupas da menina para dentro de casa. Vamos nos falando, disse Maggie em voz alta e então voltou para o carro e partiu.

Dentro da casa velha, os dois irmãos e a garota grávida se sentaram à mesa da cozinha. Foi suficiente uma olhada rápida à sua volta para entender que a desordem se restabelecera. Os irmãos McPheron tinham deixado se levar. Havia pinos de engate, argolas de arado, alicates de pressão e molas sujas de graxa abandonadas nas cadeiras que eles não usavam e pilhas de revistas e jornais acumuladas junto à parede. A bancada e a pia continham dias e dias de louça suja.

Harold se levantou para fazer café para ela e esquentou uma lata de sopa no fogão. Você quer nos contar o que aconteceu?, perguntou ele.

Será que podemos esperar até amanhã?, pediu ela.

Sim. Queremos ouvir quando você se sentir pronta.

Obrigada, agradeceu ela.

A casa velha estava silenciosa, dava para ouvir apenas o vento e o som da comida começando a esquentar no fogão a gás.

A gente ficou preocupado com você, disse Raymond. Sentado ao lado dela na mesa, ele a observava. Não sabíamos onde você estava. Não sabíamos o que teríamos feito para você querer ir embora daquele jeito.

Mas vocês não fizeram nada, disse a garota. Não foi por causa de vocês.

Bem. Nós não sabíamos.

Não foi nada com vocês, disse ela. Oh, eu sinto muito. Sinto muito mesmo. Então começou a chorar. As lágrimas escorreriam pelo rosto, e ela tentava enxugá-las, mas não conseguia. Chorava sem emitir nenhum som.

Os dois velhos irmãos olhavam para ela. Está tudo bem, disse Raymond. Está tudo bem agora. Isso não vai mais acontecer. A gente está contente com a sua volta.

Eu não queria criar problemas, disse ela.

Ora, não, disse ele. A gente sabe disso. Está tudo bem. Nem pense nisso agora. Está tudo bem agora. Ele estendeu a mão sobre a mesa e tocou o dorso da mão dela. Foi um gesto desajeitado. Ele não sabia como fazer aquilo. Não se preocupe, disse ele. Agora, que você voltou, a gente está contente. Não se preocupe mais com isso, repetiu.

Ike e Bobby.

Eles estavam no cinema, sentados na primeira fileira com os outros garotos, olhavam na tela os dois rostos virados em três quartos um para o outro com bocas enormes que conversavam enquanto o carro da polícia levava embora uma terceira pessoa; a luz vermelha das sirenes bruxuleante sobre os dois rostos à passagem do carro, e os campos deslizavam no fundo, uma espécie de paisagem onírica soprada para longe por um vento inexplicável. Depois, a música se tornou mais alta, as luzes da sala se acenderam, e eles percorreram com as outras pessoas o corredor entre os assentos até o salão de entrada, saindo para a calçada e mergulhando na noite. Acima dos postes da rua, o céu estava cheio de estrelas brilhantes e sólidas, como pedras brancas espalhadas em um rio. Dentro dos carros estacionados em fila dupla, ao longo da calçada, pais e mães, com os filhos caçulas, esperavam os mais velhos, enquanto os garotos e as garotas do secundário entravam em seus próprios carros barulhentos e logo começavam a percorrer a Main Street para cima e para baixo, buzinando quando cruzavam uns com os outros, como se não se encontrassem havia semanas ou meses.

Os dois garotos viraram para o norte na calçada ampla. Atravessaram a Third Street, ficaram olhando as almofadas de veludo e as cadeiras de balanço de madeira na vitrine da loja de móveis, a redação do *Holt Mercury* e a loja de ferramentas, ambas escuras no lado de dentro, cruzaram a Second Street e passaram o café com as cadeiras viradas nas mesas que haviam acabado de ser arrumadas, e a Coast to Coast, depois uma loja de artigos esportivos e a mercearia; na encruzilhada, atravessaram os trilhos brilhantes do trem, com os silos para cereais que se destacavam ao longe, brancos e sombrios, imensos e imponentes como uma igreja, e depois viraram na direção de casa pela Railroad Street. Seguiram pela rua vazia embaixo das árvores, que estavam começando a se encher de folhas, embora à noite o ar ainda estivesse muito frio, e ainda não haviam chegado à altura da casa da senhora Lynch quando um carro subitamente parou diante deles. Reconheceram imediatamente as três pessoas: o ruivo grandalhão, a loirinha e o segundo garoto, que eles tinham visto à luz bruxuleante das velas, naquele quarto que ficava no final da Railroad Street, cinco meses atrás, no outono.

As garotinhas querem carona?, perguntou o ruivo, que estava ao volante.

Eles olharam para ele. Um lado do rosto dele estava amarelo, iluminado pela luz do painel.

Bobby, disse Ike, vamos.

Eles tentaram atravessar a rua, mas o carro avançou na frente deles.

Vocês não responderam à minha pergunta.

Eles olharam para ele. A gente não quer carona, disse Ike.

Ele se virou e falou com o amigo. Ele disse que eles não querem carona.

Diz para ele que eles não têm escolha, vão ter que aceitar de qualquer jeito. Diz aí.

O ruivo se virou para trás. Ele falou que vocês vão de carona de qualquer jeito. Então como vai ser? Vai chamar o papai? O babaca sabe onde vocês estão?

Russ, disse a menina. Deixa os meninos em paz. Alguém pode ver a gente. Ela estava sentada no banco da frente, entre

os dois garotos, com os cabelos que destacavam o rosto dela como uma moldura de algodão-doce, e estava inclinada para frente, tentando ver o que estava acontecendo. Russ, anda logo, vamos embora.
Ainda não.
Vamos, Russ.
Ainda não, porra!
Quer que eu os arraste para dentro?, perguntou o outro.
Não parece que eles querem entrar.
Deixa que eu pego.
O outro garoto saiu pela outra porta. Ele contornou o carro, e os dois garotos começaram a recuar. Mas, então, o ruivo também saiu do carro. Ele era forte e alto como o pai deles. Estava com a jaqueta da escola.
Bobby, vamos, disse Ike.
Eles se viraram para correr, mas o ruivo os agarrou pelo casaco.
Aonde vocês pensam que vão?
Deixa a gente em paz, disse Ike.
Ele os segurava pela gola do casaco, enquanto gritavam, esperneavam e tentavam se virar para atingi-lo, mas ele os mantinha afastados do corpo, e o outro rapaz agarrou Bobby e torceu-lhe o braço para trás; Ike foi levantado do chão, e foram ambos jogados no banco de trás do carro. Os rapazes entraram na frente. Ike e Bobby ficaram esperando atrás.
É melhor vocês deixarem a gente ir. Melhor vocês pararem logo com isso. A gente não fez nada.
Talvez vocês não tenham feito nada mesmo, seus merdinhas. Mas alguém fez.
Russ, disse a garota, o que você quer fazer? Ela estava virada para trás, olhando para os garotos.
Nada. Só vou levá-los para dar uma volta.
Ela se virou para ele. Uma volta onde?
Cala essa boca. Quando a gente chegar, vocês vão ver.

Um desses bostinhas me chutou, disse o outro rapaz.
Acertou no saco?
Ele bem que queria.
O ruivo engatou a primeira marcha, e o carro arrancou, cantando pneu e jogando cascalho pelo ar. Então, fez um retorno e, ainda cantando pneu, seguiu pela Railroad Street, ainda cantando pneu, entrou na Ash Street e seguiu para o norte por uma estradinha de terra até chegar ao descampado da planície.
Lá fora, pela janela do carro, estava tudo preto e azulado. O feixe de luz dos faróis apontava para a frente na estrada, se abria em leque nas valas de ambos os lados, revelando arbustos, ervas e mourões, e mais além havia apenas as luzes azuladas das fazendas nos campos escuros. No banco da frente, estavam bebendo cerveja. Um dos rapazes bebeu, abriu a janela, jogou a lata fora, soltou um berro e fechou a janela outra vez. Ike e Bobby assistiam a tudo do banco de trás, imóveis como coelhos no mato, à espera, e, em seguida, a garota se virou de novo para eles e olhou bem para os dois, e então tornou a se virar para a frente.
Eles estão com medo, disse ela. São apenas dois garotinhos, Russ. Estão apavorados. Por que você não deixa esses meninos em paz?
Por que você não cala a boca como eu mandei?, retrucou ele. Ele olhou para ela. Que diabos deu em você hoje?
Ele seguiu em frente. O cascalho batia embaixo do carro. Quando alcançaram o topo de um pequeno aclive, o ruivo freou abruptamente e parou o carro. Aqui já está bom, disse.
Ele e o outro rapaz saíram, um de cada lado, inclinaram-se sobre o banco traseiro e puxaram os dois irmãos para fora do carro estacionado no aclive. Não havia mais neve, mas o vento soprava na estrada de terra; de ambos os lados, por trás das cercas de arame farpado, debaixo das artemísias e do capim azul, a grama nova despontava. Tudo estava pálido, frio e parecia escuro e sombrio à luz azulada das estrelas brancas remotas.
Russ, disse a garota.

O que foi?

Russ, você não vai fazer os meninos voltarem a pé daqui, não é?

Vou, sim, disse ele. Não são nem dez quilômetros. E agora cale logo essa boca porque eu já mandei você se calar. Ou será que você quer voltar andando com eles? O que você acha?

Não.

Então não se meta.

Ele olhou para os dois garotos de pé, um ao lado do outro, encostados no carro à espera do destino deles, com os olhos arregalados na noite. O carro ainda estava em ponto morto, e os faróis apontavam para a estrada de terra, mostrando as ripas desiguais das cercas.

As garotinhas sabem onde estão?

Eles olharam para os lados.

A cidade fica para lá, disse ele. Lá onde estão aquelas luzes. Olhem para onde eu estou apontando, porra! Não olhem para mim. Estão vendo? Vocês só precisam andar por esta estrada. Mas é melhor vocês não abrirem o bico para ninguém sobre o que aconteceu esta noite. Não quero nem pensar no que vou fazer com vocês da próxima vez se alguém ficar sabendo.

Os dois irmãos olharam para as luzes da cidade. Então olharam para a garota, imóvel dentro do carro. A porta estava aberta, e a luz do teto estava acesa; ela olhava para eles, mas sua expressão era vazia. Não contariam com nenhuma ajuda da parte dela. Começaram a esperar em seus casacos xadrezes, sem gorro, os rostos pálidos e apavorados.

Vocês ouviram o que eu falei?

A gente ouviu.

Certo. Agora podem ir.

Eles se afastaram do carro e partiram em direção à cidade.

Espera um pouco, disse o outro rapaz. Quer dizer, porra, que era só isso que você ia fazer?

Você tem alguma outra ideia?

Vou pensar em alguma coisa.

Ele ficou olhando para os dois garotos, que começaram a se afastar dele, então agarrou Bobby pela manga do casaco. Esse aqui é o pequeno filho da puta que me chutou. Ele o arrastou até o meio da estrada. Bobby berrava e balançava os braços, tentando chutá-lo, até que o rapaz conseguiu girá-lo e levantá-lo pelas pernas, com o rosto batendo na terra.

Pare com isso, gritou Ike. Solta ele, seu desgraçado.

O ruivo agarrou Ike e o empurrou contra o capô do carro. O outro rapaz se inclinou sobre Bobby e lhe tirou os sapatos, jogando-os para trás no escuro, então arrancou sua calça jeans e atirou para longe, na vala. Depois puxou a cueca de Bobby, tirou-a pelos pés e a jogou para o alto. As pernas brancas de Bobby se agitavam nuas no chão de terra.

Ike se desvencilhou do ruivo e correu contra o outro que estava segurando Bobby, bateu no pescoço dele e o chutou até ser agarrado por trás.

Você está segurando ele?, perguntou o outro rapaz.

Estou, respondeu o ruivo. Está preso aqui.

Então segura firme, porra!

Ele não vai para canto nenhum.

Estou com o outro aqui.

Ele se levantou e ergueu Bobby no ar, segurando-o como se fosse um espécime a ser estudado. Virou-o para a menina no carro.

Quer chupar esse pintinho, Sharlene?

A garota olhou para Bobby, depois olhou para os outros, mas não disse nada.

Debaixo do casaco xadrez, Bobby estava nu da cintura para baixo, as pernas brancas tremendo como duas varas, como se tivessem lhe arrancado a pele. Agora ele estava chorando.

Solta ele, gritou Ike. Deixa ele em paz. Ele lutava contra o ruivo. Seu filho da puta! Ele não fez nada contra você. Por que você não solta ele? Seus filhos da puta desgraçados!

Você ouviu como esse merdinha xinga?, disse o rapaz. Por que você não o obriga a calar essa boca?

Vamos ver se ele não vai calar essa boca agora, disse o ruivo. Ele segurou Ike pelos braços e, de repente, jogou-o de bruços na estrada, ajoelhando-se sobre ele. Ele tirou os sapatos, um por um, e depois a calça, que jogou longe, e puxou-lhe a cueca e a atirou por cima do ombro. Por fim, ele se levantou, pôs Ike de pé e o levou até a frente dos outros.

Ele também não tem nenhum pelo, disse o outro rapaz. Será que alguém nessa família tem pelo? Será que o pai já tem?

Não quero nem ouvir falar sobre aquele filho da puta, disse o ruivo. Empurrou Ike para a frente. Ele agora estava chorando também. Ele se aproximou de Bobby e, juntos, agacharam na estrada. Cobrindo os joelhos com os casacos, eles pareciam dois anões abandonados e deformados, acometidos por uma grande desventura bem no meio da noite em uma estrada de terra, longe de qualquer possibilidade de socorro.

Vamos embora, disse o outro rapaz. Para mim, já chega disso.

A gente está indo, disse o ruivo, olhando para Ike e Bobby.

Mas não se esqueçam do que falei. É melhor que ninguém fique sabendo dessa merda aqui hoje.

Eles ficaram olhando para ele, abaixados na estrada. Sem falar nada.

Vocês me entenderam? Não esqueçam o que eu disse.

Ele e o outro rapaz entraram no carro e foram embora acelerando na noite, levantando um rastro de poeira, e as luzes traseiras foram sumindo até desaparecer na estrada estreita.

Depois, sobrou apenas o barulho do carro. Então fez-se um silêncio total. No céu, as estrelas piscavam, brancas e definidas, miríades, longínquas. O vento ainda soprava.

Você está bem, Bobby? Ele machucou você?

Bobby estremeceu e enxugou os olhos e o nariz com a manga do casaco. Não consigo encontrar meus sapatos, disse ele. Estava descalço sobre a terra fria, procurando. A garota nem tentou ajudar a gente, falou.

Ele não ia deixar.

Mas ela podia pelo menos ter tentado, disse Bobby.

Levaram meia hora até encontrar os sapatos, as calças e as cuecas no escuro. Quando as vestiram, as roupas estavam frias e duras; rumaram para o sul, em direção à aglomeração de luzes de Holt. Elas pareciam muito distantes.

Talvez fosse melhor a gente parar numa dessas fazendas, disse Bobby.

Você quer que todo mundo fique sabendo? Quer contar o que aconteceu?

A gente não precisa contar.

Vamos precisar inventar alguma coisa.

Eles continuaram andando, muito próximos. Dava para enxergar vagamente a estrada, mais clara que as valas de drenagem nos lados.

E todas essas fazendas têm cachorros, disse Ike. Você sabe disso.

Já passava da meia-noite quando eles chegaram à Railroad Street e, então, viraram na familiar entrada de cascalho de casa. Um pouco antes disso, quando ainda estavam na estrada de terra silenciosa, eles tinham avistado os faróis de um carro se aproximando e, achando que era o ruivo e o outro voltando, haviam se agachado na vala, mas depois o carro passara fazendo barulho, salpicando-os de terra e cascalho. A terra estava congelada e tinha um cheiro forte de poeira e mato e, quando o carro passou, eles viram que não eram os dois estudantes. Eram outras pessoas, outro carro, simplesmente alguém que estava voltando para casa. Eles podiam ter acenado e pegado uma carona, mas era tarde demais. Voltaram para a estrada e seguiram em frente. Não conversaram muito.

Continuaram andando. Algumas vezes, ouviam um coiote latindo e uivando, chorando em alguns lugares nos campos, e ouviam que havia bois também a oeste, podiam escutá-los se movendo no escuro, em meio aos estolhos de milho. Mais adiante, as luzes de Holt continuavam parecendo distantes e, quando finalmente alcançaram a cidade, já cansados e com os pés doloridos, passaram por baixo do primeiro poste de esquina.

Quando entraram em casa, o pai não estava. Chamaram, mas não houve resposta. Isso os deixou apavorados outra vez. Trancaram a porta, deixaram os casacos no chão da entrada, subiram e começaram a se lavar na pia do banheiro. Eles olharam para si mesmos, seus rostos estavam marcados de lágrimas e tinham veios de coriza nos narizes, além de um olhar sombrio e estranho. Estavam inclinados sobre a pia quando o pai chegou em casa. Ouviram-no chamar assim que ele entrou. Ike? Bobby? Vocês estão aí?

Eles não responderam.

Tom notou os casacos no chão, subiu correndo a escada e os encontrou no banheiro com os rostos ainda molhados. Então, ambos se viraram para a porta, olhando para o pai como se os tivesse surpreendido em um vergonhoso ritual.

Ele entrou no banheiro. Por que vocês não responderam?, perguntou. Aonde vocês foram? Quando vocês não voltaram para casa depois do cinema, eu saí para procurar vocês. Eu já estava quase telefonando para o Bud Sealy.

Eles continuaram olhando para o pai.

O que foi?, perguntou ele. É melhor que um de vocês me diga logo o que está acontecendo.

Eles não queriam dizer nada. Mas os olhos de Bobby se encheram de lágrimas, que escorreram sem pesar pelas faces, e ele começou a soluçar desesperadamente, como se não conseguisse respirar, chorando, mas sem pronunciar nenhuma palavra.

Qual é o problema?, insistiu Guthrie. Fale. O que houve? Ele pegou uma toalha e enxugou o rosto de Bobby, depois o de Ike. O que houve de tão ruim assim?, perguntou. Ele os levou através do corredor até o quarto, na velha varanda envidraçada, nos fundos da casa, sentou entre eles na cama e os abraçou. Agora me contem qual é o problema. O que aconteceu?

Bobby ainda estava chorando. De vez em quando, ele estremecia. Ambos os garotos lhe davam as costas, olhando para as janelas da face norte.

Ike, disse Guthrie, me conte o que aconteceu.

O garoto balançou a cabeça.

Aconteceu alguma coisa. Vocês estão todos sujos. Olha essa calça. O que foi?

Ike tornou a negar com a cabeça. Ele e o irmão se viraram para a janela.

Ike?, chamou Guthrie.

Por fim, o garoto se virou para ele. Seu rosto parecia desesperado, como se estivesse prestes a explodir. Deixe a gente em paz, gritou ele. Você tem que deixar a gente em paz.

Não vou deixar ninguém em paz, disse Guthrie. Conte logo o que houve.

A gente não pode contar. Ele falou para a gente não contar nada para ninguém.

Quem falou para vocês não contarem?, perguntou Guthrie. Que história é essa?

Aquele grandão ruivo, disse Ike. Ele disse... que era para a gente não contar nada. Você não entendeu?

Guthrie olhou para ele, os olhos do filho estavam vermelhos e brilhantes, mas ele havia parado de falar. Não diria mais nada. Não naquele momento. Estava prestes a chorar novamente e tornou a se virar para a janela.

Guthrie.

Naquela noite, ele ficou sentado com os garotos no quarto até eles dormirem e não quis nem pensar nos sonhos que os filhos poderiam ter. Na manhã seguinte, um domingo, depois de tomar café da manhã e de conversarem sobre a noite precedente no frio e no escuro, os garotos conseguiram contar tudo, porque, à luz do dia, já não estavam mais tão apavorados. Então ele dirigiu até Gum Street, na zona sul de Holt, a parte antiga e mais abastada da cidade. Um bairro agradável com sicômoros, olmos e lódãos, sebes de liláses nos jardins laterais e gramados bem-cuidados, embora, naquele início da primavera, tudo ainda estivesse apenas começando a brotar. Um ou dois quarteirões para oeste, os sinos da igreja metodista começaram a tocar. Depois foi a vez das igrejas católicas, um quarteirão para leste.

Tom desceu da caminhonete, foi até a casa revestida de madeira branca, subiu até a varanda e bateu à porta. Algum tempo depois, a porta se abriu. A senhora Beckman apareceu. Atarracada e corpulenta, ela o acolheu com uma expressão hostil. Usava um vestido simples de algodão e chinelos abertos, e seus cabelos estavam duros de tanto laquê. Ah, é você! O que você quer?

Vá chamar o Russell, disse Guthrie.

Para quê?

Eu preciso conversar com ele.

Ele não tem nada que falar com você. Ela segurava a maçaneta com a mão gorda. Aqui não é a escola. Esta é a minha casa, e você não tem nenhuma autoridade aqui. Por que você simplesmente não dá o fora?

Vá chamá-lo. Preciso falar com ele.

Dóris, uma voz de homem veio de dentro da casa. Fecha essa porra. Está ventando aqui dentro.

É melhor você vir aqui, chamou ela. Ela nem virou a cabeça para falar. Em vez disso, olhou fixamente para Guthrie. Venha aqui fora, gritou.

Quem é?

É ele.

Ouviram-se passos, então o marido apareceu na porta. O que ele quer?

Ele veio atrás do Russel de novo.

Para quê?

Ele não disse.

Guthrie olhou para o casal na porta: Beckman alto e magro e a mulher baixa e gorda; Beckman de camisa branca e calça escura brilhante, segurando uma folha do jornal.

O que você quer agora, Guthrie?

Ontem à noite, o seu filho machucou meus meninos. Eu quero falar com ele sobre isso.

Do que diabos você está falando? É domingo de manhã! Você não pode deixá-lo em paz nem no domingo?

Vá chamá-lo, disse Guthrie.

Beckman olhou bem para Guthrie. Está bem, por Deus, disse ele. Vamos ver que história é essa. Ele se virou para a esposa. Traga o Russ aqui.

Ele ainda está dormindo.

Acorde ele.

Ele não tem direito de vir aqui, disse ela. Que direito ele tem de fazer isso?

Você acha que eu não sei disso? Faça o que eu mandei.

Ela saiu e, no momento seguinte, Beckman voltou para dentro de casa e fechou a porta. Guthrie ficou esperando na varanda. Olhou para a rua e para a calçada, as árvores ao longo da avenida que estavam brotando, as casas grandes, silenciosas e tranquilas do outro lado da rua. Frasier, o vizinho, saiu de sua casa branca com as roupas de domingo, ficou parado nos degraus da varanda, pegou um cigarro e o acendeu. Olhou para os lados, viu Guthrie e acenou para ele, que acenou de volta. A senhora Frasier também saiu, e o marido apontou para ela alguma coisa no canteiro de flores da frente da casa. Eles desceram os degraus da varanda, e ela se abaixou para ver de perto. Ergueu a cabeça, disse algo, e o marido respondeu. Ainda estavam conversando calmamente quando Beckman apareceu de novo na varanda. O filho veio atrás e, em seguida, a senhora Beckman. Ficaram parados na varanda iluminada e fresca. Guthrie olhou fixamente para eles. O rapaz vestia calça jeans e camiseta e estava descalço. Tinha acabado de acordar.

Então, disse Beckman, dirigindo-se a Guthrie. Agora fale na nossa frente do que se trata. O que foi que você disse que aconteceu?

Guthrie falou diretamente para o garoto. Sua voz saiu tensa e seca. Agora você passou do limite. Você machucou meus garotos. Você e aquele outro rapaz, Murphy. Ontem à noite, vocês os levaram à força para o meio dos campos e os assustaram e, depois, acharam que era uma boa ideia arrancar as calças deles e deixá-los lá para voltarem andando para casa. Eles são apenas crianças. Só têm nove e dez anos. Eles não fizeram nada contra você. Eles me contaram. Você é só um covarde, está claro? Se você tem algum problema comigo, resolva comigo. Mas deixe os garotos fora disso.

Que história é essa?, indagou Beckman. Do que ele está falando? Você sabe?

Não sei do que ele está falando, disse o rapaz. Não faço

ideia do que diabos ele está falando. Ele está falando besteiras, como sempre. Eu nem conheço os filhos dele.

Ah, conhece, sim, disse Guthrie. Agora ele mal conseguia falar. Sua voz soou agitada até para ele mesmo, quase descontrolada. Você está mentindo de novo. Você sabe muito bem do que eu estou falando.

Eu não conheço os filhos dele, repetiu o garoto. Eu não os reconheceria nem mesmo se eles estivessem aqui na minha frente. Ele está sempre criando caso comigo. Tirem esse cara daqui.

Seu desgraçado, disse Guthrie. Você está mentindo de novo. Então falar não é mais suficiente. Guthrie foi para cima do rapaz e o agarrou pela gola da camiseta. Seu desgraçado, filho de uma puta. Não se aproxime dos meus filhos. Ele jogou o menino de costas contra a parede da frente da casa, com os punhos embaixo de seu queixo. Se você encostar a mão neles de novo...

Naquele momento, Beckman também interveio. Ele agarrou Guthrie pelos braços. Solta ele, começou a berrar. Solta.

Estou avisando, gritou Guthrie, com a voz tensa e estridente, o rosto a poucos centímetros do rapaz. Seu desgraçado! Ele empurrou a cabeça do garoto contra a parede da casa outra vez, seus olhos arregalados pelo medo, pela surpresa e pela raiva; e, com o punho cerrado, Guthrie mantinha o queixo do garoto levantado, fazendo a cabeça dele se inclinar para trás; o garoto estava na ponta dos pés, suas mãos tentando soltar os punhos de Guthrie.

Solta ele, para!, berrou Beckman. A esposa estava estapeando as costas de Guthrie, puxando sua jaqueta. Gritava algo incompreensível, não chegavam a ser palavras, apenas um ruído agudo e enfurecido. Beckman ainda estava sacudindo os braços de Guthrie, então parou, afastou-se, acertou um soco de lado no rosto de Guthrie, que então caiu, arrastando o garoto consigo. Os óculos de Guthrie entortaram. Beckman se inclinou sobre ele e tornou a socá-lo acima da orelha.

Os vizinhos, os Frasier assistiam à cena. A senhora Frasier entrou correndo em casa e chamou a polícia, e o marido atravessou correndo o jardim que separava as duas casas. Já chega, gritou ele. Já chega, parem com isso.

Guthrie se levantou e empurrou o garoto para longe, e Beckman se atirou novamente sobre ele, atingindo-o com socos a esmo; Guthrie se esquivou do braço dele e, mirando bem na abertura da camisa branca, socou-o na garganta. Beckman caiu de costas, sem fôlego. A esposa deu um grito e tentou ajudá-lo, mas ele a empurrou. O garoto se atirou em cima de Guthrie pelo lado, com a cabeça baixa, e o empurrou para trás. Eles acabaram se chocando contra a amurada da varanda, e Guthrie sentiu um estalo no flanco, depois caiu no chão, e o garoto foi para cima dele.

Guthrie continuou lutando com o garoto, e Beckman, que se recuperara e voltara, inclinando-se sobre o filho, encontrou uma brecha para socar o rosto de Guthrie, que soltou o garoto. Então pai e filho o atacaram juntos, para lhe dar uma lição, enquanto ele tentava se virar. Quando pararam, a senhora Beckman correu até ele e o chutou nas costas. Guthrie se virou para ela e, quando ela tentou chutar de novo, segurou-a pelo pé, fazendo-a bater violentamente o traseiro no chão; o vestido levantou até as coxas, e ela ficou sentada gritando, até que o marido a levantou, segurando-a por baixo dos braços, e a pôs de pé, mandando que calasse a boca. Ela se recompôs e ajeitou o vestido. Guthrie ficou de joelhos, depois de pé. Seu rosto estava sujo de sangue, que escorria do nariz e de um corte acima do olho. O bolso da jaqueta havia rasgado e pendia como uma língua solta. Ele arquejava. Quase não conseguia abrir um olho de tão inchado e sentia dor onde batera, na amurada da varanda. Procurou os óculos, mas não encontrou.

Ei, disse Frasier. Já chega. Não é assim que se resolvem as coisas.

Guthrie, é melhor você dar o fora daqui, disse Beckman. Estou avisando.

Seu filho da puta, disse Guthrie, ofegante.

É melhor você ir embora. Você vai apanhar de novo.

Você fala para esse garoto...

Não vou falar coisa nenhuma. Deixa ele em paz.

Guthrie olhou para ele. Você fala para ele que é bom nunca mais encostar a mão nos meus filhos. Vocês todos estão avisados.

Espere aí, disse Frasier. Agora, escutem.

De repente, na rua, o carro azul do xerife Bud Sealy parou, e ele saiu às pressas na direção da casa, deixando a porta aberta. Era um homem pesado, de pele avermelhada e barrigudo. O que está acontecendo aqui?, perguntou. Não me parece uma reunião de amigos da igreja. Ele subiu até a varanda e ficou olhando para eles. O que houve? Quem vai me contar?

Guthrie agrediu meu filho, acusou Beckman. Veio aqui hoje para criar confusão, contando um monte de mentiras sobre os filhos dele. Ele chamou meu filho aqui e o atacou. Mas a gente deu um jeito nele.

Foi isso mesmo, Tom? Foi isso que aconteceu?

Guthrie não respondeu. Ainda estava olhando para os Beckman.

Nunca mais encoste a mão neles, disse Guthrie. Essa é a última vez que eu falo isso para você.

Eu sou obrigado a ouvir isso?, perguntou Beckman ao xerife. Estou na minha casa. Não sou obrigado a ouvir essas merdas na minha varanda.

Vamos fazer o seguinte, disse Bud Sealy. É melhor os três virem comigo até a delegacia. E nós vamos resolver a questão. Tom, é melhor você vir no meu carro. E, Beckman, você e o rapaz, venham atrás de mim no seu carro.

E eu?, perguntou a senhora Beckman. Ele me atacou também.

A senhora vem também, disse o xerife. No carro, com eles.

Os McPheron.

Na manhã seguinte, ela começou a contar sobre Dwayne, que tinha ido buscá-la na escola, e ela entrara no carro dele e partira para Denver sem saber o porquê, esperando que as coisas fossem de um jeito, mas depois foram de outro; e sobre como havia sido sua vida em Denver naquele pequeno apartamento, no segundo andar. Os irmãos McPheron a escutaram, olhando para ela o tempo todo. E depois do café da manhã eles saíram para alimentar os animais e então voltaram para casa, lavaram-se, puseram seus chapéus Bailey novos e a levaram até a cidade, para ver o doutor Martin.

No caminho, ela contou o que ainda não havia contado nas duas horas anteriores, quando estavam sentados à mesa da cozinha. Ela disse que tinha ido a uma festa com ele e que se deixara levar e bebera demais, e então parou de falar e ficou quieta, no meio dos dois velhos na caminhonete, com as mãos unidas em concha sobre a barriga, como se a estivesse segurando ou protegendo.

Você fez isso mesmo?, perguntaram.

Fiz, respondeu, eu fiz. Sem aviso, seus olhos se encheram de lágrimas, escorrendo pelo seu rosto, e ela olhou bem para a frente, acima do painel, na direção da estrada.

E tem mais alguma coisa, Victoria?, perguntou Raymond. Parece que tem.

Sim, respondeu ela.

O que é?
Eu fumei um baseado.
Isso é maconha?
É, e eu não me lembro de nada que fiz depois. No dia seguinte, não me lembrava de nada e acordei com arranhões e hematomas pelo corpo e não sei como me machuquei daquele jeito.
E isso aconteceu outras vezes? Você foi para festas com ele?
Não. Foi só dessa vez. Mas eu estou com medo. Estou com medo de isso ter causado alguma coisa ao bebê.
Oh. Bem.O que você acha?
Bem, eu não sei. Acho que não.
Acho que não, disse Raymond. Uma vez, uma novilha prenha engoliu, não se sabe como, um pedaço de arame farpado e não se machucou, nem ela nem o bezerro.
Sério?
Sim, senhora.
Não aconteceu nada? Você está falando a verdade?
Estou. Nenhum dos dois teve problemas.
Ela ficou olhando para ele por algum tempo, e Raymond devolveu o olhar, simplesmente assentindo uma ou duas vezes.
Obrigada. Ela enxugou o rosto e os olhos. Obrigada por me dizer isso.
Era uma novilha, pelo que me lembro, disse Raymond. Bem grande.
Eles prosseguiram. Chegaram à clínica ao lado do hospital de Holt. Era um dia claro de primavera, com um céu puro e azul como porcelana chinesa. Na clínica, a garota disse quem era e o que fora fazer ali à mulher de meia-idade atrás da recepção.
Faz meses que você não aparece por aqui, repreendeu a mulher.
Eu não estava na cidade.

Pode se sentar, disse a moça.

Ela se sentou na sala de espera com os irmãos McPheron, que ficaram esperando com ela sem falar muito, porque havia outras pessoas na sala e, cerca de uma hora depois, ainda estavam aguardando.

Harold se virou para olhar para a garota, depois abruptamente se levantou e foi até o guichê para falar com a mulher pelo vidro.

Acho que você não entendeu o que a gente veio fazer aqui.

Como?, disse a mulher.

Essa garota veio ver o médico.

Eu sei.

A gente já está aqui há uma hora, disse Harold. Vá dizer isso a ele.

Vocês têm que esperar sua vez.

Não. Eu vou esperar aqui mesmo. Até você avisar ao doutor. Diga que já estamos aqui há uma hora. Vá logo.

A mulher o encarou, incrédula e ofendida; ele a encarou de volta, então ela se levantou e foi até o corredor dos consultórios e, logo em seguida, voltou e disse: Ela é a próxima.

Agora sim, disse Harold. Não é o ideal, mas já melhorou.

Ele tornou a se sentar. Então chamaram a garota, e os dois irmãos a observaram se levantar e sair da sala.

Eles ficaram sentados, esperando que ela voltasse. Cinco minutos depois que ela saiu, Harold se inclinou de lado na direção do irmão e sussurrou: Agora você vai me explicar, que história é essa que você contou na caminhonete?

Que história?, perguntou Raymond.

Da novilha que comeu arame farpado. De onde diabos você tirou isso? Não me lembro de nada disso.

Eu inventei.

Ah, você inventou, disse Harold. Ele olhou para o irmão, que observava o corredor. O que mais você vai inventar?

O que for preciso.

Como assim?
E também vou falar com o médico quando a Victoria sair.
Falar sobre o quê?
Quero fazer algumas perguntas a ele.
Então eu vou com você, disse Harold.
Faça como quiser, disse Raymond. Eu sei o que estou fazendo.

Eles esperaram. Ficaram sentados rígidos nas cadeiras, sem ler nada nem falar com ninguém, simplesmente olhando para a janela e mexendo as mãos, com seus melhores chapéus ainda na cabeça, como se estivessem ao ar livre em um dia sem vento. Outras pessoas chegaram e saíram da sala de espera. A luz do sol que entrava pela janela deslocava-se no piso sem que ninguém prestasse atenção. Meia hora depois, a garota saiu sozinha e foi caminhando até eles com um sorriso hesitante no rosto. Eles se levantaram.

Deve nascer em duas semanas, avisou ela.
É mesmo?
Sim.
E o que mais ele disse?
Ele disse que está tudo bem. Comigo e com o bebê.
Que bom, falou Raymond. Isso é muito bom. Agora você pode esperar na caminhonete?
Por quê? Vocês não vão também?
Vá na frente, se quiser. Não vai demorar.

Ela saiu, e os irmãos McPheron voltaram, um atrás do outro, passando pela mulher de meia-idade, que continuava sentada na recepção. Quando ela viu que eles avançavam pelo corredor sem permissão, levantou-se e correu atrás deles, chamando-os, perguntando que intenções tinham, pois não tinham autorização para entrar ali, eles não sabiam disso? Mas eles prosseguiram, como se não a ouvissem ou não se importassem com o que ela estava dizendo; enfiaram a cabeça em todas as portas abertas do corredor e abriram duas ou três que estavam fechadas, deparando com pacientes surpresas, que depois também saíram para o corredor, observando-os chocadas, espantadas. No final do corredor, os McPheron chegaram a uma porta fechada, atrás da qual ouviram o velho doutor Martin atendendo uma paciente. Ficaram escutando do outro lado da porta por um instante, com as cabeças erguidas, em uma atitude de concentração embaixo de seus chapéus brancos. Então, Raymond bateu à porta uma vez e a abriu.

Venha aqui, disse ele. Precisamos falar com você.

Santo Deus! O que está acontecendo?, gritou o velho médico. Saiam já daqui.

A mulher cujo coração ele auscultava fechou rapidamente o avental de papel e olhou para eles, com os seios flácidos pressionados contra o material fino.

Venha aqui fora, repetiu Raymond. Harold ficou atrás dele, olhando por cima do ombro do irmão. A mulher da recepção havia parado atrás de Harold, ainda reclamando e protestando, falando bem alto. Eles não prestaram a mínima atenção a ela. O médico, que vestia um belo terno azul, a camisa de um branco imaculado e uma gravata-borboleta com um nó impecável, saiu do consultório e fechou a porta. Seus olhos faiscavam de fúria por trás dos óculos sem armação.

O que vocês pensam que estão fazendo?, disse ele.

A gente quer falar com você, respondeu Raymond.

Não dava para esperar?

Não, senhor, não dava.

Pois então, está bem. Diga logo. Do que se trata?

Ela não tem nada a ver com isso, disse Raymond, apontando para a recepcionista.

O velho médico se virou para ela e disse: Pode voltar à recepção, senhora Barnes. Eu cuido disso.

Não foi culpa minha, esquivou-se ela. Eles foram entrando aqui sozinhos. Eu não autorizei.

Eu sei. Pode voltar para o seu posto.

Ela se virou e foi embora, e o médico conduziu os irmãos McPheron a um consultório vazio na porta ao lado.

Imagino que vocês não queiram se sentar como pessoas civilizadas, disse ele.

Não precisa.

Foi o que pensei. Muito bem. O que vocês queriam discutir comigo?

Ela está bem?, perguntou Raymond.

Quem?

Victoria Roubideaux.

Ah, sim, ela está bem, respondeu o médico.

Aquele rapaz não fez bem para ela.

Você está falando do rapaz de Denver, suponho.

Sim. Aquele desgraçado filho da puta!

Ela me contou sobre ele. Ela disse o que aconteceu lá. Mas, pelo visto, está tudo bem com ela.

É bom que ele não tenha causado nenhum dano permanente, disse Raymond. Quanto ao senhor, doutor, eu o aconselho a não cometer erros.

Não adianta me ameaçar, falou o velho médico.

Só estou avisando. É melhor que dê tudo certo. Essa garota já teve problemas demais.

Farei tudo o que puder. Mas nem tudo depende de mim.

Algumas coisas dependem, sim.

E é melhor você não ficar tão tenso, aconselhou o médico.

Eu estou tenso, disse Raymond, e vou continuar assim até esse bebê nascer perfeito e saudável, e a garota estar recuperada. Agora repita para a gente tudo o que você falou para ela.

Ike e Bobby.

Numa tarde de domingo em que Guthrie estava passeando de caminhonete com Maggie Jones pelas estradas desertas do interior, os dois irmãos vagueavam pela casa, de quarto em quarto, sem saber o que queriam fazer. Foram para o andar de cima, para o quarto de Guthrie e da mãe, na parte da frente da casa, e inspecionaram as coisas que pertenciam aos pais, um exame minucioso dos objetos acumulados ao longo dos anos, a maioria coisas compradas e reunidas antes de os garotos nascerem: fotografias, roupas, gavetas de roupa íntima, uma caixa com alfinetes de gravata, antigos relógios de bolso, uma ponta de flecha de obsidiana, chocalhos de cobra e uma medalha de atletismo. Depois puseram a caixa de volta e saíram do quarto para o corredor, até o quarto de hóspedes, onde ainda havia coisas da mãe, e as pegaram, cheiraram e manusearam, experimentaram um de seus braceletes de prata e, por fim, foram para o próprio quarto, nos fundos da casa, e viram de lá a casa do velho vizinho e a construção abandonada a oeste, no fim da Railroad Street, e, mais além, os espaços abertos, a clareira das feiras agrícolas com as arquibancadas pintadas de branco e vazias ao norte, além do pasto, atrás do estábulo. Em seguida, desceram para o andar de baixo, saíram e montaram em suas bicicletas.

Mais uma vez, eles foram até o apartamento da Main Street, percorreram o corredor escuro e pararam em frente à última porta. Ela já havia retirado o *Denver News* que eles tinham deixado no capacho de manhã cedo, mas, quando eles bateram, ninguém atendeu. Pegaram a chave que ela lhes dera meses antes, quando foram ao mercado, quando ela falou: *Vou deixar com vocês em confiança*. Usaram a chave e entraram. Ela, a velha senhora Iva Stearns, estava sentada na sala em sua poltrona estofada encostada na parede. Sua cabeça estava caída de lado sobre o ombro de seu vestido azul de algodão. Como sempre, a sala estava quente demais, abafada como o quarto de alguém que está doente, e, como de costume, abarrotada com amontoados de coisas que ela acumulava.

Da entrada, Ike chamou: Senhora Stearns?

Ela não respondeu. Eles se aproximaram. Um cigarro havia se queimado até o fim no cinzeiro sobre o braço largo da poltrona. Uma cinza branca, fria.

Senhora Stearns. Somos nós.

Eles ficaram parados na frente dela. Ike, que se aproximara ainda mais e tocara seu braço fino para acordá-la, tirou a mão de repente, como se tivessem lhe batido ou queimado. O braço dela estava frio e duro. Era como se a pele tivesse sido esticada em uma armação de madeira ou varetas de ferro em pleno inverno, de tão rígida e gelada que estava.

Encosta nela, disse Ike.

Por quê?

Encosta.

Bobby se esticou para a frente e tocou no braço dela. Imediatamente, tirou a mão e a enfiou no bolso da calça.

Os dois garotos ficaram olhando para Iva Stearns por um bom tempo, em pé, diante daquela figura prostrada, silenciosa e imóvel, naquela sala exageradamente aquecida e tranquila, o cheiro de cigarro e poeira que ainda pairava no ar, e os rumores da rua que chegavam em casa abafados, como depois que se percorre uma longa distância. Nas horas transcorridas depois que ela parara de respirar, antes que eles a encontrassem, os traços da velha senhora haviam encolhido, e agora seu nariz parecia maior, mais fino e duro, brilhante e branco no meio do rosto, enquanto os olhos pareciam totalmente afundados atrás dos óculos. As velhas mãos cheias de sardas e veias azuis estavam ainda firmemente entrelaçadas em seu colo, numa espécie de inatividade muda e terrível, tão duras e silenciosas quanto raízes desenterradas de uma árvore.

Quero tocar nela outra vez, disse Ike.
Ele a tocou. Sentiu o braço dela, por mais tempo desta vez.
Então Bobby também a tocou.
Tudo bem, disse Ike. Você está pronto?
Bobby assentiu.

Eles saíram do apartamento, fecharam a porta, então pedalaram de volta para casa, deixaram as bicicletas no lado de fora e foram até o estábulo, onde selaram Easter.

E assim, no meio da tarde daquela primavera, montaram o cavalo e, como viajantes do vasto mundo, Bobby na sela e Ike atrás, afastaram-se.

Quando o sol se pôs, eles estavam a quase vinte quilômetros ao sul de Holt.

Ainda não haviam encontrado a estrada que estavam procurando. Eles tinham se afastado de casa e, depois de vaguear pela cidade, seguiram pela via de mão dupla, em direção ao sul, passando pelas valas e cercas; a égua avançando sobre o mato seco e a relva da primavera, de cabeça erguida, nervosa e agitada com o trânsito da estrada. Enquanto cavalgavam sob o sol poente, os carros passavam correndo, às vezes alguém buzinava ou então gritava e acenava para eles, e três grandes caminhões rugiram bem junto a eles, empurrando-os contra as cercas de arame farpado, assustando a égua, que, se eles não a tivessem segurado firme, teria disparado para frente. No entanto, em vez disso, limitou-se a dar um pulinho para o lado, agitando a cabeça para depois prosseguir normalmente.

Quando anoiteceu, eles se deram conta de que tinham ido longe demais e que, de alguma maneira, haviam passado, sem perceber, a estrada que queriam pegar. Eram todas tão parecidas entre si que eles não conseguiram reconhecer aquela que procuravam. Por fim, pararam em um rancho na beira da pista. Ike apeou e foi até a porta da casa para pedir uma orientação.

O homem na porta, de chinelos, calça escura e a camisa branca do domingo, segurava um jornal. Vocês não querem entrar, meu filho?, perguntou.

A gente precisar chegar lá logo.

Em casa?

Sim, senhor.

Bem.

O senhor sabe dizer como a gente chega daqui? A gente perdeu a entrada.

Vocês passaram, respondeu ele. Vocês precisam voltar uns três quilômetros até um bívio e virar. Há uma estrada depois de dois quilômetros, não peguem essa, mas a seguinte. Então, ele explicou a Ike como reconhecer o lugar. Você vai se lembrar?, perguntou.

Ike assentiu.

Vocês têm certeza de que não querem entrar?

Não. A gente precisa ir.

Está bem. Mas cuidado quando chegarem à estrada.

Ike voltou até o irmão, sentado imóvel na sela ali embaixo das árvores com as folhas novas. Bobby, então, tirou o pé do estribo, Ike montou, e eles foram embora do rancho. Voltaram para o norte pela beira da pista, com os faróis dos carros que passavam em alta velocidade na escuridão cada vez maior; as luzes se tornavam cada vez maiores e mais intensas até ofuscá-los para, em seguida, passar velozes como trens desgovernados rumo ao inferno, enquanto Easter, na vala onde eles a tinham conduzido, porque era a única maneira de segurá-la, começava a pular, dançar e se retrair, como se fosse saltar. Enfim, levaram-na para o asfalto, aproveitando que nenhum carro estava passando, seguiram um trecho pela pista; o animal chacoalhando e depois galopando, finalmente à vontade, passaram a primeira entrada que encontraram e depois viraram na seguinte. Na estrada de terra, reduziram o ritmo para permitir que a égua tomasse fôlego.

Ele falou mais uns onze quilômetros daqui, relembrou Ike. Depois, quando chegar lá na trilha, é para sair da estrada, do lado de uma caixa de correio. A gente vai ver um cedro e uma casa um pouco afastada da estrada. Diz que tem um estábulo, uma baia coberta e um curral.

Agora estava completamente escuro e, quando o sol se pôs, o frio voltou. Seguiram em frente pelos campos planos, iluminados pelas estrelas. Ouviam o gado à sua direita. Quando encontraram a caixa de correio e o caminho de terra, já eram umas dez e meia da noite.

Não estou vendo cedro nenhum, disse Bobby. Não falou que era um cedro?

Ele disse que só quando chegar mais perto do curral, do lado da garagem.

Não consigo ler o nome na caixa de correio.

Mas essa parece a trilha que ele falou, aquela que ia até o lugar. Até aquela luz acesa no poste da fazenda.

E o que você quer fazer?

A gente vai tentar. Não temos outra escolha. Já está tarde.

Eles tocaram a égua e viraram na trilha em mau estado. Ela havia suado, secado e suado de novo, e os garotos a deixaram seguir no seu ritmo até a casa, onde havia escuridão total, exceto pela luz acesa no alto do poste do quintal. Quando chegaram à entrada, o velho cachorro veio latindo da garagem e parou com as patas tensas sobre o cascalho.

Os garotos desmontaram e amarraram Easter no mourão do chiqueiro, então o cachorro veio e os farejou, pareceu reconhecê-los, começou a lambê-los, e então eles entraram pelo portão de arame e foram até a casa, subiram os degraus da varanda e bateram à porta. Pouco depois uma luz se acendeu na cozinha. Então alguém veio atender: uma garota de camisola. Eles não sabiam quem era. Acharam que talvez, de algum modo, estivessem na casa errada. A garota parecia pesada e deformada, como se houvesse algo de errado com ela; ficava segurando a barriga, que era enorme e fazia esticar o tecido fino da camisola. Eles se deram conta de que já a haviam visto antes na cidade, mas não faziam ideia de como se chamava, e estavam quase se virando para ir embora sem falar nada quando os irmãos McPheron apareceram atrás dela na porta.

Ora, ora, que diabos?, disse Harold. O que está acontecendo?

O que temos aqui?, perguntou Raymond. Os filhos de Guthrie?

Os dois velhos estavam com pijamas listrados de flanela e os cabelos curtos espetados como escovas de aço. Já tinham ido dormir.

Sim, senhor, confirmou Ike.

Ora, garotos, que diabo, disse Harold, entrem, entrem. O que vocês estão fazendo? Aquele é o cavalo de vocês?

É sim, senhor.

Vocês vieram até aqui a cavalo?

Viemos.

Quem mais veio com vocês? Seu pai veio junto?

Não veio ninguém. Só nós dois.

Que diabos, garotos, é uma longa cavalgada! Vocês se perderam?

Não, senhor.

Vocês simplesmente resolveram sair a cavalo no domingo à noite. Foi isso?

A gente pensou que podia vir aqui visitar vocês, explicou Bobby.

Sério?, disse Harold. Ele estudou seus rostos sérios e silenciosos. Vocês queriam ver a gente por alguma razão específica?

Não.

Nada de especial. É só isso? Bem, que bom! Acho que é isso então. É melhor vocês entrarem logo, não é?

Nossa égua pode ficar aí fora?, perguntou Ike.

Ela está bem presa para não fugir?

Está sim, senhor.

Então tudo bem, acho. Daqui a pouco, a gente vem espiar como ela está.

Ela ficou suada na pista e depois na estrada também.

Entendi. Daqui a pouco vamos secá-la. Mas agora venham, entrem.

Acharam a cozinha muito quente e cheia de luz, depois de tanto tempo passado no escuro. Ficaram em pé, ao lado da mesa, sem saber o que fazer agora que haviam chegado.

Então, pela primeira vez, a garota disse alguma coisa. Vocês não querem sentar?, disse. Sua voz soava gentil. Olharam para ela, e sob a luz puderam ver que era da escola secundária, um pouco mais velha que eles, mas que estava com a barriga muito grande. Já sabiam o suficiente para entender que estava grávida, mas olhar para ela os deixava sem jeito. Sem falar uma palavra, eles puxaram duas cadeiras e se sentaram.

Vocês devem estar cansados, disse a garota. Vocês comeram algo? Aposto que estão com fome, né?

Já faz algum tempo que a gente comeu, disse Ike.

Quando?

Hoje cedo, respondeu. No almoço.

Então devem estar morrendo de fome, concluiu ela. Vou fazer alguma coisa para vocês comerem.

Pelo visto, ela conhecia bem o ofício de cozinhar. O garotos ficaram sentados à mesa, observando aquela menina de cabelo preto e uma barriga enorme, mas evitando o olhar dela; sempre que ela se virava para eles, os garotos desviavam o olhar. Para esquentar a comida, ela se movia da geladeira ao fogão, e vice-versa. Quando o jantar ficou pronto, ela o serviu na mesa de madeira: carne com batata, milho em lata esquentado, copos de leite e um prato de pão com manteiga. Vamos, comam, disse ela. Sirvam-se.

Vocês não vão comer?, perguntou Ike.

Já jantamos faz horas. Vou me sentar aqui com vocês, se vocês quiserem. Talvez eu tome um copo de leite, respondeu ela.

Enquanto os garotos comiam, Harold saiu para ver a égua.

Ele a levou até o curral e deixou que bebesse do bebedouro, depois levou-a até a baia, tirou a sela, enxugou-a com um saco de juta, deu-lhe ração e deixou a porta entreaberta, para que ela pudesse voltar a beber se ficasse com sede.

Enquanto isso, Raymond foi até o outro aposento para pegar o telefone e o puxou pelo longo fio até a sala, fazendo uma ligação. Tom?, disse em voz baixa e serena.

Sim?

Eles estão aqui com a gente.

Ike e Bobby?

Pelo amor de Deus, Tom, eles chegaram aqui a cavalo. O caminho inteiro até aqui.

Sabia que eles tinham ido a cavalo. Mandei a polícia procurá-los, explicou Guthrie. Não sabia para onde eles tinham ido. Estava muito preocupado mesmo.

Bem. Mas agora eles estão aqui.

Eles estão bem?

Parece que sim. Acho que estão. Mas eles parecem um pouco assustados, muito calados.

Estou indo para aí.

Tom, disse o velho. Ele olhou para a cozinha, onde os dois meninos estavam sentados à mesa com Victoria. Ela estava

falando, e ambos a observavam com atenção. Pensei melhor, será que você não quer deixá-los passar a noite aqui?, completou.
 Aí com vocês?
 Isso mesmo.
 Mas por quê?
 Acho que é melhor.
 Como assim, melhor?
 Bem. Como eu disse, eles parecem um pouco assustados.
 Houve silêncio do outro lado da linha.
 Você poderia vir buscá-los amanhã, sugeriu Raymond. Você vai precisar trazer uma carreta para a égua.
 Deixa eu pensar um pouco, disse Guthrie. Você pode esperar um minuto?
 Ele ouviu Guthrie conversando com alguém ao fundo.
 Algum tempo depois, ele voltou.
 Acho que tudo bem, concordou Guthrie. Estou com a Maggie Jones aqui, e ela acha que você tem razão. Amanhã de manhã, eu passo aí.
 Certo. Então nos vemos amanhã.
 Mas avise aos garotos que você falou comigo, pediu Guthrie, e que amanhã bem cedo eu vou buscá-los.
 Aviso, sim. Raymond desligou e voltou para a cozinha.

 Quando os garotos terminaram de comer, Victoria fez uma cama com cobertores na sala. Os irmãos McPheron tiraram as poltronas reclináveis do caminho, ela abriu dois cobertores grossos no piso de madeira, trouxe dois travesseiros e disse: Eu estarei aqui do lado, garotos. Caso precisem de alguma coisa.
 Vocês vão ficar bem aqui?, perguntou Harold.
 Sim, senhor.
 Se precisarem de qualquer coisa, é só gritar.
 Gritem bem alto, brincou Raymond. A gente não escuta muito bem.

Agora, vocês precisam de mais alguma coisa?, perguntou Harold.

Não, senhor.

Então é isso. Acho melhor irmos dormir. Já está ficando tarde. Tenho que dizer que tivemos nossa cota de agitação por uma noite.

A garota voltou para o quarto ao lado da sala de jantar, e os irmãos McPheron subiram. Depois que eles saíram, os dois garotos tiraram os sapatos e os guardaram juntos no chão em frente à televisão, tiraram as calças e, então, deitaram-se de camisa e cueca nos cobertores; deitados no chão, ficaram olhando para a luz que o poste do quintal projetava sobre o papel de parede e o forro.

Parece que ela vai ter dois bebês de uma vez, comentou Bobby.

Pode ser.

Ela é casada com eles?

Com quem?

Com eles. Esses velhinhos.

Não, disse Ike.

Então, o que ela está fazendo aqui com eles?

Não sei. O que a gente está fazendo aqui?

Os dois olharam para a luz pálida refletida no teto e estudaram o padrão esmaecido do velho papel de parede. Ele cobria todas as paredes, em alguns lugares havia manchas de umidade. Depois de algum tempo, eles fecharam os olhos. Então a respiração deles se tornou profunda, e adormeceram.

No dia seguinte, Guthrie apareceu na fazenda dos McPheron logo cedo pela manhã e, quando os dois garotos terminaram o farto café da manhã à base de presunto e ovos, que a garota lhes preparara, já havia carregado a égua na carreta.

Na volta para a cidade, Guthrie disse: fiquei com saudades. Fiquei preocupado quando não encontrei vocês dois.

Eles não falaram nada.

Vocês estão bem hoje?

Eles assentiram.

Estão mesmo?

Sim.

Muito bem. Mas nunca mais façam isso. Ele olhou para eles sentados a seu lado na caminhonete. Seus rostos estavam pálidos e calados. Ele mudou o tom. Por favor, não façam mais isso, disse olhando para eles. Nunca mais desapareçam desse jeito.

Papai, disse Ike, a senhora Stearns morreu.

Quem?

A velhinha da Main Street. Na casa dela.

Como vocês sabem?

A gente viu ontem. Ela estava morta.

Vocês contaram a alguém?

Não. A gente está contando para você.

Mas é melhor alguém fazer alguma coisa, disse Bobby. É melhor alguém ir lá cuidar dela.

Assim que chegarmos à cidade, vou ligar para alguém, disse Guthrie.

Eles seguiam para a cidade pela estrada. Algum tempo depois, Ike disse: escuta, papai...

Sim?

A mamãe nunca mais vai voltar para casa?

Não, disse Guthrie. Ele pensou um pouco. Acho que não.

Mas ela deixou as coisas dela, as joias.

É verdade, falou Guthrie. Vamos levar para ela.

Ela vai querer usar, disse Bobby.

Victoria Roubideaux.

Começaram por volta do meio-dia. Era uma terça-feira. O parto foi por volta do meio-dia da quarta, de modo que foram doze horas a mais do que o velho médico previra. Mas, naquela terça, quando as contrações começaram, não estavam fortes, e ela nem tinha certeza do que eram, só sabia que havia sentido dor nas costas, que depois tinha passado para a frente, mas, nas horas seguintes, voltou com mais intensidade, e ela começou a ter mais certeza, e então ficou ao mesmo tempo apavorada e orgulhosa, além de contente.

Mas ela não fez nenhum alarde. Queria fazer aquilo da forma correta. Não queria que a apreensão excessiva ou a emotividade a traísse. Por isso, na hora, não disse nada aos velhos irmãos McPheron, que ficaram fora a tarde inteira trabalhando com o gado nos currais, conferindo os novos pares de vacas e bezerros na tepidez e na luz daquela tarde de final de primavera.

Nas duas últimas semanas, desde que a tinham levado ao médico, os irmãos evitavam ficar longe de casa, arrumando sempre algo para fazer no estábulo ou nos currais, e, quando os dois não conseguiam ficar por perto, um deles sempre ficava nos arredores, perto o suficiente para ouvir se a garota chamasse por socorro.

Então, nessa terça-feira, durante aquelas horas de incerteza, ela ficara entrando e saindo de seu pequeno quarto a tarde inteira, mantendo-se ocupada com o berço, os lençóis novos e as mantas, movendo-se pelo quartinho bonito, arrumando o que não estava desarrumado, ajeitando o que já estava ajeitado, tirando pó de onde não juntava pó desde que voltara de Denver.

Àquela altura, estava tudo pronto, e ela já fizera e desfizera as malas pelo menos duas vezes com tudo que precisaria levar para o hospital em sua bolsa de viagem, incluindo uma camisola, fraldas e roupas de bebê, tudo de que precisaria, segundo os livros que ela lera, tudo o que Maggie Jones lhe dissera que precisaria levar. À princípio, ela havia pensado em ligar para Maggie quando as dores começassem, mas depois resolvera não ligar. Ligaria do hospital, quando tivesse algo mais certo para dizer. Queria que aquele momento fosse algo apenas seu. Seu e deles, os velhos irmãos, sem outras pessoas presentes. Achava que eles mereciam isso. Então se ocupou da casa e do quartinho, esperando que as contrações ficassem mais fortes e mais evidentes. No final da tarde, por volta das cinco horas, ela foi até o curral, onde eles estavam trabalhando, e ficou esperando na cerca de madeira até que desviassem os olhos da vaca e do bezerro que examinavam e a vissem. Então, eles ergueram a vista, e ela os chamou:

Começaram. Só queria avisar. Mas ainda não quero ir para a cidade. Ainda é cedo. O médico disse que tem que passar um tempo depois que começam, umas doze horas mais ou menos, ele disse, então não há pressa nenhuma. Só queria avisar.

Eles estavam cuidando de uma novilha vermelha grande, deitada de lado. Estavam segurando-a para examiná-la, enquanto a mãe, agitada, olhava fixamente para eles, com um ar ameaçador. Os irmãos McPheron olharam para a garota. Foi como se de repente entendessem, os dois ao mesmo tempo, o que Victoria estava tentando dizer. Soltaram a corda, e a novilha ficou de pé, mugindo, e trotou até a mãe, indo esconder-se atrás dela, que começou a lambê-la para acalmá-la e aquietá-la, enquanto os dois homens correram para a cerca onde estava a garota e disseram: O que houve? Você tem certeza?

Tenho, respondeu ela.

E você está se sentindo bem?, perguntou Raymond.

Estou bem.

Mas você não devia ficar aqui fora, advertiu Harold. É melhor você ficar dentro de casa.

Só saí para avisar, disse ela. Que começaram.

Sim, mas, disse ele, ora, diabos, Victoria, você não devia nem estar de pé agora. Você tem que voltar para casa. Aqui não é um bom lugar para você ficar.

Estou bem, repetiu ela. Só queria avisar. Vou voltar lá para dentro.

Ela se virou e foi caminhando na direção da casa. Eles ficaram parados juntos, ali na cerca, e a observaram, aquela garota nova, esguia mas pesada, com o cabelo preto comprido caído nas costas; caminhou com cuidado, passos lentos sobre o cascalho no sol do final da tarde. Então, antes de subir a varanda e entrar, ela parou de repente. Ficou imóvel, cabisbaixa, segurando a barriga, esperando passar, então após algum tempo ela levantou a cabeça outra vez e seguiu em frente. Cinco minutos depois, os irmãos McPheron, sem tocar no assunto, sem nem mesmo terem decidido de uma forma clara, levaram todas as vacas e os bezerros de volta para o pasto, abandonaram o trabalho no curral e foram atrás da garota, dentro de casa.

Eles a encontraram deitada na velha cama de casal macia do quarto dela. Aproximaram-se timidamente. Avisaram que ela devia se levantar, queriam levá-la de imediato para a cidade, sem esperar mais, pois achavam que era melhor, mais seguro, não queriam correr nenhum risco. Falaram para se levantar com cuidado, eles a levariam para o hospital de caminhonete imediatamente ou seja, era melhor que ela se apressasse, mas com calma. Ela se limitou a olhar para eles e repetir: Ainda não. Não quero incomodar e depois fazer papel de boba.

Então esperaram pelo resto da tarde, até anoitecer. O sol baixou e o céu escureceu. Os irmãos acenderam as luzes da casa. Raymond foi até a cozinha e preparou um jantar para os três. Mas, quando a comida ficou pronta, a garota não quis comer; saiu do quarto, ficou com eles um pouco à mesa e bebeu apenas uma pequena quantidade de chá quente. À certa altura, enquanto estava sentada ali com eles, sentiu uma contração; olhou bem para a frente, arquejando, e quando passou, levantou o olhar, sorriu e minimizou com um gesto de mão. Do outro lado da mesa, eles olhavam para ela, assustados. Em seguida, Victoria se levantou, voltou para o quarto e se deitou. Os irmãos se entreolharam. Algum tempo depois, eles se levantaram e se sentaram na sala, embaixo do único abajur de pé, e fingiram ler o *Holt Mercury*. Estava tudo muito silencioso. A cada vinte e poucos minutos, um deles se levantava e parava na porta para dar uma olhada nela.

Por volta das nove horas da noite, a garota saiu do quartinho e veio para a sala de jantar, trazendo a bolsa. Ela parou ao lado da mesa de nogueira. Acho que está na hora de irmos, disse ela. Acho que é melhor irmos.

No hospital, as enfermeiras fizeram todas as perguntas de praxe. Nome completo, data prevista para o parto, tipo sanguíneo, se a bolsa já havia rompido, e quando, como eram as contrações, a frequência, a duração, onde ela sentia mais, se estava ou não sangrando, a quantidade e a cor, se sentia o bebê se mexer, quando foi a última vez que ela havia comido e o quê, quais alergias, remédios.

Ela respondeu a todas as perguntas com paciência e precisão, enquanto os irmãos McPheron ficaram de pé, tomados por uma espécie de pânico mudo, mesclado a um desdém intolerável, esperando, ao lado dela, que na recepção terminassem logo com aquela exasperante perda de tempo e a levassem em segurança. Então as enfermeiras a colocaram numa cadeira de rodas e a conduziram para a sala de parto, enquanto os irmãos ficaram esperando no corredor. Ela tirou a roupa e vestiu uma camisola larga do hospital, e uma enfermeira a examinou e depois disse que ela não estava muito dilatada, só três centímetros. Perguntou se ela podia dizer de novo quanto tempo fazia que vinha sentindo as dores. A garota respondeu. Então, sim, era provável que ainda faltasse muito tempo, já que ainda havia pouca dilatação. Ainda assim, ninguém podia prever quanto tempo levaria, porque ela mesma vira casos de bebês que nasceram muito depressa depois que resolveram nascer, portanto só restava esperar.

Depois de uma hora sem novidades, as enfermeiras deixaram os irmãos McPheron entrar e ficar com ela na sala de parto. Fora a garota que pedira. Eles entraram silenciosos e circunspectos, com o chapéu na mão, como se estivessem assistindo a um evento oficial ou se, mesmo dando o melhor de si, tivessem chegado atrasados a uma missa, por causas alheias à vontade deles; sentaram-se perto da parede do lado da cama, a princípio davam a impressão de que nem queriam olhar para ela. Era um quarto duplo com uma cortina de correr presa ao teto que se podia fechar ao redor do leito, e a cama estava com o encosto erguido, para permitir que a garota ficasse sentada. As enfermeiras haviam preparado uma medicação na veia e, sobre uma mesinha de cabeceira, havia um monitor. Quando os McPheron resolveram olhar para ela, seu rosto parecia corado e um pouco inchado. Tinha uma expressão sombria.

Elas avisaram a vocês que ainda poderia demorar muito?, perguntou ela.

Eles assentiram.

Eu devia ter esperado em casa, lamentou ela. Vim cedo demais.

Não, nada disso, disse Raymond. Você veio na hora certa. Pelo contrário, a gente veio tarde. É muito melhor você já ficar aqui, em vez de esperar em casa.

Eu não queria incomodar, disse ela. Achei que já estava na hora.

Não, disse Harold. Você nos fez um favor. Estávamos aflitos esperando ali, tão longe do hospital. Nosso plano era chegar cinco horas antes se você quer saber.

Só queria que nascesse logo para vocês não terem que ficar esperando. Agora não tem mais jeito.

Bem, você pode parar de se preocupar com isso, disse Raymond. Não pense na gente. Pense em si mesma e faça o que tem que fazer. E, se tiver alguma outra coisa que a gente possa fazer, é só dizer. A gente não entende nada desse negócio. Não sabemos como ajudar.

Bem, disse Harold, poderíamos ir buscar o puxador de bezerros. Na verdade, sabemos um monte de coisas sobre nascimento de filhotes.

Ela olhou para ele. Havia uma expressão um pouco perplexa.

Ora, diabos, disse ele. Desculpa. Tentei fazer uma piada. Não foi por mal, Victoria.

Ela balançou um pouco a cabeça e sorriu. Seu rosto estava muito corado, e seus dentes pareciam muito brancos.

Eu sei, disse ela. Se você quiser, pode fazer piada. Quero que vocês façam como quiserem. Vocês dois são tão bons para mim! Então veio outra vez uma contração, e eles ficaram vendo como ela ficou tensa na cama, respirando, ofegando, de olhos fechados. Pouco depois passou, e ela abriu os olhos de novo, mas claramente estava concentrada no que se passava dentro dela, e em mais nada, e os irmãos McPheron ficaram imóveis em suas cadeiras junto à parede ao lado da cama. Eles se preocupavam com ela, mais do que se preocuparam com qualquer outra coisa nos últimos cinquenta anos. Ficaram observando tudo e passaram a noite inteira com ela.

À meia-noite, o velho doutor Martin entrou no quarto e disse que eles podiam ir para casa um pouco. Ele tinha ido pessoalmente ver a garota e achava que ainda estava longe da hora do parto. Não é tão raro, explicou, em se tratando do primeiro filho. Ele disse que ficaria com ela a noite toda, dormiria no hospital, e que as enfermeiras o chamariam quando chegasse a hora, e poderiam telefonar também para eles, se quisessem. Mas os irmãos McPheron se recusaram a ir embora. Eles preferiram ficar na sala de parto e, enquanto a garota tentava dormir um pouco entre as contrações, e de vez em quando cochilava, eles ficaram acordados em silêncio ao lado da cama, um pouco confusos, numa espécie de torpor, esperando com ela. As enfermeiras entraram e saíram diversas vezes a cada hora, para ver como ela estava, e os irmãos tinham de sair para o corredor, só podendo voltar depois que elas terminavam. Isso durou a noite inteira. Ao amanhecer, os irmãos McPheron tinham um aspecto péssimo. Os rostos exauridos e pálidos como giz, os olhos irritados e vermelhos. Mas a garota estava relativamente calma e decidida a fazer as coisas como têm de ser feitas. Apesar de muito cansada, estava bem. Continuava concentrada e estava fazendo seu melhor. Implorou para que fossem para casa e descansassem, mas eles não iriam embora nem a pedido dela, nem do médico.

Por fim, por volta das nove da manhã, durante um dos breves períodos de espera no corredor, Harold disse ao irmão: Pelo menos um de nós vai ter que ir para casa alimentar as vacas. Você sabe.

Eu não vou, disse Raymond.

Eu sabia. Tinha certeza. Então, vou ter que ir. Fique aqui. Fique por nós dois. Volto assim que puder.

Quando os deixaram entrar de novo no quarto, Harold

avisou à garota o que iria fazer, e ela disse: Sim, boa ideia, e ele tocou em seu braço e saiu.

Raymond voltou a se sentar na cadeira ao lado da cama. Quando Victoria tinha uma contração, ele fazia seu melhor para encorajá-la, ela se empenhava ao máximo, e as horas continuavam a passar.

Então, mais tarde, pediram a Raymond que ele saísse outra vez e esperasse no corredor. Ele ficou do lado de fora aguardando que eles terminassem, mas desta vez demorou mais do que de costume e, em seguida, eles saíram empurrando a garota na cama de rodas. E olhou para ela, que o viu e lhe deu um pequeno sorriso e, depois, antes que ele conseguisse pensar em algo para dizer ou em um gesto de encorajamento, levaram-na embora pelo corredor. Uma das enfermeiras informou a ele que, para acelerar o trabalho, o doutor Martin estava administrando ocitocina na veia, e estavam indo agora para a sala de parto. Também disse que ele devia sair e tomar ar, porque, a julgar pelo seu aspecto, estava precisando. Uma delas iria procurá-lo depois.

Ela vai ficar bem?

Vai, sim. Não precisa se preocupar.

Ele ficou lá fora, na entrada dos fundos do hospital, tomando ar fresco e apenas respirando e esperando, sem se encostar em nada, mas simplesmente de pé longe da parede e da entrada, como se tivesse ido parar ali por acaso e tivessem mandado não se mexer nem encostar em nada em que pudesse se apoiar até que alguém viesse e dissesse que podia fazê-lo. Do lado de fora, não havia mais ninguém. Ele observava o beco e o estacionamento dos fundos. Estava de pé e não se mexia. Os braços pendiam ao lado do corpo. E, uma hora depois, o doutor Martin o encontrou naquela mesma posição, nos degraus da escada dos fundos, ainda parado, numa espécie de isolamento severo.

McPheron?

Raymond se virou lentamente e olhou para ele.

Você pode vê-la agora.
A Victoria?
Sim.
Ela está viva?
O quê? Claro que está viva.
Ela está bem?
Ela está acordada e falando. Porém, está cansada. Você não quer saber sobre o bebê?
O que é?
É uma menina.
E o senhor disse que a Victoria Roubideaux está bem?
Sim.
Raymond olhou bem para ele.
E o senhor está falando a verdade?
Sim. Estou lhe dizendo, ela está bem.
Eu não sabia, disse Raymond. Estava com medo... Então deu um passo adiante, agarrou a mão do velho doutor Martin e apertou com força, sacudindo duas vezes, em seguida a soltou e voltou para dentro.

Quando ele entrou na ala da maternidade, ela estava na cama, ainda tinha o bebê consigo e a olhava, segurando-a bem perto do corpo. Quando ele entrou, Victoria ergueu a vista, seus olhos brilhavam.
O médico disse que você está bem, falou Raymond.
Sim. Não é linda?, virou a bebê para ele.
Ele olhou para a criança. A bebê tinha uma grande quantidade de cabelos corvinos e o rosto vermelho, um pouco deformado por causa do parto, e havia um arranhão na bochecha e, em sua inexperiência, ele achou que a bebê parecia um velhinho, que era muito mais parecida com um vovozinho enrugado, mas disse: Sim, ela é uma coisinha linda.
Quer segurá-la?

Oh, quanto a isso, já não sei.
Pode pegá-la.
Não quero machucá-la.
Você não vai machucá-la. Tome. Você só precisa segurar a cabeça dela.

Ele pegou a bebê, envolta em suas mantas de hospital, e olhou para ela assustado, segurando-a diante de seu rosto envelhecido, como se ela fosse um prato de porcelana, rígido mas, ao mesmo tempo, frágil.

Meu Deus, disse ele depois de um minuto. Os olhos da bebê o encararam sem piscar. Meu Deus... Deus do céu todo-poderoso. Enquanto ele estava com a bebê no colo, Harold entrou no quarto.

Falaram que vocês estavam aqui, disse ele. Tudo bem?

Sim, disse a garota. É uma menininha. Você também quer segurá-la no colo?

Harold ainda estava com suas roupas de trabalho, com poeira de feno nos ombros da jaqueta de lona, trazendo consigo o cheiro da vida ao ar livre, de gado e de suor. É melhor eu não chegar muito perto, respondeu ele. Nem me lavei.

É só segurar com a manta bem apertada em volta dela, explicou Victoria. Ela vai ter que acabar se acostumando com você.

Então, ele também segurou a bebê no colo, enquanto Raymond se sentava e fazia carinho no braço da garota. Ela estava cansada e pálida.

Pois bem, disse Harold, olhando para a bebezinha. Segurou-a diante de si, e ela olhou de volta para ele sem piscar, exatamente como fizera com o irmão, como se estivesse analisando sua personalidade. Vou lhe dizer uma coisa, falou Harold. Pelo jeito, a quantidade de mulheres em casa dobrou. Mas acho que vamos nos acostumar com isso.

Em seguida, uma enfermeira diferente entrou. Estava chateada, disse que eles não podiam nem sonhar de ficar ali, por acaso eles não sabiam disso? Não enquanto a bebê estivesse no quarto, porque nenhum deles era o marido, certo? Nem o pai. Falou que era para eles saírem imediatamente, e além do mais a garota precisava dormir, não estavam vendo como ela estava exausta? E então ela os repreendeu muito, porque a bebê precisava ficar num ambiente estéril, e levou a criança embora. Nem os irmãos McPheron nem a garota ofereceram qualquer objeção à enfermeira, porque agora estava tudo bem; a garota tinha parido sem problemas, e a bebê que ela dera à luz era uma menininha saudável e de olhos brilhantes, com os cabelos negros da mãe, e isso era tudo que se podia esperar em Holt ou qualquer outra cidade do mundo, de modo que estava tudo ótimo.

Na manhã seguinte, uma hora depois que o sol nasceu, o responsável pela câmara frigorífica dos armazéns gerais de Holt na Main Street ligou para a casa do doutor Martin sobre o quarto de boi. Ele perguntou o que o doutor queria que ele fizesse com aquilo.

Com o quê?, perguntou o velho médico.
Com essa carne aqui.
Que carne?
Que os McPheron mandaram. Eles passaram aqui faz uma hora e me obrigaram a abrir antes da hora, eu nem tinha tomado café. Chegaram com esse quarto de boi novo inteiro cortado da raça Black Baldey. Estou perguntando o que o senhor quer que eu faça. Eles mandaram entregar.
A mim?
Eles disseram que o senhor sabia por quê.
Pelo amor de Deus!
Foi o que eles falaram.
Está bem, disse o velho doutor. Vou buscá-lo. No final das contas, acho que mereci. Então, o tom de sua voz aumentou. Bem, então guarde pra mim. Não vamos desperdiçá-lo. Vou me arrumar e já desço.

Ike e Bobby.

A escola terminara fazia oito dias. Mas a piscina municipal ainda não tinha aberto. O programa de verão de beisebol ainda não havia começado. A feira e os brinquedos só começariam na primeira semana de agosto. Pela manhã, os dois garotos entregavam os jornais, voltavam para casa e se ocupavam com o estábulo, dando comida a Easter, ao cachorro e aos gatos. Então, iam tomar o café da manhã na cozinha. Três tardes por semana, Guthrie dava um curso de verão na escola pública em Phillips. E Ella continuava morando em Denver. Eles estavam começando a entender que a mãe moraria lá para sempre. Muitas vezes, de manhã, iam cavalgar com Easter ao longo da ferrovia e levavam almoço. Um dia foram até o pequeno cemitério no meio do caminho para Norka, onde havia um bosque de choupos com as folhas que se agitavam por causa do vento, almoçaram ali, à sombra pontilhada de luzes das árvores, e só voltaram no final da tarde, com o sol se pondo lentamente atrás deles e projetando uma única sombra formada pela égua e por eles mesmos, uma sombra que se estendia como uma espécie de imagem esguia, escura e engraçada do que eles viriam a ser dali a pouco. Já estavam de férias havia oito dias e passavam a maior parte do tempo sozinhos.

Uma tarde, quando Guthrie dava aula em Phillips, eles foram caminhar pela linha do trem, sobre os dormentes creosotados entre os trilhos, e seguiram na direção oeste e além da casa do velho e da casa abandonada, no final da Railroad Street. O ar estava quente e seco. Prosseguiram na direção oeste por dois quilômetros sobre os trilhos gêmeos e brilhantes, em meio ao balastro avermelhado. Então, pararam num ponto de ramificação da linha, cavado através de um areal, e sacaram as moedas e o frasco de cola dos bolsos.

Eles haviam colado quatro moedas reluzentes no trilho quente em ordem de valor, um centavo, cinco centavos, um quarto de dólar. Haviam colado as moedas ali, à espera, com o sol da tarde que as fazia cintilar, e fazia cintilar também o bracelete de Ella; eles o tinham pegado na cômoda, onde ela o havia deixado meses atrás, o mesmo que haviam colocado no pulso no dia em que foram ao apartamento da senhora Iva Stearns e a haviam encontrado morta na poltrona fazia cinco horas.

A princípio, não sabiam como colocar o bracelete no trilho com as quatro moedas, porque não era achatado e, portanto, era provável que, quando a roda do trem o atingisse, ele fosse voar, rodopiando no ar como um pedaço de gelo ou de vidro brilhante para depois aterrissar entre os lilases, onde precisariam procurá-lo, com a possibilidade de nunca mais encontrá-lo. Eles já tinham perdido moedas daquela forma, antes de aprenderem a usar a cola. Mas, depois, inventaram de posicionar o bracelete como se o trilho fosse o braço de alguém, tinham experimentado e funcionara. Portanto, o bracelete estava preso também ao trilho ao lado das moedas. E o trem chegaria logo.

Esperaram. Estavam agachados a menos de cinco metros da ramificação, com as costas apoiadas no barranco de terra vermelha, que os escondia. Mesmo que alguém tivesse observado o altiplano, naquela hora de uma tarde de fim de maio, com certeza não os teria avistado. Ike tirou dois cigarros de Guthrie do bolso da camisa e deu um a Bobby. Ele sacou uma caixa de fósforos e acendeu os dois cigarros, primeiro o seu, depois o do irmão, e espetou a cabeça do fósforo apagado na terra. Quando a chama se apagou, saiu uma fumaça branca e fugaz. Fumaram e esperaram. Pouco depois, cuspiram no chão, um de cada vez, entre os pés. O trem ainda não havia chegado. Fumaram, tiraram os cigarros da boca e os seguraram diante do rosto para olhá-los, tragaram de novo, soltaram fumaça e voltaram a tragar. Ainda nada de trem. Ike cuspiu na direção do trilho, um cuspe com uma trajetória arqueada. Bobby fez a mesma coisa. Terminaram os cigarros e apagaram as bitucas. Ike se levantou e ficou olhando para a estrada de ferro. Não dava para ver ainda a luz nem o vulto negro cintilante, então ele subiu na linha e se deitou, encostando o ouvido no trilho. Pouco depois seus olhos se alteraram. Está vindo, disse ele. Está chegando.

Como você sabe?, perguntou Bobby.

Está chegando, repetiu Ike. A cabeça dele estava perto do trilho. Estou ouvindo.

Bobby se levantou e foi ouvir também.

É mesmo, disse ele. Então, mais uma vez, ambos se agacharam juntos no barranco, à espera do trem. No mato, havia um gafanhoto olhando para eles, mastigando. Ike jogou um torrão de terra nele, que pulou no trilho. O trem estava se aproximando ao longe, apitando súbita e demoradamente ao atravessar a encruzilhada. Eles ficaram esperando. As moedas e o bracelete da mãe estavam no trilho. Pouco depois, avistaram o trem, que se destacava escuro na fumaça. Avançando, ele se tornava cada vez mais próximo e cada vez maior, até parecer assustador como em um sonho, fazendo a terra tremer; o gafanhoto continuava a observar os garotos, e o trem estava ali. Ike e Bobby olharam para o homem de pé, na locomotiva barulhenta, havia poeira por toda parte, uma tempestade tão súbita e violenta que tiveram de proteger os olhos, depois a longa fila de vagões de carga passou depressa, com um zumbido intermitente e estridente, um estardalhaço irregular, chacoalhado, enquanto a junção dos trilhos afundava bem na frente deles, sob o peso das rodas. O homem no vagão de serviço olhou para trás e os viu, e eles devolveram o olhar, mas sem acenar. Quando o trem não estava mais visível, eles se levantaram e pegaram as moedas e o bracelete.

À sombra do terrapleno, eles se agacharam e examinaram o que haviam conseguido. As moedas eram agora discos ovais amassados, com os perfis dos presidentes parecendo sombras fantasmagóricas, brilhantes, reluzentes, irregulares. Apenas os rostos delineados, sem profundidade ou textura, sem dimensão. O bracelete também estava achatado, tornara-se fino como papel, dava para quebrar. Viraram nas mãos as moedas e avaliaram o bracelete e, algum tempo depois, cavaram um buraco na terra, enterraram as quatro moedas com o bracelete da mãe e puseram uma pedra em cima.

Você quer fumar mais?, perguntou Ike.

Quero.

Tudo bem.

Ele sacou mais dois cigarros do bolso da camisa e, juntos, ficaram sentados fumando a menos de cinco metros do trilho, na sombra. Contemplavam o sol sobre a linha do trem, e nenhum dos dois falou nada nem se mexeu por algum tempo.

Os McPheron.

Numa tarde, quase no final do mês, voltando para casa, vindo do estábulo, viram que havia um carro preto estacionado em frente ao portão. Não o reconheceram.

Quem é?

Ninguém que eu conheça, disse Harold.

O carro tinha placa de Denver. Eles deram a volta e percorreram o caminho até a varanda. Dentro de casa, eles o encontraram sentado à mesa de nogueira na sala de jantar, de frente para a garota. A bebê estava no colo dela. Era um rapaz alto e magro e, quando os McPheron entraram, ele não se levantou.

Voltei para levá-la embora comigo, disse ele. E a bebê também. É minha filha.

Então é você o tal, concluiu Harold.

Ele e os velhos irmãos McPheron se olharam.

Você não se levanta quando o dono da casa chega, disse Harold.

Não, geralmente não, disse o rapaz.

Este é o Dwayne, apresentou a garota.

Imaginei que fosse. O que você quer aqui?

Já disse, falou ele. Voltei para pegar o que é meu. Ela e a bebê.

Só que eu não vou, negou a garota.

Sim, disse ele. Vai, sim.

Você quer ir com ele, Victoria?, perguntou Raymond.
Não. De jeito nenhum, não quero. Já falei para ele. Não vou embora daqui.
Ah, mas vai, ela vai, sim. Só está se fazendo de difícil. Ela só quer ser convencida.
Não, não é verdade. Você está enganado.
Garoto, disse Harold. Acho bom você dar o fora. Ninguém quer você aqui. A Victoria já deixou isso bem claro. E Raymond e eu aqui temos certeza de que você não tem nenhuma serventia para nós.
Eu vou quando ela fizer as malas, retrucou. Anda logo, disse à garota. Vai lá buscar suas coisas.
Não.
Vai, já mandei você ir.
Eu não vou.
Garoto. Será que você é meio surdo? Você escutou o que ela disse e escutou a mim também.
E vocês também me escutaram, disse o rapaz. Merda, disse ele a Victoria, vai logo. Junte suas coisas. Depressa.
Não.
O rapaz esperneou, deu a volta na mesa e agarrou o braço dela. Ele a puxou para fora da cadeira.
Merda, vamos. Eu já mandei. Agora vamos.
Os dois irmãos deram a volta na mesa em direção a ele.
Garoto, solte ela. Deixe-a em paz.
Dwayne puxou o braço dela. A bebê caiu no chão e começou a chorar. Victoria se soltou com um puxão e se abaixou para pegá-la. A bebê chorava desesperadamente.
Sinto muito, desculpou-se. Não foi minha intenção. Mas vamos. Ela é minha também.
Não, gritou a garota. Eu não vou. Nós não vamos…
Já chega, interrompeu Harold. Chega. Os irmãos o pegaram pelos braços, e ele tentou agredi-los. Então, eles o ergueram do chão — ele se agitava, esperneava, gritava — e o levaram para

fora e, mais duros, mais decididos e mais fortes do que ele, arrastando-o degraus abaixo até o portão do quintal.

Me solta.

Eles o soltaram no caminho de terra.

O rapaz olhou para eles. Está bem, disse ele. Eu já vou, por enquanto.

Não volte.

Vocês ainda vão ouvir falar de mim, ameaçou ele.

Nunca mais venha aqui incomodá-la.

Ele se virou, foi até o carro, entrou, deu a partida, fez meia-volta, espalhando cascalho atrás de si e partiu roncando motor, pegando a trilha até a estrada de terra. Os irmãos McPheron voltaram para dentro da casa. A garota estava com a bebê no colo, de volta à velha mesa. A menina estava apenas choramingando, quase calma.

Você está bem, Victoria?, perguntou Raymond.

Estou.

Ele a machucou?

Não. Mas me assustou. Tentei mantê-lo aqui, conversando, até vocês chegarem, torcendo para que voltassem logo. Comecei a arrumar as malas muito lentamente para ganhar tempo, esperando vocês a qualquer momento.

Será que ele vai voltar?, perguntou Harold.

Acho que não.

Mas pode ser que volte. O que você acha?

Não sei. Talvez. Mas talvez ele só quisesse criar caso.

Você não queria mesmo ir embora com ele, queria?, perguntou Raymond.

Não. Quero ficar aqui. É aqui que eu quero estar agora.

Tudo bem. Pois então é isso que vai acontecer.

A garota se virou, abriu a blusa e começou a amamentar a bebê, que parou de choramingar, enquanto os velhos irmãos McPheron viravam a cabeça para o outro lado.

Holt.

Era final de maio, feriado de Memorial Day. Ao anoitecer, as duas mulheres saíram para os degraus da varanda, e a luz da cozinha, visível através da porta aberta, as iluminava por trás.

Exceto pela altura diferente, elas podiam bem ser mãe e filha. Os cabelos escuros estavam molhados em torno dos rostos corados pelo calor da cozinha. Atrás delas, na sala de jantar, a mesa fora aberta e coberta por uma toalha branca estendida e depois enfeitada com velas e a velha porcelana que a garota havia descoberto nas prateleiras altas da cozinha, um antigo serviço que não era usado havia décadas, rachado e esmaecido, mas que ainda servia.

Sozinho à mesa, o pai de Maggie Jones, o velho de cabelos brancos, estava sentado diante das janelas e esperava calado sem reclamar, um guardanapo já amarrado no pescoço. Ele fitava as janelas sem cortinas perdido em algum pensamento só dele, uma expressão que lhe era familiar fazia muito tempo. Com um semblante distraído, pegou os talheres ao lado do prato e os segurou, aguardando. De repente, ele falou para o vazio. Olá. Tem alguém aí?

Da varanda, as mulheres olhavam para o quintal, onde os dois garotos estavam sentados no balanço com a bebê, e, mais adiante, na direção do estábulo e do curral, para os três homens, batendo papo ao lado da cerca, cada qual com um pé de bota apoiado na ripa de baixo e um cotovelo na de cima.

Os garotos estavam com a menina no balanço e balançavam-na um pouquinho na noite, aquela menininha cabeluda de olhos pretos. Uma hora antes, Guthrie falara: não sei, não. Talvez eles possam se distrair, esquecer-se dela por um momento. Mas a garota dissera: não, não, imagina. Tenho certeza de que eles vão cuidar bem dela. E Maggie Jones confirmara. Então, Guthrie tinha deixado. Mas, garotos, tomem cuidado com ela, falou.

Assim, eles tinham levado a menininha para o balanço, debaixo de um dos olmos baixos dentro do cercado de arame, revezando-se em balançar com ela no colo, ao ar fresco da noite, com a luz azulada do poste da fazenda iluminando o rosto dela.

Enquanto isso, perto dos currais, os irmãos McPheron e Guthrie olhavam por cima da cerca para as vacas e os bezerros. Entre eles, havia uma vaca de patas vermelhas. Guthrie reparou nela. A velha vaca o fitava com rancor. É ela?, perguntou. É a mesma que imagino ser?

É ela.

Mas ela não teve cria? Não estou vendo nenhum bezerro com ela.

Não teve nada. Não deu nada este ano todo.

Ela não teve cria na primavera?

Não.

O que vocês vão fazer com ela?

A gente queria levar para a cidade, para vender.

Harold olhou para além da vaca vermelha, na direção do horizonte cada vez mais escuro. Disseram na cidade que os Beckman arranjaram um advogado, comentou ele.

É, confirmou Guthrie. Eu fiquei sabendo.

O que você vai fazer?

Ainda não sei. Não decidi. Tenho que ver como vai acabar essa questão. Mas vou ficar bem. Se for preciso, faço outra coisa.

Nada de fazendeiro, disse Harold.

Não, Guthrie deu risadas. Nada de fazendeiro, repetiu. Já vi no que isso vai dar. Depois, com um gesto de cabeça, apontou para a casa. E ela?, perguntou

Esperamos que ela fique aqui ainda por um bom tempo, repondeu Raymond. Ainda falta um ano de escola. Além do semestre passado, que ela perdeu. Achamos que ela ainda vai ficar aqui por um bom tempo. Esperamos que ela fique.

Ela talvez queira fazer faculdade, arriscou Guthrie.

A gente vai ajudar. Mas ainda tem muito tempo para pensar nisso. Na minha opinião, ainda não chegou o momento.

O vento começou a soprar nas árvores, bem em cima, agitando os galhos mais altos.

As andorinhas apareceram e começaram a caçar bicho-folha e formiga-leão no crepúsculo.

O ar se tornava mais suave.

O velho cachorro emergiu da garagem e ficou perambulando pelo quintal cercado, farejando as calças dos garotos, cheirando e passando sua língua quente e vermelha na testa da bebê. Depois, foi até as mulheres na varanda, observou-as e olhou para os lados, girou ao redor de seu eixo e se deitou, agitando a cauda peluda no barro.

As duas mulheres deixaram que a brisa fresca soprasse em seus rostos e abriram um pouco suas blusas para senti-la nos seios e nos braços.

E logo, muito em breve, elas chamariam os outros para jantar. Mas não agora. Elas ficaram na varanda mais um pouco, sentindo o ar daquela noite de fim de maio, trinta quilômetros ao sul de Holt.

Este livro foi composto pela Rádio Londres em Palatino
e impresso pela Cromosete Gráfica e Editora Ltda em
ofsete sobre papel Pólen Soft 80g/m².